任中敏編

新曲苑

(一)

中華書局印行

新曲苑提要

江都二北任中敏，繼散曲叢刊之後，復輯元、明、清以來流傳之曲話曲韵，都三十四種，皆坊間曲苑所未收者，彙稱新曲苑。末附二北手錄有關曲談與劇曲概況之零斷資料，題曰曲海揚波。凡書名、曲名、人名，或語關緊要，皆注於書額，既醒眉目，復便稽考。茲本局出舊刊本影印發行，有志曲學者，已有散曲叢刊，復有是編，庶幾能事備矣。二北與金陵冀野盧前，同爲當代曲學大師長州霜厓吳梅之高弟，畢生寢饋此中，造詣邃深，師弟同時，並享盛名，此世人所習知，無假一二談也。二北後改途，自謂不復以此道相見，則是編殆同絕調矣！

中華國學叢書序

我國之有叢書刊行，由來已久，宋代之儒學警悟、百川學海，明代之漢魏叢書、唐宋叢書等皆是也。降及清季，叢書之刊印愈多，讎校亦愈精密，裒拾叢殘，網羅散佚，山潛塚秘，得以羨衍人間，有功文化，蓋非細矣。

慨自宇內糜沸，荼毒日滋，舊有典籍，盡遭刼火。本局爲響應文化復興運動，除將本局前在上海出版之四部備要等古籍，在臺再版發行外，玆復搜集整理有關國學之重要典籍，或爲四部備要所未收入者，或已入備要，而無評注銓釋，可供大衆研讀者，去蕪存菁，陸續出版，定名爲中華國學叢書，版式概以二十四開爲準則，以資整齊畫一，並採原書影印爲主，以輕讀者負擔，倘底本有欠清晰，影印非宜，則據以重排，務求印刷精美，定價低廉，一篇在手，悅目賞心，恒人易辦，流傳自廣，庶於復興文化，稍竭微誠云耳。

中華民國五十八年十二月臺灣中華書局謹識

新曲苑目次

唱論

元燕南芝菴撰

善唱者

竊聞古之善唱者三人。韓秦娥。沈古之。石存符。

帝王知音者

帝王知音律者五人。唐玄宗。後唐莊宗。南唐李后主。宋徽宗。金章宗。

三教所尚

三教所唱。各有所尚。道家唱情。僧家唱性。儒家唱理。

唱忌

大忌鄭衛之淫聲。續雅樂之後。絲不如竹。竹不如肉。以其近之也。

又云取來歌裏唱。勝向笛中吹。（太和正音譜取來作取將。輟耕錄刪去此條。不載。）

大樂

近世所謂大樂。蘇小小蝶戀花。鄧千江望海潮。蘇東坡念奴嬌。辛稼軒摸魚子。晏叔原鷓鴣天。柳耆卿雨霖鈴。吳彥高春草碧。朱淑真生查子。蔡伯堅石州慢。張子野天仙子也。蘇小小應作司馬櫄。輟耕錄大樂作大曲。張子野陽春白雪作張三影。此從輟耕錄。

格調

歌之格調。抑揚頓挫。頂疊垛換。縈紆牽結。敦拖嗚咽。推提九轉。搖欠遏透。太和正音譜九轉亦作丸轉。丸疑是宛之省文。陽春白雪搖欠作揰欠。此從輟耕錄正音譜。

節奏

歌之節奏。停聲待拍。偷吹拽棒。字真句篤。依腔貼調。

聲節

凡歌一聲聲有四節。起末過度。揾簪攧落。

聲韻

凡歌一句。聲韻有一聲平。一聲背。一聲圓。聲要圓熟。腔要徹滿。聲韻二字輟耕錄作句有聲韻。正音譜聲韻作聲自。

聲氣

凡一曲中。各有其聲。變聲。敦聲。扤聲。啀聲。困聲。三過聲。有偷氣。取氣。換氣。歇氣。就氣。愛者有一口氣。三過聲以下。陽春白雪提行另作一條。輟耕錄等書皆從之。茲揣文意。並爲一條。

歌聲變件

歌聲變件。有慢。滾。序。引。三臺。破子。遍子。攧落。實催。全篇。輟耕錄無漫滾序引四字。正音譜無滾字。

尾聲

尾聲有賺煞。隨煞。隔煞。羯煞。本調煞。拐子煞。三煞。七煞。此條陽春白雪並在前條之後。茲另列。七煞輟耕錄作十煞。

樂府套數葉兒

成文章曰樂府。有尾聲名套數。時行小令喚葉兒。套數當有樂府氣味。樂府不可似套數。街市小令。唱尖新倩意。尖新陽春白雪作尖歌。此從中原音韻。倩意中原音韻作茜意。輟耕錄刪末二句。北宮詞紀於成文章上有元趙子昂云五字。

唱曲門戶

凡唱曲之門戶。有小唱。寸唱。慢唱。壇唱。步虛。道情。撒煉。帶煩。瓢叫。正音譜於瓢叫下多北音為曲。南音為歌二句。

題目

凡歌曲所唱題目。有閨情。鐵騎。故事。採蓮。擊壤。叩角。吉席。添壽。有宮詞。禾詞。花詞。湯詞。酒詞。燈詞。有江景。雪景。夏景。冬景。秋景。春景。有凱歌。棹歌。漁歌。挽歌。楚

歌所

宮調

歌。杵歌。正音譜凡歌曲作凡歌唱·輟耕錄棹歌作櫂歌·

凡歌之所。桃花扇。竹葉樽。柳枝詞。桃花怨。堯民鼓腹。壯士擊節。牛僮馬僕。閭閻女子。天涯遊客。洞裏仙人。閨中怨女。江邊商婦。場上少年。闤闠優伶。華屋蘭堂。衣冠文會。小樓狹閣。月館風亭。雨窗雪屋。柳外花前。闤闠優伶四字正音譜列於最後·

大凡聲音各應於律呂。分於六宮十一調。共計十七宮調。

仙呂調唱清新綿邈　南呂宮唱感嘆傷悲

中呂宮唱高下閃賺　黃鍾宮唱富貴纏綿

正宮唱惆悵雄壯　道宮唱飄逸清幽

大石唱風流醞藉　小石唱旖旎嫵媚

高平唱條暢滉漾　般涉唱拾掇坑塹

歇指唱急併虛歇　商角唱悲傷婉轉

雙調唱健捷激裊　商調唱悽愴怨慕

角調唱嗚咽悠揚　宮調唱典雅沉重

越調唱陶寫冷笑（中原音韻各句內皆無唱字。雙調之健捷各本多誤爲健悽。輟耕錄仙呂調作仙呂宮）

一串驪珠

有子母調。有姑舅兄弟。有字多聲少。有聲少字多。所謂一串驪珠也。比如仙呂點絳脣大石青杏兒。人喚作殺唱的劊子。（姑舅陽春白雪作孤兒。此從輟耕正音二書。中原音韻無此句。殺唱疑是殺槊之訛）

唱者

有愛唱的。有學唱的。有能唱的。有會唱的。有高不揭。低不咽。有排字兒。打截兒。放褙兒。唱意兒。有明褙兒。

打褙

暗褙兒。長褙兒。短褙兒。碎褙碎。（此下二段各本原皆連貫。）

一曲入數調

一曲入數調者。如啄木兒。女冠子。拋毬樂。鬬鵪鶉。黃鶯兒。金盞兒類也。如正音譜作有。

各地所唱

凡唱曲有地所。東平唱木蘭花慢。大名唱摸魚子。南京唱生查子。彰德唱木斛沙。陝西唱陽關三疊黑漆弩。

歌忌

凡歌之所忌。子弟不唱作家歌。浪子不唱及時曲。男不唱豔詞。女不唱雄曲。南人不曲。北人不歌。輟耕錄凡歌之所寄作凡唱所忌。南人不曲作南人不唱。

聲音所長

凡人聲音不等。各有所長。有川嗓。有堂聲。皆合破簫管。有唱得雄壯的失之村沙。唱得蘊拭的失之乜斜。唱得輕巧的失之寒賤。唱得本分的失之老實。唱得用意的失之鑿。唱得打掐的失之本調。正音譜作皆合簫管。蘊拭輟耕錄作蘊拽。掐陽春白雪作稻。

歌節病

凡歌節病。有唱得困的。灰的。涎的。叫的。大的。有樂官聲撒錢聲拽鋸聲貓叫聲不入耳不着人不撒腔不入調工夫少遍數少步力少官場少字樣訛文理差無叢林無傳授嗓拗劣調落架漏氣（輟耕錄歌節作唱節。次句無唱得二字。不撒腔作不撒腔。正音譜樂官作樂府。）

唱聲病

有唱聲病散散焦焦乾乾洌洌啞啞嗄嗄尖尖低低雌雌雄雄短短憨憨濁濁赸赸有格嗓囊鼻搖頭歪口合眼張口撮脣撇口昂頭咳嗽

添字病

凡添字節病則他兀那是他家俺子道我不見兀的不呢一條了脣撒了一片了團圝了破孩了茄子了（輟耕錄一條了作一條弓。一片了團圝了了均作子。無破孩了。）

先唱與押班

先唱的金門社押班的無對矹（輟耕錄無此條。正音譜此下二條皆無。）

詞曲生熟

詞山曲海千生萬熟三千小令四十大曲

唱論終

中州樂府音韻類編序

盧君冀野得元卓從之中州樂府音韻類編寫刊竟以予詳於音韻之書命序其首予不敏未嘗研討及南北曲家聲韻顧予夙昔主那字之始本於北音而謂入聲短促爲後起自來言四聲者皆南人周召分陝化及二南故風雅頌已多入聲獨用然尋其分別聲系無紊自漢始混合不分揚雄之徒用短言與短言相協隋陸法言作切韻入聲部次不依平韻比列其跡遂益淆清代顧炎武江永段玉裁王念孫皆以南人求古音段氏尤力言古有平上入而無去王氏更增祭至類有去入而無平上至曲阜孔廣森始明陰陽對轉以闡發古無入聲予嚮爲古聲通轉例證

今韻析二書宗其說然古音所謂陰陽者以韻部分非一韻中有陰平陽平也而陰部韻類後世所謂入聲者分隷之陽部韻類則寄其入聲於陰部是爲對轉之樞紐曲韻分析雖不符古而入聲分隷止於陰部韻類則同於以知北人之音雖經古今嬗變尚未盡失其淵源亦足爲攷古者所資已冀野博學諳音律工爲南北曲既得是編知卽巴西鄧子晉所稱北腔韻類於是嘯餘譜所載中州音韻非是卓書其疑盡釋竊願冀野更檢高安周德清中原音韻秦敦夫所刊菉斐軒詞林韻釋諸書參互詳攷以求入聲分隷諸韻之合於古者表而出之是又頃近研求語音學者所宜有事也曲韻云云乎哉夏敬觀

曲家用韻北宗周氏德清南宗范氏昆白周書具在

范書已若存若亡嘯餘譜有中州音韻一種昔人疑爲卓從之書今見此冊始知不然余藏元刊太平樂府卷首無此編足證明活字本之可寶矣周氏分陰陽僅及平聲范氏平去皆分陰陽較德清爲細顧平聲之可陰可陽者獨卓氏此書有之此自來度曲家所未及知者也往歌北詞遇陽平字輒有高腔嘗疑不能釋今遂恍然世之治南北詞者于周范二家外又得一平聲陰陽通假之訣豈不大快乎盧生冀野示我此帙自詫眼福不淺云云吳梅書於大石橋寓齋巴西鄧子晉序朝野新聲太平樂府有云以燕山卓氏北腔韻類冠之期於溯南同調聲和氣和而爲治世安樂之音不徒羨乎秦青輩之喉吻也前按今世所傳太平樂府此卷皆不存惟海虞瞿氏藏明活字

本有之前求之十年不可得見比讀曲樓中海鹽張
菊生先生元濟假諸瞿氏屬余校訂始知書名中州
樂府音韻類編子晉所謂北腔韻類者蓋省言也元
賢曲韻以高安周德清中原音韻最通行顧周氏廑
於平聲辨析陰陽無一字陰陽兩用者周書計有五
千八百七十七字卓氏所收則四千二十三字謹嚴
過之周書於所收字下特注者凡十三而卓氏所注
則有三十餘字爲北詞者當以是爲準繩已因亟付
槧以餉同嗜甲戌九月盧前涵芬樓記

中州樂府音韻類編

新曲苑第二種

元燕山卓從之述

一東鍾　二江陽
三支思　四齊微
五魚模　六皆萊
七真文　八寒山
九桓歡　十先天
十一蕭豪　十二哥戈
十三家麻　十四車遮
十五庚青　十六尤侯
十七尋侵　十八監咸
十九廉纖

海宇盛治朔南同聲中州小樂府今之學詞者輒
用其調音歌者卽按其聲然或押韻未通其出入
變換調音未合其平亥轉切此燕山卓氏韻編所
以作也是用錄刊予樂府之前庶使作者歌者皆
有所本而識音韻之奇合律度之正雖引商刻羽
雜以流徵之曲亦當有取於斯焉

一東鍾

【平聲】【陰】東冬　中衷忠終鍾鐘　松嵩　公躬
恭弓功工蚣攻宮供肱觥上三字收　空崆　翁泓上一字收　宗
椶騣　鬆憁蹤縱　崩繃上二字收
【陽】戎茸　龍隆癃窿　蒙濛朦盲甍萌上三字收　籠
朧聾嚨曨櫳瓏　膿農儂　濃醲穠從
【陰陽】通蓪　同童銅桐峒筒曈潼橦　冲充衝

重蟲鏞崇上一字方言　邕噰雍容融溶庸墉鎔蓉榮上二字收

胸凶兄上一字收　風楓豐封峯鋒蜂烽　馮逢縫　烘薨

轟上二字收　紅烘虹鴻宏紘嶸橫弘上五字收　蔥匆聰驄

叢蓬篷烹彭棚鵬上四字收

【上聲】董懂　孔恐　懞蠓猛艋蜢上三字收　桶統　總

汞嗊　捧　寵　箵　隴壠　腫踵種　冗擁勇

涌踊永上一字收　聳噥

【去聲】送宋　鳳奉諷縫　貢共供　弄哢齈　棟

凍蝀洞動　控空鞚　訟頌誦　瓮齆　痛慟　衆

重中種仲　夢孟下取　用詠瑩上二字取　綜　縱從粽

迸收　橫收

二江陽

【平聲】【陰】姜江釭薑彊韁　邦梆幫　雙霜孀鸘

章樟張障彰麞 商傷殤觴 漿螿將 莊妝裝
椿 岡剛鋼亢杠釭扛玒桑喪康糠光胱 當璫
【陽】忙茫𨹃庬邙茫鋩 良涼量糧粱粱 穰攘瀼
忘亡 娘 郎琅榔廊狼 航行杭頏 囊 昂
【陰陽】牕瘡牀幢橦咮 香鄉 降 鎊雱 傍龐
逄 腔强 鴦央殃秧 陽揚颺羊徉楊洋佯方芳
枋坊妨房防 昌菖娼閶 長腸場 常裳償萇
湯 唐塘堂棠糖 湘相箱襄廂 詳祥翔 槍鏘
牆牂檣墻匡筐眶 狂汪王 倉蒼 藏 荒盲
黃皇篁簧隍凰惶遑
【上聲】講港 養痒鞅 漿獎蔣 兩 魎 强
槍 想 鯗 掌長 爽 響蠁享饗敞氅昶 壤
穰 賞 倣 舫 罔網輞 枉往顙磉嗓 榜梆

鎊 倘帑 黨 莽蟒 朗 謊晃仰

【去聲】絳降虹洚糨强 喪胖 象相像 恙煬漾

樣怏 亮量緉輛狀狀壯橦 上尚餉 讓 帳脹

漲仗杖障嶂瘴 巷向項 匠將醬 唱暢悵倡創

挷 愴 望忘妄 誑 旺 放訪盪宕碭 浪

行 葬 謗傍 當蕩 亢炕杭 壙曠

三支思

【平聲】【陰】支卮梔枝肢氏閼氏 榰之芝脂 髭貲觜

茲 孜滋緇資咨姿耔 差眵媸嗤

【陽】兒而洏

【陰陽】雌慈鷀磁茲鶿餈茨 疵玼茈施詩師獅尸

著 時 塒 匙 斯廝澌鷥颸司私罳絲偲 詞

祠辭辤

【上聲】紙旨指止沚趾　址芷　邇爾耳餌　此玼
跐　史駛弛豕矢始屎使　子紫姊梓　死　齒
【入聲作上聲】塞澀瑟
【去聲】是氏市柿恃士仕使示謚蒔侍事施嗜豉試
視　似兕柿姒巳嗣飼耜涘俟寺食笥思四肆泗駟
次刺　字漬牸自恣胔　翅　廁　志至誌　二
貳餌

四齊微

【平聲】【陰】機幾磯肌飢鷄稽筓箕基璣姬譏　歸
圭龜閨規　低堤磾　西犀嘶　杯悲卑碑陂　篦
追騅錐知
【陽】微薇　犂黎棃藜鸝瓈離籬麗漓狸蜊釐　迷
泥尼鷙　梅枚媒煤醾眉湄麋麋　雷罍檑羸　隋

隨誰

【陰陽】妻淒萋棲　齊臍　灰揮徽暉輝　回徊

威隈偎煨　圍幃闈違爲危嵬巍桅維惟遺　非飛

扉緋霏妃菲　肥淝　溪欺　奇祈期旗棊畿騎琦

希稀醯犧羲　衣依醫伊　鷖　奚兮攜畦　移

姨沂蜺霓倪鯢扅宜儀夷彝疑怡嶷頤　梯啼　提

題蹄荑　吹炊推鎚垂陲　醅披邳丕　裴陪培皮

魁虧窺　葵馗夔逵箠蠵癡　池遲馳篪墀　椎

頹魋　崔催衰摧　紕批脾疲

【入聲作平聲】【陽】十什石射食蝕拾　直姪秩值

擲　疾嫉葺集寂　夕席習襲　荻狄敵笛糴　及

極　惑　逼

【去聲作平聲】【陽】鼻

【上聲】尾亹　椅扆倚蟻矣已擬蟣幾己几麂　鬼
篚　悔賄毀卉　禮醴俚蠡里裏李鯉履濟擠　體
底邸　洗璽徙屣　起啓杞　米弭　美浼　彼
妣委猥唯　壘磊儡蕾腿　蕊　觜　水喜　恥
髓
【入聲作上聲】質隻炙織隲執汁　七戚漆刺　匹
闢僻劈　吉擊激棘吃戟急汲給　失室識適拭飾
軾濕釋奭喞積稷績跡脊鯽　必畢碧璧壁躄　昔
惜息錫淅　尺赤喫勑鶒　的菂嫡滴　德得　國
筆北　黑　滌　剔　踢　隙　吸翕檄覡　乞
泣
【去聲作上聲】悔
【去聲】未味　胃渭緯魏尉慰畏衛蝟　貴跪桂檜

膾鱠檜櫃　吠沸廢費肺　會晦誨諱　翠脆　異
裔義毅藝易翳　意嬑　氣器棄　霽濟祭際　替
剃涕帝地第悌遞蔕　棣　背具婢備避焙輩被倍
利唳離隸俐麗例痢　砌妻　細壻　罪　最
對隊碓兌　計記寄繫繼妓忌季　縊閉蔽　謎
銳　睡稅說瑞蛻　退蛻　歲碎粹祟　墜贅綴
制置滯彘稚智　世勢逝誓　淚累酹播類纇　妹
昧媚瑁寐　簣塊　配珮　內
【入聲作去聲】日入　蜜密覓　墨　立粒笠曆歷
靂櫪癧瀝力栗一易逸佾溢泆鎰液疫役逆益鷁譯
腋掖驛邑乙憶揖射匿惕翊翼勒肋劇

五魚模

【平聲】【陰】居車駒拘俱　諸豬朱株蛛誅珠　蘇

酥甦蔬疏疎　虛墟嘘吁　蛆趨　疽沮雎　孤姑

辜鴣沽菰枯刳　都　逋　租

【陽】盧閭驢　如儒需儒嚅　無蕪巫　模謨謀收

徒圖屠荼途塗　奴孥　盧蘆顱鱸轤瀘

【陰陽】迂於魚漁余虞餘與歟譽過于盂隅臾瑀瑜窬

烏嗚　吾鋙吳梧娛鼯　初雛鋤　粗　麄　殂

書舒輸　殊茱銖　區軀驅嶇　渠蕖衢臞須鬚

胥·需　徐　樞　除蜍廚躕儲　膚夫桴玞　扶

符鳧蚨浮收　鋪蒲脯呼　糊湖胡壺狐鶘乎瑚

【入聲作平聲】【陽】獨讀牘瀆犢毒突　族鏃　伏

鵩袱服　鵠斛槲　逐軸二字尤韻通　蜀贖屬塾孰熟三字

尤韻通　僕　俗續　術述秫朮　佛　鶻　局

【上聲】語雨與圄齬羽宇禹庾　呂旅侶縷　主煑

渚塵　汝乳　暑鼠黍　杵處　女　嶼醑　許
數所楚阻　祖組　舉　武舞鵡侮　甫斧撫否收
取　母某牡收二字　土　吐魯櫓虜　覩　賭　弩
古鼓股罟羖詁賈估牯瞽　五仵伍午塢　虎滸
苦浦圃譜補　普溥
【入聲作上聲】谷穀轂骨　哭窟　禿　速縮　簇
福腹幅覆蝠　卜不　菊踘　曲麯屈　叔粥竺
築竹　肅　宿粟　束　足　促　出　忽笏　拂
【去聲】御馭遇嫗裕諭芋預豫　慮屢　鋸懼句據
恕庶樹戍　覷趣娶去　注澍住著炷駐紵苧貯
蛀數疏　絮序敘緒　助　處滁孺茹　杜妬肚渡
度蠹　赴父輔付賦傅婦阜收　恕　戶扈護瓠互
厝　怒務霧　素訴愬塑　暮慕墓　路露鷺輅

兎　顧固故錮　誤悟悞惡　布怖薄捕步醋措

做胙祚鋪

【入聲作去聲】屋祿鹿漉麓　木沐穆睦沒牧目

陸綠勠錄籙　玉育獄欲浴郁物勿　辱入

六皆來

【平聲】【陰】階皆　街稭　乖　齋　揩　開　歪

腮　該垓　哉災栽烖　衰

【陽】諧骸鞋　排牌　懷　淮槐　埋霾騋來萊

能三足鱉　孩頦

【陰陽】釵差　柴豺儕　崖捱　挨　台胎駘　臺

檯苔　哀埃唉　騃　猜　才裁財材纔

【入聲作平聲】【陽】白帛舶宅擇澤檡　畫劃

【上聲】買　揣　擺　矮　解　海　醢　蟹駭

揩凱鍇 宰載 駘 改 采 綵彩䌽乃欸乃

毐娭毐 蒯 枴 歹 妳乃迺

【入聲作上聲】伯百栢 策柵冊測跚足收踏 客刻

栢魄 格骼革隔 色穡索 責幘摘讁側窄仄昃

摑 檗擘 捽

【去聲】解蟹薤械 賽豸瘵債蠆 泰大汰態 蓋

丐 艾愛礙 隘捱 奈耐鼐 害亥 帶戴怠待

代袋黛大 戒廨解界介芥疥 外瞶 快儈塊

在再戴 賣邁賴癩 拜敗憊派 菜瘵 晒煞

塞賽 怪 壞

【入聲作去聲】貊陌驀 麥脈墨 額厄 搦

七真文

【平聲】【陰】真 珍 振 甄 新薪辛 賓濱鑌

彬 津 諄巾斤 君軍均鈞皸 遵 榛臻 莘
詵 薰勳醺 裩鯤 溫慍 孫飧 尊樽 敦墩
奔賁犇 坤髡 根跟 恩 欣
【陽】隣鱗麟鄰 貧頻蘋顰 民緡垠 人仁 倫
輪掄淪 裙羣 勤懃芹 門捫 論惀 文蚊聞
蚊 因湮姻殷茵銀齦垠寅嚚 申紳身伸 神
嗔瞋 陳塵臣 辰晨宸 親 秦蓁 春椿 唇
純蓴醇鶉 詢筍 巡旬馴 氳 雲勻紜耘云員
筠 分紛芬 墳焚 昏婚葷 村 存 呑暾
豚屯飩 噴 盆 限 痕
【上聲】軫疹診稹 哂 忍 緊謹槿巹瑾 窘
隱引蚓 閔憫敏 准準 允笋 損蠢 忖 刎
吻 粉 穩 本畚 袞 狠 閫 壼 悃 懇

肯　腯不品收

【去聲】震振陣鎮　信訊燼　忍認仞訒　吝悋藺

磷　鬢殯臏　腎慎　醖慍運暈韻盡晉進　分忿

糞奮　近覲　櫬齔　印孕　峻浚　狥噀　遜巽

俊駿　舜順　閏潤　問紊　訓　郡　困頓

囤　鈍悶懣　噴　褪遁　釁　論　混　逩　倴

寸　恨　嫩

八寒山

【平聲】【陰】丹單殫　安鞍　山刪　珊　干竿肝

玕乾姦奸間艱　刊看　關鰥　拴檈　班斑般魯般

攀　扳慳　𧺆

【陽】寒邯韓汗翰　難闌欄蘭爛　還環鬟　巒

顏　閑　鷳　潺

【陰陽】餐 殘 灘 壇檀彈彎灣 頑 番翻幡

旛反藩 煩繁礬樊帆凡二字收

【上聲】反返 坦 罕 侃 散傘 懶 趲 晚

挽綰 版板 赧 盞 簡揀 產鏟 眼

【去聲】萬蔓 限 棧綻 撰 旱漢翰汗 旦誕

嘽憚但 飯販範泛范犯四字收 嘆炭 按岸 榦

幹看 粲燦 爛 贊讚慣 患宦幻 間澗 諫

鴈晏贗 訕 辦瓣扮絆 慢 纂 散

九桓歡

【平聲】【陰】端 酸 官冠棺觀 寬 鑽 搬般

【陽】鸞鑾巒欒 瞞謾縵漫

【陰陽】歡驩 貛 桓紈 刓丸 完紈 湍 團

漙摶 攛 攢 潘拚 潘拚 盤槃 磻蟠胖弁

瘢

【上聲】暖　館管脘　盥　欵　澣　短　椀　疃

卵　纂纘　滿

【去聲】喚換煥　緩　鑽　翫玩腕　慢鏝漫　竄

爨　斷鍛段　亂　算蒜判拚　貫冠觀灌　半伴

泮　畔絆

十先天

【平聲】【陰】煎箋韉濺錢　堅肩　甄　顛巔　鵑

涓娟　邊籩編鞭鯿　暄喧萱　氈鸇　羶煽　鐫

專　磚

【陽】連蓮憐　年　眠緜　然燃　廛纏躔蟬禪

聯

【陰陽】先僊蹮鮮　涎　千阡芊　遷韆　前錢

天闐 田填鈿 軒掀 賢弦絃舷縣玄 煙燕
胭蔫嫣 延筵緣 姸言硏焉 牽愆騫褰 乾虔
篇蹁 偏翩 便 淵寃宛鴛 元圓員園原源
黿袁垣轅捐鉛鳶猿湲 痊跧筌銓悛 全泉 宣
揎 旋還 川穿 船傳椽 圈 拳權
【上聲】遠阮苑畹兖偃堰演衍 卷捲 鮮跣洗姉洗
蘚癬 腆殄 典 [illegible]蹇繭筧挸鹼 撚輾碾 顯
犬 淺 展 遣 翦 輦 璉 臠囀 囀轉
軟喘舛 選 免冕勉 闡 匾貶
【去聲】院願怨遠 勸券 見建健絹件 獻現憲
縣 輡眩 電殿甸佃鈿 填靛澱 硯嚥宴燕讌
諺堰緣掾 練楝 眷倦圈綣 面麪 片騙 變
辨遍汳便 綫羨霰 釧穿串 扇善煽饍禪 箭

薦煎賤濺餞踐牮　戀　鏇選旋　傳囀轉　戰顫

十一蕭豪

【平聲】【陰】蕭簫瀟綃銷翛宵霄硝蛸魈　刁貂雕

彫凋　梟鴞囂　梢筲悄弰　嬌驕　蕉焦椒樵

燒　標颷　杓臕膘　交蛟膠郊嘐教　包胞　褒

敲　嘲　瓢　凹　高糕羔篙臯皋膏　刀叨　騷

艘臊搔繅　遭糟　鏖爊昭朝招

【陽】寮遼聊僚鷯嫪　鐃橈　苗錨描　毛猫旄茅

鐃呶猱　牢勞澇醪

【陰陽】挑　迢　條髫蜩調　邀遨鍬　樵瞧譙　趫

喬橋　飄漂　瓢哮　爻肴　拋豪號濠　絛饕

叨　滔　桃逃陶濤　咷萄淘醄　操　曹槽曹

【入聲作平聲】【陽】濁濯鐲　鐸度　學　薄泊

縛 鶴 鑿 鑊 着 杓
【上聲】小篠 皎繳矯 鳥裊嫋 了瞭蓼 曉
杳夭 桃 沼 少 擾遶 眇渺杪 表 悄愀
巧飽 寶保堡褓 卯昴 狡攪 爪炒 老栳
討 腦惱碯 嫂掃 草 早棗澡藻蚤 倒擣
島禱 杲槀縞槁 好 襖媼 考栲 撓 缶收
【入聲作上聲】角覺脚 捉卓 朔 剝 斫酌繳
爍鑠 爵雀 鵲 削 託 拓槖 魄飥 作
錯 閣 壑 繚索 廓郭 綽 謔
【去聲】笑哨肖鞘 糶眺跳 釣吊窵調棹 竅
趙兆 照詔召 少紹邵燒 浩號皓昊 道纛
盜導蹈到倒 耀鷂要窖 校教酵覺罩棹 豹
爆瀑曝 抱報造皂竈拗靿樂 凹貌皃冒帽耄 砲

泡鬧　告誥　傲鏊　勞澇　操　奧　掃　鈔

【入聲作去聲】岳樂藥約躍鑰　掿諾　略　弱

蒻　虐　幕漠寞莫　落絡烙酪樂　萼鶚鰐惡

十二哥戈

【平聲】【陰】歌哥柯　多　科窠　軻珂　戈過鍋

莎蓑唆睃梭娑　波

【陽】羅蘿儸囉鑼螺騾　那挼挪儺禾和

【陰陽】呵　何河荷苛　磋搓　矬　他拖　駞鼉

陀佗跎鮀紽馱鑄酡　阿痾　哦峨莪娥蛾鵝　窩

渦　坡頗　訛　婆皤

【入聲作平聲】活　奪　合盒　跋魃

【上聲】舸　鎖瑣　我　可　左　果裹　裸臝欏

夥　朵趓軃　妥　跛簸　火荷　顆　娜　嬷

【入聲作上聲】葛割鴿閣 撥鉢 聒 渴 闊
撮 掇 脫 潑 抹 粕 【去聲】箇 賀 荷
餓 佐左坐座 舵垜墮惰剁大馱 些 過
銼挫搓 課 禍貨和 唾 簸播 磨麼 破臥
涴邏 糯懦那 嗑溪箇切
【入聲作去聲】岳藥樂約躍鑰 幕末沫莫 捋
楉諾 略 弱蒻 虐 落絡烙洛酪樂 萼鶚鱷
惡

十三家麻

【平聲】【陰】家加佳嘉葭笳痂枷 蛙媧蝸洼娃
誇巴疤 沙紗砂娑 查蹅撾抓
【陽】麻蟆 拏 咱
【陰陽】花 華划譁 鴉丫啞 牙涯衙芽呀 霞

瑕遐 葩琶杷爬 义杈差䃰槎 茶槎

【入聲作平聲】【陽】達踏 滑猾 轄鎋狹 雜

伐筏罰 閘

【上聲】馬媽 雅啞 賈假斝 洒把 寡剮 瓦

鮓 奼 詫 打 耍

【入聲作上聲】塔獺榻塌 殺霎 劄札 察插

八 刮 瞎 答 颯撒薩 掐 法髮發 甲胛

夾恰

【去聲】罵 駕嫁價架假 亞迓訝砑 汊吒姹詫

詐乍榨 下夏嚇罅暇 廈 化畫華樺話 怕

跨 罷霸灞鈀 大 卦 掛 凹 臘蠟鑞拉

辣 納衲 壓押鴨 抹 襪

十四車遮

【平聲】【陰】車　遮　爺耶琊　呆　爹　嗟　靴
【陽】瘸
【陰陽】奢賒　蛇　些　斜邪
【入聲作平聲】【陽】協穴俠挾纈　傑竭碣　疊迭
牒揲喋諜垤絰凸　蝶跕　舌涉折　絕　別　截
睫捷　[illegible]　鑯　倈
【上聲】野也冶　者赭　寫瀉　捨　且　惹喏
姐　撦　扯
【入聲作上聲】屑薛紲媟褻爕𤠫　切竊妾　結劫
潔　頰莢　怯挈篋　節接楫　血歇嚇蝎　闕缺
闋　決訣譎蕨鴂　鐵餮帖怗貼　雪　蝎　鼈別
撇　說　拙輟　轍撤澈掣　瞥　晢摺褶折　設
攝　啜

【去聲】舍社射麝赦　謝卸榭瀉　夜　射　柘鷓

炙蔗　借藉　趄七柘切　偖尺柘切

【入聲作去聲】捏聶躡鑷囓臬蘖　滅蔑篾　拽噎

謁葉業鄴　列烈冽獵裂鬣　熱　月別悅閱軏越

鉞櫗蠛　褻　劣

十五庚青

【平聲】【陰】庚鶊更秔賡羹畊　驚京荊經兢矜

生甥笙牲猩　箏爭　丁釘　征正貞徵蒸烝　扃

冰兵并　登燈　僧　憎矰曾罾增

【陽】平憑評凭屏瓶萍　盟明名銘鳴冥溟　靈令

鈴翎齡伶蛉苓櫺零泠陵凌綾　寧　楞稜　曾層

能獰　藤騰滕疼謄

【陰陽】鐺掙　橙　亭　莖　英鷹應廕膺鶯嬰纓

盈嬴贏瀛營迎蠅 稱秤 澄程成城呈盛酲承
丞徵懲乘塍 輕坑傾卿 擎檠鯨烹 馨興 行形
刑衡 青清 情繒晴 聲升昇陞 繩 汀廳聽
鞓 亭庭廷停碠蜓婷霆 星醒鯹腥騂 錫
【上聲】景梗哽骾警境頸 影彭穎癭 省惺醒
茗皿酩 冷 逞騁 領嶺 頃 并 請 鼎酊
頂 艇挺 等整 省
【去聲】敬徑鏡境競勁 暎應膺硬 慶罄磬 命
瞑 病並凭 併柄 鄧凳鐙 諍掙 正政鄭證
聖勝盛乘剩 性姓 令 娉婷 淨靜穽甑婧
清 倖濘 杏幸脛興行 贈 稱 秤 聽 定
錠矴釘訂飣

十六尤侯

【平聲】【陰】啾楸揪　鳩鬮　搜颼　鄒陬　休貅
庥　謳鷗漚甌　彪　摳　鉤篝溝鞲　兜篼　秋
鰍鞧
【陽】劉留鎦流榴旒遛　柔揉　牟眸矛蝥繆　樓
婁髏　柘
【陰陽】憂幽優　遊尤郵牛猷悠油由蝣　修脩羞
鰌　囚泅　抽瘳　紬稠讎酧儔籌疇　周舟洲州
賙週　收　丘坵　求賕毬虬裘　鵃　侯　喉猴
篌　偷　頭投　鄒篘搊　愁【入聲作平聲】軸逐
收熟收
【上聲】有酉牖友誘　柳　紐　丑醜　肘箒竹收入
作去朽　九久韭灸糾　首手守　酒　叟瞍藪　溲
斗陡蚪　部　狗垢　藕耦偶嘔摟塿　吼　走

【去聲】又右宥祐佑柚幼囿　晝呪　胄紂宙籀
舅臼舊咎救柩廄　受壽獸首授售綬　臭　嗅
秀岫袖繡宿　瘦　嗽漱　僽　皺驟　溜六留收入
作去扣寇蔻　后後堠　逅候厚　茂　豆　竇逗鬭
耨　奏　透勾媾構　湊輳甃　謬　陋漏鏤

十七尋侵

【平聲】【陰】侵　駸　針斟箴砧　深　歆　金今
衿　襟禁森參　簪
【陽】林臨淋霖琳痳　壬任　岑
【陰陽】心尋潯鐔覃　琛郴　沉　音陰瘖　吟淫
婬　欽衾　琴禽檎芩擒
【上聲】寢　廩凜　稔飲袵　枕　審沈　磣七稔切
錦　您　怎

【去聲】沁　浸　朕　沉鴆枕　甚椹　任妊　禁
噤　賃恁　蔭廕窨飲滲　譖　讖　闖

十八監咸

【平聲】【陰】庵諳唵　檐聃耽湛躭　堪龕　三毿
毶甘柑疳　杉衫　監緘緘　南男喃　咸鹹函蜬
銜　婪　藍嵐爁惏
【陰陽】貪探　覃潭談譚曇痰　參驂　蠶慚　憨
酣　含涵　簪攢　喒　湌　巖　攙　讒饞鑱
【上聲】感敢　糝　俺　黯　覽攬纜贍　毯　慘
黲　斬　喊　揜烏敢切　減醶　坎砍
【去聲】勘　贑淦紺　憾撼頷　暗　淡啖惔䶢
檻轞艦　濫纜　瞰嵌　三　陷餡　站　蘸　賺
儖監　探　暫鏨　湌　儳七濫切

十九廉纖

【平聲】【陰】瞻占粘詹沾　尖　兼縑鶼　拈　苫

【陽】簾臁奩鐮帘　髯　鮎粘

【陰陽】淹醃閹厭懨　鹽盬炎閻詹嚴　纖銛憸　撏

燖　僉　槧籤　潛　覘　憺蟾　鈐鉗黔箝　謙

添　甜恬　杴忺嫌

【上聲】掩魘黶庵琰　檢臉　險　颭　點　染冉

閃陝　諂　忝舔

【去聲】豔焰厭驗灩釅庵　染　贍苫　欠芡歉

玷店[illegible]墊　塹茜西收　瀲斂殮　韂　占　念唸　劍

儉　僭漸

中州樂府音韻類編終

校記

東鍾　平聲　鏞原作鋪誤

江陽　平聲　頏原作頑誤　去聲　怏原作快誤

支思　平聲　耔原作秄誤　著原作著誤

齊微　平聲　醶原作醢誤　入作平　羅原作朵誤　豐原作臺誤　去聲　酵原作酹誤

魚模　入作平　槲原作斛誤

皆來　入作平　舶原作船誤

真文　平聲　皸原作歡誤　蓁原作篆誤　限疑誤　上聲

忖原作付誤　懇原作懃誤　不疑誤惟中原韻亦收　去聲　襯原作襯誤

寒山　平聲　扳原作板誤　去聲　榦原作幹誤　官原作宦誤

桓歡　上聲　盥原作輿誤　去聲　蒜原作萘誤

先天 平聲 闐原作闐誤 椽原作掾誤 上聲 洗原作洗誤
免原作兔誤 闌原作闌誤 去聲 𠋫疑誤惟中原韻亦收
蕭豪 平聲 翛原作修誤 鴞原作鴞誤 瓢原作柧誤 搖原作
榣誤 錨原作猫誤 旄原作栳誤 入作平 鑊原作钁誤 上
聲 攬原作攪誤 擽疑誤或即槁字 去聲 糶原作粜誤 酵原作
酸誤
哥戈 平聲 唆原作峻誤 挼原作接誤 鎒疑誤 去聲
惰原作隋誤 簸原作簸誤 入作去 捋原作將誤
家麻 平聲 枷原作枷誤 上聲 罕原作罕誤 瓦原作尢誤
車遮 入作平原作上聲作平聲誤 穴原作穴誤 上聲 撦原作
撦誤 入作上 撇原作撇誤 去聲 藉原作藉誤
庚青 平聲 罾原作魯誤 令原作今誤 京原作京誤
尤侯 平聲 鞲原作韝誤 榴原作榴誤 柘疑誤 上聲

朽杇原作誤 去聲 勾句原作誤

尋侵 平聲 淫滛原作誤 婬嫇原作誤

監咸 平聲 聃聸原作誤 贉𣉞原作誤 去聲 顙顡原作誤

廉纖 平聲 掂拈原作誤 箝䈂原作誤 上聲 檢撿原作誤

去聲 䖟䖟原作誤

此本活字所印譌字觸目而是既五校始繕寫釐定又嘗與映庵翁共勘之據中原音韻以正此書可訂者凡如干字其無左證者姑存疑爲校記附於後乙亥元日小疏再記

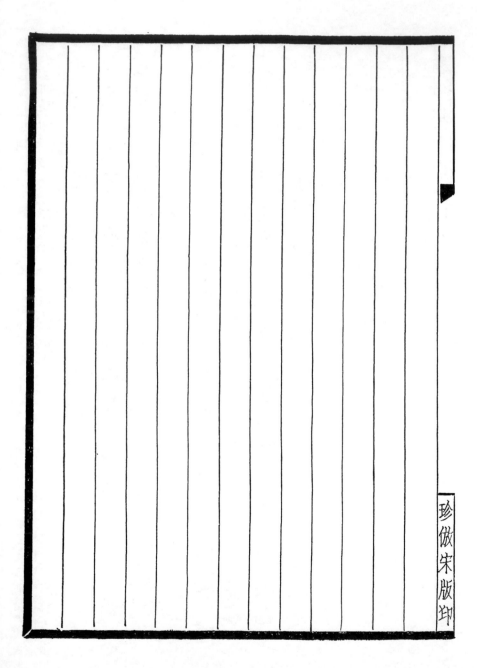

輟耕曲錄

元黃巖陶宗儀撰

廣寒秋

虞邵菴先生集在翰苑時。宴散散學士家。歌兒郭氏順時秀者。唱今樂府。其折桂令起句云博山銅細裊香風。一句而兩韻。名曰短柱。極不易作。先生愛其新奇。席上偶談蜀漢事。因命紙筆。亦賦一曲曰。鑾輿三顧茅廬。漢祚難扶。日莫桑榆。深渡南瀘。長驅西蜀。力拒東吳。美乎周瑜妙術。悲夫關羽云殂。天數盈虛。造物乘除。問汝何如。早賦歸歟。蓋兩字一韻。比之一句兩韻者爲尤難。先生之學問該博。雖一時娛戲。亦過人遠矣。折桂令一名廣寒秋。一名天香第一枝。一名蟾宮引。今中州之韻。入聲似平聲。又可作去聲。所以蜀術等字。皆與魚虞相近。

作今樂府法

喬孟符吉博學多能。以樂府稱。嘗云。作樂府亦有法。曰鳳頭猪肚豹尾六字是也。大槩起要美麗。中要浩蕩。結要響亮。尤貴在首尾貫穿。意思清新。苟能若是。斯可以言樂府矣。此所謂樂府。乃今樂府。如折桂令。水仙子之類。

岷江綠

太師伯顏擅權之日。剡王徹徹都。高昌王帖木兒不花。皆以無罪殺。山東憲吏曹明善時在都下。作岷江綠二曲以風之。大書揭於五門之上。伯顏怒。令左右暗察得實。肖形捕之。明善出避吳中一僧舍。居數年。

伯顏事敗。方再入京。其曲曰。長門柳絲千萬縷。總是傷心處。行人折柳條。燕子啣芳絮。都不由鳳城春做主。長門柳絲千萬結。風起花如雪。離別重離別。攀折復攀折。苦無多舊時枝葉也。此曲又名清江引。俗曰江兒水。

風入松

吾鄉柯敬仲先生九思際遇文宗。起家爲奎章閣鑒書博士。以避言路。居吳下。時虞邵菴先生在館閣。賦風入松長短句寄博士云。畫堂紅袖倚清酣。華髮不勝簪。幾回晚直金鑾殿。東風軟花裏停驂。書詔許傳宮燭。香羅初翦朝衫。御溝冰泮水挼藍。飛燕又呢喃。重重簾幕寒猶在。憑誰寄錦字泥緘。報道先生歸也。杏花春雨江南。詞翰兼美。一時爭相傳刻。而此曲遂徧滿海內矣。翦一作試。

與妓下火文

錢唐道士洪丹谷。與一妓通。因娶爲室。病且革。顧謂洪曰。妾死在旦夕。卿須自執薪。還肯作一轉語乎。夫妾歌兒也。卿能集曲調。於妾未死時使預聞之。雖死無憾矣。洪固滑稽輕佻者。遂作文曰。二十年前我共伊。只因彼此太癡迷。忽然四大相離後。你是何人我是誰。共惟稱呼秀鍾谷水。聲遏楚雲。玉交枝堅一片心。錦傳道餘二十載。遽成如夢令。休憶少年遊。哭相思兩手託空。意難忘一筆勾斷。且道如何是一筆勾斷。孝順哥終無孝順。逍遙樂永遂逍遙。聽畢。一笑而卒。因記中吳紀聞一事云。昆山倡周氏。係籍部中。張子韶爲守時。倡暴亡。適道川來訪。因命作下火文云。

可惜許。可惜許。大家且道可惜許。箇甚麼可惜。巫山一段雲。眼如新水點絳唇。昔年繡閣迎仙客。今日桃源憶故人。休記醜奴兒臉子。便須抖擻好精神。南柯夢斷如何也。一曲離愁別是春。大衆還知某人向甚麼處去。這裏分明會得。驀山溪畔。頭頭盡是喜相逢。芳草渡頭。處處處六么花十八。其或未然。更聽下句。咦。與君一把無明火。燒盡千愁萬恨心。其事頗相類。併附于此云。

哨遍

某人以善經紀。積貲至鉅萬計。而既鄙且嗇。不欲書其姓名。其尊行錢素菴者。素抱逸士也。多游名公卿間。善詩曲。有集行於世。某嘗以貴富驕之。故作今樂府一闋譏警焉。

哨遍　試把賢愚窮究。看錢奴自

古呼銅臭。徇己苦貪求。待不教泉貨周流。忍包羞。油鐺插手。血海舒拳。肯落他人後。曉夜尋思機彀。緣情鉤鉅。巧取旁搜。蠅頭場上苦驅馳。馬足塵中廝追逐。積儹下無厭就。捨死忘生。出乖弄醜。

耍孩兒

安貧知足神明佑。好聚斂多招悔尤。王戎遺下舊牙籌。夜連明計算無休。不思日月搬烏兔。只與兒孫作馬牛。添消瘦。不調碹鼎。恣逞戈矛。

十煞

漸消磨雙臉。春已凋颼。兩鬢秋。終朝不樂眉長皺。恨不得櫃頭錢五分息招人借。架上袷一周年不放贖。狠毒性如狼狗。把平人骨肉。做自己膏油。

九

有心待拜五侯。教人喚甚半州。忍饑寒儹得家私厚。待壘做錢山兒倩軍士喝號提鈴守。怕化做錢龍兒請法官行罡布氣留。半炊兒八徧把牙關叩。只願得無支有管。少出多收。八　虧心事儘意爲。不義財儘力掊。那裏問親弟兄親姊妹親姑舅。只待要春風金谷驕王愷。一任教夜雨新豐困馬周。無親舊。只知敬明眸皓齒。不想共肥馬輕裘。七　資生利轉多。貪婪意不休。爲錙銖捨命尋爭鬬。田連阡陌心猶窄。架插詩書眼不瞅。也學采東籬菊。子是箇裴可元亮。豹子浮丘。六　恨不得揚子江變做酒。棗穰金積到斗。爲幾文賺背錢受了些旁人呪。一斗粟與親眷分了顏面。二斤麻把相知結下寃讎。眞紕繆。一味的驕而且吝。甚的是樂以忘憂。五　這財曾然了董卓臍。曾梟了元載頭。聚而不散遭殃咎。怕不是堆金積玉連城富。眨眼早野草閑花滿地愁。乾生受。生財有道。受用無由。四　有一日大小運併在命宮。死因限纏在卯酉。甚的散得疾子爲你聚來得驟。恰待調和新曲歌金帳。逼臨得佳人墜玉樓。難收救。一壁相投河奔井。一壁相爛額焦頭。　三　窗隔每都颼颼的飛。椅桌每都出出的走。金銀錢米都消爲塵垢。山魈木客相呼喚。寡宿孤辰廝趁逐。喧白晝。花月妖將家人狐媚。虛耗鬼把倉庫潛偷。　二　惱天公降下災。犯官刑繫在囚。他用錢時難參透。待買他土木驢釘子輕輕釘。弔春筋鈎兒淺淺鈎。便用殺難寬宥。魂飛蕩蕩。魄散悠悠。　尾　出落他平生聚斂的情。都寫做臨刑犯罪由。將他死死骨頭。告示向通衢裏甃。任他日炙風吹慢慢的朽。樂府中押逐贖菊字韻者。蓋中州之音輕。與尤字韻相近故也。此曲雖曰爲某而作。然亦可以爲世勸。

崔麗人

余向在武林日。於一友人處見陳居中所畫唐崔麗人圖。其上有題云。並燕鶯爲字。聯徽氏姓崔。非烟宜采畫。秀玉勝江梅。薄命千年恨。芳心一寸灰。西廂舊紅樹。曾與月徘徊。余丁卯春三月。銜命陝右道出於蒲東普救之僧舍。所謂西廂者。有唐麗人崔氏女遺照在焉。因命畫師陳居中繪模真像。意非登徒子之用心。迨將勉情鍾始終之戒。仍拾四十言。使好事者知百勞之歌以記云。泰和丁卯林鐘吉日。十洲種玉大誌宜之題。延祐庚申春二月。余傳命至東平。顧市粥雙鷹圖。觀久之。弗見主人而歸。夜宿府治西軒。夢一麗人。綃裳玉質。逡巡而前曰。君玩雙鷹圖雖佳。非君几席間物。妾流落久矣。有雙鷹。名冠古今。願託君爲重。覺而恠之。未卜其何祥。遲明欲行。忽主人攜鷹圖來。且四軸。余意麗人雙鷹。符此數耳。繼出一小軸。乃夢所見。有詩四十字。跋語九十八識曰。泰和丁卯。出蒲東普救僧舍。繪唐崔氏鶯鶯。眞十洲種玉大誌宜之題。畫詩書皆絕。神品也。余驚詫良久。時有司羣官吏環視。因縮不目。託以跋語佳勝。贖之。吁物理相感。果何如耶。豈法書名畫。自有靈耶。抑名不朽者隨神耶。遇合有定數耶。余嘗謂關雎碩人。姿德兼備。君子之配也。琴心雪句。才豔聯芳。文士之偶也。自詩書道廢。丈夫弗學。況女流乎。故近世非無秀色。往往脂粉腥穢。雅鳳莫辨。求其彷彿待月章之萬一。絕代無聞焉。此亦慨世降之一端也。因歸于我。義弗辭已。宜之者。蓋前金趙愚軒之字。曾爲鞏西簿。遺山謂泰和有詩名。五言平淡。他人未易造。信然。泰和丁卯。迨今百十四年云。其月二日。壁水見士思容題。右共五百九字。雖不知壁水見士爲何如人。然二君之風韻。可想見矣。因俾嘉禾繪工盛懋。臨寫一軸。適舅氏趙公待制雝見而愛之。就爲錄文於上。按唐元微之傳奇鶯鶯事。以爲張生寓蒲之普救寺。適有崔氏孀婦。亦止茲寺。崔氏婦鄭氏也。生出於鄭。視鄭則異派之從母。因丁文雅軍擾掠蒲人。鄭惶駭不知所措。生與將之靈善。請吏護之。不及於難。鄭厚生德。謂曰。姨之弱子幼女。當以仁兄之禮奉承。命鶯鶯出拜。顏色艷異。光輝動人。生問其年紀。鄭曰。十七歲矣。生自是惓之。私禮鶯鶯之侍婢紅娘。間道其意。既而詩章往復。遂酬所願。中間離合多故。然不能終諧伉儷。說者以爲生卽張子野。宋王性之著傳奇辨正。按微之作姨母鄭氏墓銘云。其旣喪夫遭軍亂。微之爲保護其家。又作陸氏誌云。余外祖睦州刺史鄭濟。白樂天作微之母鄭氏誌。亦言鄭濟女。而唐崔氏譜。永寧尉鵬娶鄭濟女。則鶯鶯乃崔鵬之女。於微之爲中表也。傳奇言生年二十二。樂天作微之墓誌。以大和五年薨。年五十三。卽當以大曆十四年己未生。至貞元庚辰正二十二歲。凡此數端。決爲微之無疑。特託他姓以避就耳。事具侯鯖錄中。

珠簾秀

歌兒珠簾秀。姓朱氏。姿容姝麗。雜劇當今獨步。胡紫山宣慰極鍾愛之。嘗擬沉醉東風小曲以贈云。錦織江邊翠竹。絨穿海上明珠。月淡時。風清處。都隔斷落紅塵土。一片閒情任卷舒。掛盡朝雲暮雨。馮海粟先生亦有鷓鴣天云。十二闌干映遠眸。醉香空斷楚天秋。蝦鬚影薄微微見。龜背紋輕細細浮。香霧斂。翠雲收。海霞爲帶月爲鈎。夜來捲盡西山雨。不着人間半點愁。皆咏珠簾以寓意也。由是聲譽益彰。

嗓

大名王和卿。滑稽挑達。傳播四方。中統初。燕市有一蝴蝶。其大異常。王賦醉中天小令云。挣破莊周夢。兩翅駕東風。三百處名園一采一箇空。難道風流種。諕殺尋芳蜜蜂。輕輕的飛動。賣花人搧過橋東。由是其名益著。時有關漢卿者。亦高才風流人也。王常以譏謔加之。關雖極意還答。終不能勝。王忽坐逝。而鼻垂雙涕尺餘。人皆歎駭。關來弔唁。詢其由。或對云。此釋

家所謂坐化也。復問鼻懸何物。又對云。此玉筯也。關
云。我道你不識。不是玉筯。是嗓。咸發一笑。或戲關云
你被王和卿輕侮半世。死後方才還得一籌。凡畜勞
傷。則鼻中常流膿水。謂之嗓病。又愛訐人之短者亦
謂之嗓。故云爾。

醉太平小令

堂堂大元。姦佞專權。開河變鈔禍根源。惹紅巾萬千。
官法濫刑法重黎民怨。人喫人鈔買鈔何曾見。賊做
官官做賊混愚賢。哀哉可憐。右醉太平小令一闋。不
知誰所造。自京師以至江南。人人能道之。古人多取
里巷之歌謠者。以其有關於世教也。今此數語。切中
時病。故錄之。以俟采民風者焉。

院本名目

唐有傳奇。宋有戲曲。唱譚詞說。金有院本雜劇諸公調。院本雜劇。其實一也。國朝院本雜劇始釐而二之。院本則五人。一曰副淨。古謂之參軍。一曰副末。古謂之蒼鶻。鶻能擊禽鳥。末可打副淨。故云。一曰引戲。一曰末泥。一曰孤裝。又謂之五花爨弄。或曰。宋徽宗見爨國人來朝。衣裝鞵履。巾裹傅粉墨。舉動如此。使優人效之以爲戲。又有焰段。亦院本之意。但差簡耳。取其如火焰易明而易滅也。其間副淨有散說。有道念。有筋斗。有科汎。教坊色長魏武劉三人鼎新編輯。魏長於念誦。武長於筋斗。劉長於科汎。至今樂人皆宗之。偶得院本名目。載於此。以資博識者之一覽。

和曲院本

月明法曲　鄆王法曲　燒香法曲

送香法曲　上墳伊州　燒花新水
熙州駱駝　列良羸府
病鄭逍遙樂　四皓逍遙樂　四酸逍遙樂
賀貼萬年歡　掛龕降黃龍　列女降黃龍
上皇院本
壺春堂　太湖石　金明池
戀鰲山　六變妝　萬歲山
打草陣　賞花燈　錯入內
問相思　探花街　斷上皇
打毬會　春從天上來
題目院本
柳絮風　紅索冷　牆外道
共粉淚　楊柳枝　蔡消閒

方偷眼　呆太守　畫堂前

夢周公　梅花底　三笑圖

窄布衫　呆秀才　隔年期

賀方回　王安石　斷三行

競尋芳　雙打梨花院

霸王院本

悲怨霸王　范增霸王　草馬霸王

散楚霸王　三官霸王　補塑霸王

諸雜大小院本

喬記孤　日判孤　計算孤

雙判孤　百戲孤　哨咕孤

燒棗孤　孝經孤　菜園孤

貨郎孤　合房酸　麻皮酸

花酒酸　狗皮酸　還魂酸
別離酸　王纏酸　謁食酸
三揲酸　哭貧酸　插撥酸
酸孤旦　毛詩旦　老孤遣旦
纏三旦　禾哨旦　哮賣旦
貧富旦　書櫃兒　紙襴兒
蔡奴兒　刴毛兒　喜牌兒
卦冊兒　繡箧兒　粥碗兒
似娘兒　卦鋪兒　師婆兒
教學兒　鷄鴨兒　黃丸兒
稜角兒　田牛兒　小丸兒
醜奴兒　病裹王　馬明王
鬧學堂　鬧浴堂　寬布衫

泥布衫　趕湯瓶　紙湯瓶

鬧旗亭　芙蓉亭　壞食店

鬧酒店　壞粥店　莊周夢

花酒夢　蝴蝶夢　三出舍

三入舍　瑤池會　八仙會

蟠桃會　洗兒會　藏鬮會

打五臟　蘭昌宮　廣寒宮

鬧結親　倦成親　强風情

大論情　三園子　紅娘子

太平還鄉　衣錦還鄉　四論藝

殿前四藝　競敲門　都子撞門

呆大郎　四酸擂　問前程

十樣錦　長慶館　癩將軍

兩相同　競花枝　五變妝
洪福無疆　白牡丹　赤壁鏖兵
窮相思　金壇謁宿　調雙漸
官吏不和　鬧巡鋪　判不由己
大勘刀　同官不睦　鬧平康
趕門不上　賣花容　同官賀授
無鬼論　四酸諱偌　鬧褫闌
雙藥盤街　鬧文林　四國來朝
雙捉壻　酒色財氣　醫作媒
風流藥院　監法童　漁樵問話
鬪鵪鶉　杜甫遊春　鴛鴦簡
四酸提候　滿朝歡　月夜聞箏
鼓角將　鬧芙蓉城　雙鬪醫

張生煑海　賠饅頭　文房四寶
謝神天　陳橋兵變　雙揭榜
矇啞質庫　雙福神　院公狗兒
告和來　佛印燒猪　酸賣徠
琴劍書箱　花前飲　五鬼聽琴
白雲菴　迓鼓二郎　壞道場
獨脚五郎　賣花聲　進奉伊州
錯上墳　醫五方　打五鋪
拷梅香　四道姑　隔簾聽
硬行蔡　義養娘　呫師姨
論談嬋　劉盼盼　牆頭馬
刺董卓　鋸周村　四柏板
大論談　捧龍舟　擊梧桐

渰藍橋　入桃園　雙防送
海棠春　香藥車　四方和
九頭頂　鬧元宵　趕村禾
眼藥孤　兩同心　更漏子
陰陽孤　提頭巾　三索債
防送哨　偌賣旦　是耶酸
怕水酸　回回梨花院　晉宣成道記
院么　海棠軒　海棠園
海棠怨　海棠院　魯李王
慶七夕　再相逢　風流婿
王子端捲簾記　紫雲迷四季
張與孟楊妃　女狀元春桃記
粉牆梨花院　娩女梨花院　龐方温道德經

大江東注　吳彥舉　不抽闗

不掀簾　紅梨花

玎璫天賜暗婣緣

諸雜院爨

鬧夾棒六么　鬧夾棒法曲　望瀛法曲

分拐法曲　送宣道人歡　逍遙樂打馬鋪

捲綵延壽樂　諱老長壽仙　夜半樂打明星

歡呼萬里　山水日月　集賢賓打三教

打白雪歌　地水火風　夜深深三磕胞

佳景堪遊　琴棋書畫　喜遷鶯剁草鞋

大公家教　十五郎　滕王閣鬧八妝

春夏秋冬　風花雪月　上小樓衮頭子

噴水胡僧　汀注論語　恨秋風鬼點偌

詩書禮樂　論語謁食　下角瓶大醫淡
再遊恩地　累受恩深　送羹湯放火子
擂鼓孝經　香茶酒果　船子和尚四不
犯　徐演黃河　單兜望梅花
皇都好景　四偌大提猴　雙聲疊韻
上皇四軸畫　三偌一十　調猿卦鋪
倬刀饅頭　河轉迓鼓　背箱伊州
酒樓伊州　蓑衣百家詩　埋頭百家詩
偷酒牡丹香　雪詩打樊噲　抹麵長壽仙
四偌賈諢　四偌祈雨　松竹龜鶴
王母祝壽　四偌抹紫粉　四偌劈馬樁
截紅鬧浴堂　和燕歸梁　蘇武和番
羹湯六么　河陽舅舅　偌請都子

雙女賴飯　一貫質庫兒　私媒質庫兒
清朝無事　豐稔太平　一人有慶
四海民和　金皇聖德　皇家萬歲
背鼓千字文　變龍千字文　椊盒千字文
錯打千字文　木驢千字文　埋頭千字文
講來年好　講聖州序　講樂章序
講道德經　神農大說藥　食店提猴
人參腦子爨　斷朱溫爨　變二郎爨
講百果爨　講百花爨　講蒙求爨
講百禽爨　講心字爨　變柳七爨
三跳澗爨　打王樞密爨　水酒梅花爨
調猿香字爨　三分食爨　煎布衫爨
賴布衫爨　雙揲紙爨　謁金門爨

跳布袋爨　文房四寶爨　開山五花爨
衝撞引首
打三十　打謝樂　打八哥
錯打了　錯取兒　說狄青
憨郭郎　枝頭巾　小鬧摑
鶯哥猫兒　大陽唐　小陽唐
歇貼韻　三般尿　大驚睡
小驚睡　大分界　小分界
雙鴈兒　唐韻六貼　我來也
情知本分　喬捉蛇　鐺鍋釜竈
代元保　母子御頭　糞苗兒
山梨柿子　打淡的　一日一箇
村城詩　胡椒雖小　蔡伯喈

遮截架解　窄磚兒　三打步
穿百倬　盤榛子　四魚名
四坐山　提頭帶　天下樂
四怕水　四門兒　說古人
山麻秸　喬道傷　黃風蕩蕩
貪狠覷　通一毋　串梆子
拖下來　啞伴哥　劉千劉義
歡會旗　生死鼓　搗練子
三羣頭　酒糟兒　淨瓶兒
賣官衣　苗青根白　調笑令
鬪鼓笛　柳青娘　調劉袞
請車兒　身邊有藝　論句兒
霸王草　難古典　左必來

香供養　合五百　嬭嬭噴
一借一與　已已已　舞秦始皇
學像生　支道饅頭　打調刧
驢城白守　呆木大　定魂刀
說罰錢　年紀大小　打扇
盤蛇　相眼　告假
捉記　照淡　矇啞
投河　略通　調賊
多筆　僉押　扯狀
羅打　記水　求楞
燒奏　轉花枝　討頭兒
長嬌怜　歇後語　蘆子語
迴日語　大支散

拴搐艷段

襄陽會　　驢軸不了　　鞭敲金鐙

門簾兒　　天長地久　　衙府則例

金合楞　　天下太平　　歸塞北

春夏秋冬　　鬪百草　　叫子蓋頭

大劉備　　石榴花詩　　啞漢書

說古捧　　唱拄杖　　日月山河

胡餅大　　嵩揾地　　屋裏藏

罵呂布　　張天覺　　打論語

十果頑　　十般乞　　還故里

劉金帶　　四草蟲　　四廚子

四妃艷　　望長安　　長安住

罵江南　　風花雪月　　錯寄書

睡起教柱　打婆束　三文兩撲
大對景　小護鄉　少年遊
打青提　千字文　酒家詩
三拖旦　睡馬杓　四生厲
喬唱諢　桃李子　麥屯兒
大菜園　喬打聖　杏湯來
謝天地　十隻脚　請生打納
建成　縛食　毬捧艷
破巢艷　開封艷　鞍子艷
打虎艷　四王艷　蝗蟲艷
攧子艷　七捉艷　修行艷
般調艷　棗兒艷　蠻子艷
快樂艷　慈烏艷　眼裏喬

訪戴　衆半　陳蔡
范蠡　扯休書　鞭寨
杴扒掃竹　感吾智　諸宮調
金鈴　彫出板來　套靴
舌智　俯飯　斂髮多
襄陽府　仙哥兒
打略拴搐
星象名　果子名　草名
軍器名　神道名　燈火名
衣裳名　鐵器名　書集名
節令名　虀菜名　縣道名
州府名　相撲名　法器名
門名　草名　軍名

魚名　菩薩名　賭撲名
照天紅　琴家弄　著棋名
衮骰子　樂人名　悶葫蘆
握龜
官職名
說駕頭　敲待制　上官赴任
押剌花赤
飛禽名
青鴮　老鴉　廝料
鷹鷂鵰鶻
花名
石竹子　調狗　散水
喫食名

廚難偌　　蘑茹菜
佛名
成佛板　　爺娘佛
難字兒
盤驢　　害子　　劉三
一板子
酒下拴
數酒　　三元四子
唱尾聲
孟姜女　　遮蓋了　　詩頭曲尾
虎皮袍
猜謎
杜大伯　　大黃

和尚家門

禿醜生　窗下僧　坐化

唐三藏

先生家門

入口鬼　則要胡孫　大燒餅

清閒真道本

秀才家門

大口賦　六十八頭　拂袖便去

紹運圖　十二月　胡說話

風魔賦　療丁賦　擡著駱駝

看馬胡孫

列良家門

說卦象　由命賦　混星圖

柳簸箕　二十八宿　春從天上來
禾下家門
萬民快樂　咬的響　莫延
九斗一石共牛
大夫家門
三十六風　傷寒　合死漢
馬屁勃　安排鍬钁　三百六十骨節
撒五穀　便癱賦
卒子家門
針兒線　田仗庫　軍鬧
陣敗
良頭家門
方頭賦　水龍吟

邦老家門

脚言脚語　則是便是賊

都子家門

後人收　桃李子　上一上

孤下家門

朕聞上古　刀包待制　絹兒來

司吏家門

罷筆賦　是故榜

仵作行家門

一遍生活

撅倈家門

受胎成氣

諸雜砌

模石江　梅妃　浴佛
三教　姜武　救駕
趙娥娥　石婦吟　變猫
氷母　玉環　走鸚哥
上料　瞎脚　易基
武則天　告子　拔蛇
鹿皮　新太公　黄巢
恰來　蛇師　没字碑
卧草　衲襖　封碑
鋸周村　史弘肇　懸頭梁上

雜劇曲名

稗官廢而傳奇作。傳奇作而戲曲繼。金季國初。樂府猶宋詞之流。傳奇猶宋戲曲之變。世傳謂之雜劇。金章宗時。董解元所編西廂記。世代未遠。尚罕有人能解之者。況今雜劇中曲調之冗乎。因取諸曲名。分調類編。以備後來好事稽古者之一覽云。

正宮

端正好　袞繡毬　倘秀才

脫布衫　小梁州　朝天子

四換頭　十二月　堯民歌

收尾　叨叨令　醉太平

呆古朵　笑和尚　蠻姑兒

伴讀書　剔銀燈　道和

柳青娘　雙鴛鴦　攤破滿庭芳

月照庭　塞鴻秋　白鶴子中呂出入

快活三中呂出入

黃鍾

願成雙　醉花陰　喜遷鶯

出隊子　刮地風　四門子

神仗兒　掛金索　水仙子

興龍引　金殿樂三臺　侍香金童

降黃龍衮　塞鴈兒　接接高

南呂

一枝花　梁州第七　賀新郎

牧羊關　隔尾　紅芍藥

菩薩梁州　三煞　罵玉郎

感皇恩　采茶歌　隨煞尾

鬬蝦蟆　四塊玉　哭皇天

烏夜啼　隔尾黃鍾煞　攤破采茶歌

楚天秋　隔尾隨煞

中呂

粉蝶兒　醉春風　迎仙客

石榴花　鬭鵪鶉　上小樓

快活三正宮出入　鮑老兒　般涉

哨遍　耍孩兒　收尾

紅繡鞋　喜春來　堯民歌

滿庭芳　鮑老來　醉高歌

十二月　普天樂　叫聲

雙鴛鴦　白鶴子正宮出入　窮河西

朝天子　乾荷葉　剔銀燈

菩薩蠻　牆頭花　喬捉蛇

鵲打兎　酥棗兒　鎮江回

鵪鶉兒　鴛鴦兒　風流體
賣花聲　蔓菁菜
仙呂
賣花時　點絳唇　油葫蘆
天下樂　那吒令　鵲踏枝
六么序　后庭花　青哥兒
賺煞　混江龍　金盞兒
醉中天　村里迓鼓　元和令
上馬嬌　聖葫蘆　江西後庭花
柳葉兒　寄生草　賺煞尾
攤破天下樂　醉扶歸　低過金盞兒
八聲甘州　遊四門　賺尾
憶王孫　一半兒　得勝樂

雁兒　　祆神急　　翠裙腰
六么遍　　大安樂　　柳葉兒
商調
集賢賓　　逍遙樂　　梧葉兒
後庭花　　雙雁兒　　金菊香
浪來里　　醋葫蘆　　青哥兒
上京馬　　隨調煞　　柳葉兒仙呂出入
黃鶯兒　　踏莎行　　垂絲釣
蓋天旗
大石
青杏子　　好觀音　　六國朝
念奴嬌　　歸塞北　　初問口
怨離別　　擂鼓體　　雁過南樓

憨郭郎　催拍子　玉翼蟬
荼蘼香　女冠子　林里雞近
驀山溪　喜秋風　淨瓶兒
鷓鴣天

雙調

新水令　駐馬聽　甜水令
折桂令　落梅風　沉醉東風
小將軍　清江引　碧玉簫
鴈兒落　德勝令　喬牌兒
掛玉鈎　川撥棹　殿前歡
七弟兄　梅花酒　收江南
水仙子　滴滴金　鴛鴦煞
步步嬌　攪箏琶　豆葉黃

風入松　撥不斷　慶東原
沽美酒　太平令　一錠銀
荆湘怨　阿納忽　夜行船
鎮江回（中呂出入）　胡十八　掛玉鈎序
伍供養　行香子　梧桐樹
離亭宴煞　鴛鴦兒煞尾　太平歌
十棒鼓　小婦孩兒　掛打燈
喬木查　蝶戀花　慶宣和
棗鄉調　石竹子　山石榴
山丹花　醉娘子　駙馬還朝
大拜門　鵰刺鴣　不拜門
喜人心　忽都白　倘兀歹
風流體（中呂出入）

樂曲

達達樂器。如箏秦琵琶胡琴渾不似之類。所彈之曲。與漢人曲調不同。

大曲

哈八兒圖　口温　也葛儻兀

畏兀兒　閃古里　起土苦里

跋四土魯海　舍舍弼　搖落四

蒙古搖落四　閃彈搖落四　阿耶兒虎

桑哥兒苦不下江南謂之孔雀雙手彈　答罕謂之白翎雀雙手彈

苦只把失品弦

小曲

阿廝闌扯弼回盞曲雙手彈　阿林捺花紅

哈兒火失哈赤黑雀兒叫　洞洞伯

曲律買　者歸　牝嚊兀兒

把擔葛失　削浪沙　馬哈

相公　仙鶴　阿下水花

回回曲附

伉里　馬黑某當當　清泉當當

水仙子

張明善作北樂府水仙子譏時云。鋪眉苫眼早三公。裸袖揎拳享萬鍾。胡言亂語成時用。大剛來都是烘。上聲說英雄誰是英雄。五眼雞岐山鳴鳳。兩頭蛇南陽臥龍。三脚猫渭水飛熊。

輟耕曲錄終

丹丘先生曲論

明寧獻王朱權撰

一　樂府體式

予今新定樂府體一十五家。及對式名目。

丹丘體　豪放不羈。

宗匠體　詞林老作之詞。

黃冠體　神遊廣漠。寄情太虛。有餐霞服日之思。

名曰道情。

承安體　華觀偉麗。過於泆樂。承安。金章宗正朔。

盛元體　快然有雍熙之治。字句皆無忌憚。又曰

不諱體。

江東體　端謹嚴密。

西江體　文采煥然。風流儒雅。
東吳體　清麗華巧。浮而且豔。
淮南體　氣勁趣高。
玉堂體　公平正大。
草堂體　志在泉石。
楚江體　屈抑不伸。攄衷訴志。
香奩體　裙裾脂粉。
騷人體　嘲譏戲謔。
俳優體　詭喻嫓虐。卽婬詞。

對式

合璧對　兩句對者是。
連璧對　四句對者是。
鼎足對　三句對者是。俗呼爲三鎗。

聯珠對　句多相對者是。

隔句對　長短句對者是。

鸞鳳和鳴對　首尾相對。如叨叨令所對者是也。

燕逐飛花對　三句對作一句者是。

疊句　重用兩句者是。如晝夜樂停驂停驂是也。

疊字　重疊字者是也。醉春風第四句是。

凡作樂府。古人云。有文章者謂之樂府。如無文飾者。謂之俚歌。不可與樂府共論也。

二　古今羣英樂府格勢

元一百八十七人。

馬東籬之詞如朝陽鳴鳳。其詞典雅清麗。可與靈光景福兩相頡頏。有振鬣長鳴。萬馬皆瘖之意。又若神鳳飛鳴于九霄。豈可與凡鳥共語哉。宜列羣英之上。

張小山之詞如瑤天笙鶴。其詞清而且麗。華而不豔。有不喫烟火食氣。真可謂不羈之材。若被太華之仙風。招蓬萊之海月。誠詞林宗匠也。當以九方皐之眼相之。

白仁甫之詞如鵬搏九霄。風骨磊磈。詞源滂沛。若大鵬之起北溟。奮翼淩乎九霄。有一舉萬里之志。宜冠于首。

李壽卿之詞如洞天春曉。其詞雍容典雅。變化幽玄。造語不凡。非神仙中人。孰能致此。

喬夢符之詞如神鰲皷浪。若天吳跨神鰲。噀沫於大洋。波濤洶涌。截斷衆流之勢。

費唐臣之詞如三峽波濤。神風聳秀。氣勢縱橫。放則驚濤拍天。斂則山河倒影。自是一般氣象。前列何疑。

宮大用之詞如西風鵰鶚。其詞鋒穎犀利。神彩煒然。若健翮摩空。下視林藪。使狐兔縮頸於蓬棘之勢。

王實甫之詞如花間美人。鋪敘委婉。深得騷人之趣。極有佳句。若玉環之出浴華清。綠珠之採蓮洛浦。

張鳴善之詞如彩鳳刷羽。藻思富贍。爛若春葩。郁郁熖熖。光彩萬丈。可以爲羽儀詞林者也。誠一代之作手。宜爲前列。

關漢卿之詞如瓊筵醉客。觀其詞語。乃可上可下之才。蓋所以取者。初爲雜劇之始。故卓以前列。

鄭德輝之詞如九天珠玉。其詞出語不凡。若咳唾落乎九天。臨風而生珠玉。誠傑作也。

白無咎之詞如太華孤峯。孑然獨立。巋然挺出。若孤峯之插晴昊。使人莫不仰視也。宜乎高薦。

貫酸齋之詞如天馬脫羈。
鄧玉賓之詞如幽谷芳蘭。
滕玉霄之詞如碧漢閑雲。
鮮于去矜之詞如奎壁騰輝。伯機子
商政叔之詞如朝霞散綵。
范子安之詞如竹裏鳴泉。
徐甜齋之詞如桂林秋月。
楊澹齋之詞如碧海珊瑚。
李致遠之詞如玉匣昆吾。
鄭庭玉之詞如珮玉鳴鑾。
劉庭信之詞如摩雲老鶻。
吳西逸之詞如空谷流泉。
秦竹村之詞如孤雲野鶴。

馬九皐之詞如松陰鳴鶴。
石子章之詞如蓬萊瑤草。
盍西村之詞如清風爽籟。
朱庭玉之詞如百卉爭芳。
庾吉甫之詞如奇峯散綺。
楊立齋之詞如風烟花柳。
楊西庵之詞如花柳芳妍。
胡紫山之詞如秋潭孤月。
張雲莊之詞如玉樹臨風。
元遺山之詞如窮崖孤松。
高文秀之詞如金瓶牡丹。
阿魯威之詞如鶴唳青霄。
呂止庵之詞如晴霞結綺。

荆幹臣之詞如珠簾鸚鵡。
薩天錫之詞如天風環珮。
薛昂夫之詞如雪窗翠竹。
顧均澤之詞如雪中喬木。
周德清之詞如玉笛横秋。
不忽麻之詞如閑雲出岫。
杜善夫之詞如鳳池春色。
鍾繼先之詞如騰空寶氣。
王仲文之詞如劍氣騰空。
李文蔚之詞如雪壓蒼松。
楊顯之之詞如瑶臺夜月。
顧仲清之詞如鵬鶚冲霄。
趙文寶之詞如藍田美玉。

趙明遠之詞如太華晴雲。
李子中之詞如清廟朱瑟。
李取進之詞如壯士舞劍。
吳昌齡之詞如庭草交翠。
武漢臣之詞如遠山疊翠。
李直夫之詞如梅邊月影。
馬昂夫之詞如秋蘭獨茂。
梁進之之詞如花裏啼鶯。
紀君祥之詞如雪裏梅花。
于伯淵之詞如翠柳黃鸝。
王庭秀之詞如月印寒潭。
姚守中之詞如秋月揚輝。
金志甫之詞如西山爽氣。

沈和甫之詞如翠屏孔雀。
睢景臣之詞如鳳管秋聲。
周仲彬之詞如平原孤隼。
吳仁卿之詞如山間明月。
秦簡夫之詞如峭壁孤松。
石君寶之詞如羅浮梅雪。
趙公輔之詞如空山清嘯。
孫仲章之詞如秋風鐵笛。
岳伯川之詞如雲林樵響。
趙子祥之詞如馬嘶芳草。
李好古之詞如孤松掛月。
陳存甫之詞如湘江雪竹。
鮑吉甫之詞如山蛟泣珠。

戴善甫之詞如荷花映水。

張時起之詞如鴈陣驚寒。

趙天錫之詞如秋水芙蕖。

尚仲賢之詞如山花獻笑。

王伯成之詞如紅鴛戲波。

已下一百五十人。俱是傑作。尤勝於前列者。其詞勢非筆舌所能擬。眞詞林之英傑也。

董解元（仕於金始製北曲）　盧疏齋　鮮于伯機　馮海粟

趙子昂　李溉之　曾褐夫　班彥功

童童學士　孛羅御史　郝新齋　陳叔寶

劉時中　徐子方　馬彥良　闞志學

孫子羽　曹以齋　王繼學　康進之

張子益　陳子厚　孫叔順　呂元禮

李茂之　亢文苑　曹子貞　左　山
孟漢卿　徐容齋　嚴忠齋　董君瑞
任則明　呂濟民　查德卿　武林隱
王元鼎　里西瑛　衞立中　李伯瞻
趙顯宏　劉逋齋　杲元啟　唐毅夫
孫周卿　高　拭　李愛山　宋方壺
姚牧菴　景元啟　曾瑞卿　李伯瑜
吳克齋　李德載　王和卿　杜遵禮
程景初　趙彥暉　王敬甫　鄧學可
沙正卿　趙明道　王仲誠　夢　簡
李邦基　呂天用　睢玄明　王仲元
高安道　張子友　侯正卿　史九敬先
李寬甫　彭伯成　李行道　趙君祥

汪澤民　陸顯之　孔文卿　狄君厚
張壽卿　費君祥　陳定甫　劉唐卿
阿里耀卿　王愛山　奥敦周卿　諸察善長
范冰壺　施均美　黃德潤　沈珙之
劉　聰　張　九　廖弘道　陳彥實
吳中立　錢子雲　高敬臣　曹明善
張子堅　王日華　王舉之　陳德和
丘士元

國朝一十六人。

王子一之詞如長鯨飲海。風神蒼古。才思奇瑰。如漢庭老吏判辭。不容一字增減。老作老作。其高處如披琅玕。而叫閶闔者也。

劉東生之詞如海嶠雲霞。鎔意鑄詞。無纖翳塵俗之氣。迴出人一頭地。可與王實甫輩並驅。藹然見於言意之表。非苟作者。宜列高選。

王文昌之詞如滄海明珠。詞源泛灩。淩長空而赴滄海。語音清麗。若玉撞而金舂。真樂府中之錚錚者也。

遼東指揮谷子敬之詞如崑山片玉。其詞理温潤。如璆琳琅玕。可薦爲郊廟之用。誠美物也。

藍楚芳之詞如秋風桂子。

陳克明之詞如九畹芳蘭。

李唐賓之詞如孤鶴鳴臯。

穆仲義之詞如洛神淩波。

湯舜民之詞如錦屏春風。

賈仲名之詞如錦帷瓊筵。

楊景言之詞如雨中之花。

蘇復之詞如雲林文豹。指揮

楊彥華之詞如春風飛花。

楊文奎之詞如匡廬疊翠。

夏均政之詞如南山秋色。

唐以初之詞如仙女散花。

大槩作樂府切忌有傷於音律。乃作者之大病也。且如女真風流體等樂章。皆以女真人音聲歌之。雖字有舛訛。不傷於音律者。不爲害也。大抵先要明腔。後要識譜。審其音而作之。庶不有忝於先輩焉。

且如詞中有字多難唱處。橫放傑出者。皆是才人拴縛不住的豪氣。然此若非老於文學者則爲劣調矣。

三　雜劇十二科

一曰神仙道化。　二曰隱居樂道。又曰林泉丘壑
三曰披袍秉笏。即君臣雜劇　四曰忠臣烈士。
五曰孝義廉節。　六曰叱奸罵讒。
七曰逐臣孤子。　八曰鏺刀趕棒。即脫膊雜劇
九曰風花雪月。　十曰悲歡離合。
十一曰烟花粉黛。即花旦雜劇　十二曰神頭鬼面。即神佛雜劇

雜劇俳優所扮者謂之娼戲。故曰勾欄子昂趙先生曰。良家子弟所扮雜劇。謂之行家生活。娼優所扮者。謂之戾家把戲。良人貴其恥。故扮者寡。今少矣。反以娼優扮者謂之行家。失之遠也。或問其何故哉。則應之曰。雜劇出于鴻儒碩士。騷人墨客。所作皆良人也。若非我輩所作。娼優豈能扮乎。推其本而明其理。故以爲戾家也。關漢卿曰。非是他當行本事。我家生活。

他不過爲奴隸之役。供笑獻勤。以奉我輩耳。子弟所扮。是我一家風月。雖是戲言。亦合于理。故取之。按良人貴其恥句待校

良家之子有通於音律者。又生當太平之盛。樂雍熙之治。欲返古感今。以飾太平。所扮者隋謂之康衢戲。唐謂之梨園樂。宋謂之華林戲。元謂之昇平樂。

四　羣英所編雜劇

元五百三十五

馬致遠

誤入桃源　漢宮秋　馬丹陽　酒德頌

齋後鐘　岳陽樓　青衫淚　歲寒亭

薦福碑　戚夫人　陳摶高臥　踏雪尋梅

黃粱夢第三折花李郎第四折紅字李二

費唐臣

貶黃州　斬鄧通　韋賢籝金

王實甫

西廂記　芙蓉亭　雙題怨　麗春堂

破窰記二本　多月亭　販茶舡二本　明達賣子

陸績懷橘　七步成章　麗春園二本　進梅諫二本

于公高門二本

宮大用

范張雞黍　釣魚臺　托公書　汲黯開倉

越王嘗膽　御賞鳳凰樓

關漢卿

哭香囊　三負心　鬼團圓　進西施

哭魏徵　春衫記　立宣帝　金線池

復落娼　劉夫人　拜月亭　單刀會
鷓鴣天　汴河冤　勘龍衣　雙駕車
救風塵　宣華妃　三撇嵌　⿰扌韋龍舟
⿸疒爲馬記　救啞子　哭昭君　雙赴夢
玉鏡臺　酹江月　切鱠旦　調風月
江梅怨　謝天香　認先皇　三嚇赦
哭存孝　鬧邢州　緋衣夢　狄梁公
柳絲亭　對玉釧　蝴蝶夢　萬花堂
王皇后　玉簪記　竇娥冤　破窰記二本
錢大尹鬼報　救周勃　姻緣簿
銅瓦記　鑿壁偷光　綠珠墜樓　管寧割席
裴度還帶　織錦迴文　敬德降唐　孫康映雪
高鳳漂麥　降生趙太祖　金銀交鈔三告狀

陳母教子　擔水澆花旦二本

白仁甫

梧桐雨　東牆記　幸月宮　流紅葉

銀箏怨　斬白蛇　錢塘夢　祝英臺

絕纓會　崔護謁漿二本　高祖歸莊

牆頭馬上　燈月鳳凰舡　蕭翼賺蘭亭

閻師道趕江

喬夢符

金錢記　黃金臺　認玉釵　揚州夢

兩世姻緣　勘風情　節婦牌　荊公遺妾

尚仲賢

秉燭旦　三奪槊　負桂英　柳毅傳書

越娘背燈　歸去來兮　張生煮海二本

諸葛論功　崔護謁漿

庾吉甫

薦馬周　淩波夢　蘭昌宮　青綾臺

華清宮　霓裳怨　蘂珠宮　罵上元

麗春園二本　買臣負薪　雞鳴度關　周處三害

琵琶怨　江月錦帆舟　裴航遇雲英

高文秀

謁魯肅　誶范雎　打瓦罐　鬭雞會

論杜康　問啞禪　並頭蓮　打呂胥

鎖水母　雙獻頭　牡丹園　潘安擲果

廉頗負荊　趙堯辭金　張敞畫眉

班超投筆二本　霸王舉鼎　子胥走樊城

風月害夫人二本　門神訴冤

養子不及父　趙元遇上皇
敷演劉耍和　黑旋風喬教學
麗春園二本　窮秀才雙棄瓢
劉先主襄陽會　豹子秀才不當差
豹子令史干請俸　謊秀才
窮風月　黑旋風借屍還魂

鄭德輝

細柳營二本　紫雲娘　秦樓月　採蓮舟
哭晏嬰　伊尹扶湯　月夜聞箏　無鹽破環
翰林風月　梨園樂府　王粲登樓
倩女離魂二本　太后摔印　指鹿道馬
周公攝政　三戰呂布二本　哭孫子
玉樹後庭花

李文蔚

圯橋進履　燕青撲魚　燕青射雁　魚雁傳情

東山高臥（二本）　芭蕉雨

風雪推車旦　金水題紅怨

謝玄破苻堅　盧亭亭擔水澆花旦（二本）

漢武帝死哭李夫人　蔡蕭宗醉寫石州慢

侯正卿

燕子樓

史九敬先

莊周夢

孟漢卿

魔合羅

戴善甫

紫雲亭　風光好　翫江樓　紅衣怪
伯瑜泣杖
張時起
鞦韆怨　別虞姬　昭君出塞
李寬甫
問牛喘
彭伯成
京娘怨
趙公輔
倩女離魂二本　東山高臥二本
李行道
灰闌記
趙君祥

春夜梨花雨
費君祥
菊花會
紀君祥
韓退之　松陰夢　錯勘贓二本　驢皮記
趙氏孤兒　販茶舡二本
趙天錫
金釵翦燭　何郎傅粉
梁進之
進梅諫二本　于公高門二本
汪澤民
糊突包待制
楊顯之

酷寒亭旦末二本　射金錢　師婆旦

小劉屠　劉泉進瓜　瀟湘夜雨

蒲魯忽劉屠大拜門　黑旋風喬斷案

陳定甫

兩無功

李壽卿

斬韓信　嘆骷髏　臨岐柳　鑑湖亭

祭滻水　復奪受禪臺二本　伍員吹簫

遠波亭　辜負呂無雙　舡子和尚秋蓮夢

王伯成有天寶遺事行於世

貶夜郎　張騫浮槎

孫仲章

遺留文書　白頭吟

趙明遠

韓湘子　范蠡歸湖

劉唐卿

麻地傍印

李子中

韓壽偷香　崔子弒齊君

武漢臣

老生兒　魯義姑　玉堂春　錯勘贓二本

提頭鬼　天子班　關山怨　掛甲朝天

韓信築壇　三戰呂布二本

王仲文

五丈原　錦香亭　不認屍　石守信二本

王孫賈　諸葛祭風　董宣強項　張良辭朝

韓信乞食　王祥臥冰
陸顯之
宋上皇碎冬凌
李取進
欒巴噀酒　窮解子破雨傘　復奪受禪臺二本
于伯淵
餓劉友　斬呂布　小秦王　鬼風月
珍珠旗　武三思
岳伯川
鐵拐李岳　夢斷楊貴妃
康進之
黑旋風負荊　黑旋風老收心
王庭秀

細柳營　焚典坑儒　鹽客雙告狀

石頭和尚草庵歌

石子章

竹窗雨　竹塢聽琴

趙子祥

石守信二本　崔和擔生　害夫人二本

范子安

曲江池杜甫遊春　竹葉舟

李好古

鎮凶宅　張生煮海二本　巨靈神劈華岳

曾瑞卿

才子佳人誤元宵

狄君厚

火燒介子推

張壽卿

紅梨花

孔文卿

東窗事犯二本

姚守中

逢萌掛冠　郝廉留錢　扯詔立中宗

李直夫

孝諫鄭莊公　念奴教樂　水渰藍橋

虎頭牌　伯道棄子　歹鬬娘子勸丈夫

錯立身二本　夕陽樓　風月郎君怕媳婦

火燒祆廟　壞盡風光　占斷風光

吳昌齡

賞黃花　搜胡洞　眼睛記　抱石投江
東坡夢　辰鈎月　貨郎末泥　西天取經
夜月走昭君　狄青撲馬
石君寶
曲江池　哭周瑜　雪香亭　紫雲亭
秋胡戲妻　歲寒三友　士女秋香怨
柳眉兒金錢記　呂太后醢彭越
窮解子紅綃驛
金志甫
追韓信　西湖夢　韓太師　鼎鑊諫
抱子設朝　蔡琰還漢　東窗事犯二本
陳存甫
錦堂風月　誤入長安

睢景臣

牡丹記　千里投人　屈原投江

周仲彬

杜韋娘　蘇武持節　孫武教女兵二本

戲諫唐莊宗

吳仁卿

子房貨劍　手卷記　火燒正陽門

顧仲清

火燒紀信　陵母伏劍

沈和甫

朱蛇記　樂昌分鏡　郭興阿楊　歡喜冤家

燕山逢故人　瀟湘八景

鮑吉甫

衛靈公　曹娥泣江　爲富不仁　宋弘不諧

班超投筆　死哭秦少游　比干剖腹

楊震畏金

趙文寶

七德舞　執笏諫　孫武教女兵二本

姜肱共被　麋竺收資

孫子羽

夜月紫鸞簫

秦簡夫

玉溪館　破家子弟　趙禮讓肥　翦髮待賓

張鳴善

烟花鬼　夜月瑤琴怨

鄭庭玉

雙教化　王公綽　打李煥　送寒衣

金鳳釵　鳳凰兒　忍字記　欒城驛

哭韓信　販揚州　復勘贓　四馬奔陣

漁父辭劍　踈者下舡　孫恪遇猿　冤家債主

貧兒乍富　因禍致福　智勘後庭花

風月七真堂　劉斌料到底

范冰壺四人共作

鸘鷞裘第二折施均美　第三折黃德潤　第四折沈珙之

國朝三十三本内無名氏三本

丹丘先生

瑤天笙鶴　白日飛昇　獨步大羅　辯三教

九合諸侯　私奔相如　豫章三害　肅清瀚海

勘妬婦　煙花判　楊嫉復落娼

客窗夜話

王子一

海棠風　楚臺雲　劉阮天台　鶯燕蜂蝶

劉東生

月下老世間配偶　嬌紅記二本

谷子敬

三度城南柳　枕中記　雪恨鬧陰司

湯舜民

風月瑞仙亭　嬌紅記

楊景言

風月海棠亭　史教坊斷生死夫妻

賈仲名

度金童玉女

楊文奎

玉盒記　兩團圓　王魁不負心

封陟遇上元

古今無名氏雜劇一百一十本

龍虎風雲會　抱粧盒　霍光鬼諫

拂塵子仁義禮智信　夢天台

望思臺　邢臺記　燕山夢

博望燒屯　火燒阿房宮　綵扇題詩

濯足氣英布　夜走馬陵道　智賺蒯文通

蘇秦還鄉　豫讓吞炭　田單火牛

王允連環記　托妻寄子　袁覺拖笆

私下三關　醉寫赤壁賦　趙宗讓肥

收心猿意馬　月夜杜鵑啼　秋夜雲窗夢

孟良盜骨　留鞋記　張千替殺妻
智賺三件寶　張鼎勘頭巾　罟罟旦
貨郎旦　四國旦　敬德不伏老
滴水浮漚記　敬德撾怨鼓　朱砂記
張順水裏報冤　京娘盜果　紙扇記
任千四顆頭　任貴五顆頭　繼母大賢
病打獨角牛　劉弘嫁婢　還牢旦
還牢末　智賺鬼擘口　殺狗勸夫
盆兒鬼　一丈青鬧元宵　智賺桃花女
張儀凍蘇秦　錯送鴛鴦被　醉走黃鶴樓
撻碎黃鶴樓　錢神論　章臺柳
包待制雙勘丁　蟠桃會　斬陳餘
馮驩燒券　詐遊雲夢　賢孝牌

千里獨行　盧仝七碗茶　夜月荊娘墓
昇仙會　卓文君駕車　白蓮池
舉案齊眉　存孝打虎　打毬會
復奪衣襖車　刀劈史鴉霞　飛刀對箭
打陳平　祭三王　楊香跨虎
田真泣樹　螺螄末尼　大鬧開封府
魯元公主　三賢婦　聖姑姑
策立陰皇后　雙鬬醫　明皇村院會佳期
黃魯直打到底　風流娘子兩相宜
搬運太湖石　風雪包待制　柳成錯背妻
桂花精　黃花寨　水簾寨
化胡成佛　雪裏報冤　銷金帳
蔡順分椹　望香亭　大鬧相國寺

馬丹陽度脫劉行首　　佳人寫恨

才子留情　　哀哀怨怨後庭花

危太僕衣錦還鄉　　郭桓盜官粱

陶侃拿蘇峻

蓋雜劇者。太平之勝事。非太平則無以出。今以耳聞目擊者。收入譜內。天下才人非一。以一人管見。不能備知。望後之知音者增入焉。

娼夫不入羣英四人共十一本。

子昂趙先生曰。娼夫之詞名曰綠巾詞。其詞雖有切者。亦不可以樂府稱也。故入於娼夫之列。

元

趙明鏡

啞觀音　　錯立身二本　　武王伐紂

張酷貧

漢衫記　高祖還鄉　薛仁貴衣錦還鄉

紅字李二

板沓兒　病楊雄　武松打虎

花李郎

釘一釘　相府院

娼夫自春秋之世有之。異類托姓。有名無字。趙明鏡訛傳趙文敬。非也。張酷貧訛傳張國賓。非也。自古娼夫。如黃番綽。鏡新磨。雷海青之輩。皆古之名娼也。止以樂名稱之耳。亘世無字。

五　善歌之士

知音善歌者三十六人（娼夫不取）

盧綱。咸陽人也。其音屬宮。而雜商。如神虎之嘯風。雄而且壯。爲當時之傑。又若腰鼓百面。以破蒼蠅蟋蟀之鳴。萬無一敵。

李良辰。塗陽人也。其音屬角。如蒼龍之吟秋水。予初入關時。寓遵化。聞於軍中。其時三軍喧轟。萬騎雜遝。歌聲一過。壯士莫不傾耳。人皆默然。如六軍銜枚而夜遁。可謂善歌者也。

蔣康之。金陵人也。其音屬宮。如玉磬之擊明堂。温潤可愛。癸未春。渡南康。夜泊彭蠡之南。其夜將半。江風呑波。山月銜岫。四無人語。水聲淙淙。康之扣舷而歌江水澄澄江月明之詞。湖上之民。莫不擁衾而聽。推窗出戸是聽者。雜合於岸。少焉。滿江如有長嘆之聲。自此聲譽愈遠矣。

李通。宛平人也。其音屬羽。如玉笙之吹瓊館。清而且潤。名貫薊北。

李伯舉。鎮江人。　王子敬。臨清人。

華士良。杭州人。臨洮知府。　九敬之。色目人。

幞頭王。杭州匠人。　張仲文。揚州人。

甘仲平。鎮江人。　秦梧葉。陝西人。

吳友執。汴梁人。　史九臯。杭州人。

劉彥達。通州人。　王善甫。宛平人。

傅秉文。永平人。　李時敬。通州人。

俞允中。宛平人。　湯執中。沛縣人。

張仲實。塗陽人。　李弘遠。塗陽人。

劉庭簡。塗陽人。　梅景初。宛平人。

李秉質。塗陽人。　馮彥臯。台州人。

郝璉。即郝國器。宛平人。　李彥中。汴梁人。

俞景中。宛平人。　靳士名。宛平醫人。

賀從善。杭州醫人。　蔣原佐。常州宜興人。

胡惟中。濟寧人。　王均佐。遵化人。

楊景輝。鳳陽人。　徐仕傑。杭州人。

凡唱最要穩當。不可做作。如咂唇。搖頭。彈指。頓足之態。高低。輕重。添減太過之音。皆是市井狂悖之徒。輕薄淫蕩之聲。聞者能亂人之耳目。切忌不可優伶以之。唱若遊雲之飛太空。上下無礙。悠悠揚揚。出其自然。使人聽之。可以頓釋煩悶。和悅性情。通暢血氣。此皆天生正音。是以能合人之性情。得者以之。故曰。一聲唱到融神處。毛骨蕭然六月寒。

六　古之知音善歌者

古帝王知音者

伏羲始製扶來立本之音。　神農製扶持下謀之音。
黃帝製雲門大卷咸池之音。　少皞製太淵之音。
顓帝製六莖之樂。　帝嚳製五英之樂。
堯帝製大章之樂。　舜帝製大韶之樂。
禹王製大夏之樂。　湯王製大濩之樂。
武王製大武房中之樂。　周公製勺。
唐太宗製秦王破陣之樂。
唐玄宗製霓裳羽衣之曲。
及乎唐讓皇帝。後唐莊宗。南唐李后主。宋徽宗。金章宗。皆知音者也。

古之善歌者

秦青。薛譚。韓秦娥。沈古之。石存符。此五人歌聲一遏。行雲不流。木葉皆墜。得其五音之正。能感物化氣故也。

古有兩家之唱。芝菴增入喪門之歌。爲三家。

道家所唱者飛馭天表。游覽太虛。俯視八紘。志在冲漠之上。寄傲宇宙之間。慨古感今。有樂道徜徉之情。故曰道情。

儒家所唱者。性理衡門。樂道隱居。以曠其志。泉石之興。

僧家所唱者。自梁方有喪門之歌。初謂之頌偈。急急修來急急修之語是也。不過乞食抄化之語。以天堂地獄之說。愚化世俗故也。至宋末。亦唱樂府之曲。留內皆用之。元初讚佛亦用之。

七　音律宮調

五音

宮　屬土。性圓。爲君。其色黃。在天符土星。於人曰

信。分旺四季、

商　屬金。性方。爲臣。其色白。在天符金星。於人曰

義。應秋之節。

角　屬木。性直。爲民。其色青。在天符木星。於人曰

仁。應春之節。

徵　屬火。性明。爲士。其色赤。在天符火星。於人曰

禮。應夏之節。

羽　屬水。性潤。爲物。其色黑。在天符水星。於人曰

智。應冬之節。

六律（陽）　大蔟　姑洗　蕤賓　夷則　無射

黃鐘

六呂（陰）　大呂　應鍾　南呂　林鍾　中呂

夾鍾
六宮　仙呂宮　南呂宮　黃鍾宮　仲呂宮　正
宮　道宮
十一調　大石調　小石調　高平調　揭指調
般涉調　商角調　宮調　商調　角調　越調
雙調

八　雜劇院本角色

丹丘先生曰。雜劇院本。皆有正末。副末。狚。孤。靚。鴇。猱。捷譏。引戲。九色之名。孰不知其名。亦有所出。予今書於譜內。以遺後之好事焉。

雜劇之說。唐爲傳奇。宋爲戲文。金爲院本雜劇。合而爲一。元分院本爲一。雜劇爲一。雜劇者。雜戲也。院本者。行院之本也。

正末　當場男子謂之末。末。指事也。俗爲之末泥。

副末　古謂蒼鶻。故可以撲靚者。靚謂狐也。如鶻之可以擊狐。故副末執榼瓜以撲靚是也。

狚　當場之妓曰狚。狚。猿之雌也。名曰猵狚。其性好淫。俗呼曰旦。非也。

孤　當場粧官者。

靚　傅粉墨者謂之靚。獻笑供諂者也。古謂參軍。書語稱狐爲田參軍。故副末稱蒼鶻者。以能擊狐也。靚。粉白黛綠謂之靚粧。故曰粧靚色。呼爲淨。非也。

鴇　妓女之老者曰鴇。鴇似雁而大。無後趾。虎文。喜淫而無厭。諸鳥求之即就。俗呼爲獨豹。今人稱鴇者。是也。

猱　妓女總稱謂之猱。猱。猿屬。貪獸也。喜食虎肝腦。虎見而愛之。負其背而取虱。遺其首卽死。求其腦肝腸而食之。古人取喻。虎譬如少年。喜而愛其色。彼如猱也。誘而貪其財。故至子弟喪身敗業是也。

捷譏　古謂之滑稽。院本中便捷譏謔者是也。俳優稱爲樂官。

引戲　院本中狙也。

鬼門道　构欄中戲房出入之所。謂之鬼門道。鬼者。言其所扮者皆是已往昔人。故出入謂之鬼門道也。愚俗無知。因置鼓於門。訛喚爲鼓門道。於理無宜。亦曰古門道。非也。東坡詩曰。搬演古今事。出入鬼門道。正謂此也。

丹丘先生曲論終

四友齋曲說

新曲苑第五種

明華亭何良俊撰

小引

昔師曠吹律而知南風之不競。有人彈琴。見螳螂向鳴蟬。欲其得之也。蔡中郎聞其音而知有殺心。隋煬帝將幸江都。作翻調安公子曲。王令言知其不反。唐章懷太子作寶慶曲。李嗣真聞而知太子廢。古之審音者。其神妙如此。今世律法亡矣。余何能知之。蓋因小時喜聽曲。中年病廢。教童子習唱。遂能解其音調。知其節拍而已。魏文帝善哉行內云。知音識曲。善爲樂方。或庶幾焉耳。茲以論詞曲之語。附載於篇末。

音樂之流變

古樂之亡久矣。雖音律亦不傳。今所存者。惟詞曲亦只是淫哇之聲。但不可廢耳。蓋當天地剖判之初。氣

南北聲音之消長

機一動。卽有元聲。凡宣八風。鼓萬籟。皆是物也。故樂之變而天神降。地祇出。則亦豈細故哉。故曰。聲音之道。與政通矣。佛經亦曰。以我所證音聲爲□□。佛家梵唄。如念眞言之類。必和其音者。蓋以和召和。用通靈氣也。正聲之亡。今已無可奈何。但詞家所謂九宮十二則。以統諸曲者存。以待審音者出。或者爲告朔之餼羊歟。

楊升菴曰。南史蔡仲熊云。五音本在中土。故氣韻調平。東南土氣偏詖。故不能感動木石。斯誠公言也。近世北曲。雖鄭衛之音。然猶古者總章北里之韻。梨園教坊之調。是可證也。近日多尚海鹽南曲。士夫稟心房之精。從婉孌之習者。風靡如一。甚者北土亦移而耽之。更數世後。北曲亦失傳矣。

金元人呼北戲爲雜劇。南戲爲戲文。近代人雜劇、以王實甫之西廂記。戲文以高則誠之琵琶記爲絕唱。大不然。夫詩變而爲詞。詞變而爲歌曲。則歌曲乃詩之流別。今二家之辭。卽譬之李杜。若謂李杜之詩爲不工。固不可。苟以爲詩必以李杜爲極致。亦豈然哉。祖宗開國。尊崇儒術。士大夫恥留心辭曲。雜劇與舊戲文本。皆不傳。世人不得盡見。雖教坊有能搬演者。然古調既不諧於俗耳。南人又不知北音。聽者卽不喜。則習者亦漸少。而西廂琵琶記傳刻偶多。世皆快覩。故其所知者。獨此二家。余所藏雜劇本幾三百種。舊戲本雖無刻本。然每見於詞家之書。乃知今元人之詞。往往有出於二家之上者。蓋西廂全帶脂粉。琵琶專弄學問。其本色語少。蓋填詞須用本色語。方是作家。苟詩家獨取李杜。則沈宋王孟韋柳元白。將盡廢之耶。

元人樂府稱馬東籬。鄭德輝。關漢卿。白仁甫。爲四大家。馬之詞老健而乏姿媚。關之詞激厲而少蘊藉。白頗簡淡。所欠者俊語。當以鄭爲第一。鄭德輝雜劇。太和正音譜所載。總十八本。然入絃索者。惟㑳梅香倩女離魂。王粲登樓。三本。今教坊所唱。率多時曲。此等雜劇古詞。皆不傳習。三本中。獨㑳梅香頭一折。點絳脣。尚有人會唱。至第二折「驚飛幽鳥。」與倩女離魂內「人去陽臺。」王粲登樓內「塵滿征衣。」人久不聞。不知絃索中有此曲矣。

大抵情辭易工。蓋人生於情。所謂愚夫愚婦。可以與知者。觀十五國風。大半皆發於情。可以知矣。是以作者既易工。聞者亦易動聽。即西廂記與今所唱時曲。大率皆情詞也。至如王粲登樓第二折。摹寫羇懷壯志。語多慷慨。而氣亦爽烈。至後堯民歌十二月。托物寓意。尤爲妙絕。豈作調脂弄粉語者。可得窺其堂廡哉。

鄭德輝所作情詞。亦自與人不同。如㑳梅香頭一折寄生草「不爭琴操中單訴你飄零。却不道窗兒外更有個人孤另。」六么序「却原來羣花弄影。將我來謊一驚。」此語何等蘊藉有趣。大石調初開口內。「又不曾薦枕席。便指望同棺槨。只想夜偷期。不記朝聞道。」好觀音內「上覆你箇氣咽聲絲張京兆。本待要塡還你枕剩衾薄。」語不着色相。情意獨至。眞得詞家三昧者也。

倩女離魂

鄭德輝倩女離魂越調聖藥王內。「近蓼花。纜釣槎。有折蒲衰草綠蒹葭。過水窪。傍淺沙。遙望見烟籠寒水月籠沙。我只見茅舍兩三家。」如此等語。清麗流便。語入本色。然殊不穠郁。宜不諧於俗耳也。

西廂五卷之蕪複

王實甫才情富麗。眞辭家之雄。但西廂首尾五卷。曲二十一套。終始不出一情字。亦何怪其意之重複。語之蕪纇耶。今乃知元人雜劇。止是四折。未爲無見。

西廂妙語

王實甫西廂。其妙處亦何可掩。如第二卷混江龍內。「蝶粉輕沾飛絮雪。燕泥香惹落花塵。繫春心情短柳絲長。隔花陰人遠天涯近。香消了六朝金粉。清減了三楚精神。」如此數語。雖李供奉復生。亦豈能有以加之哉。

西廂敗句

西廂內如「魂靈兒飛在半天。我將你做心肝兒看

芙蓉亭

待。」「魂飛在九霄雲外。」「少可有一萬聲長吁短嘆。五千遍搗枕椎床。」語意皆露。殊無蘊藉。如「太行山高仰望。東洋海深思渴。」則全不成語。此真務多之病。余謂鄭詞淡而淨。王詞濃而蕪。

王實甫絲竹芙蓉亭雜劇。仙呂一套。通篇皆本色。詞殊簡淡可喜。其間如混江龍內「想着我懷兒中受用。怕什麼臉兒上搶白。」元和令內「他有曹子建七步才。還不了龐居士一分債。」勝葫蘆內「兀的般月斜風細。更闌人靜。天上巧安排。」寄生草內「你莫不一家兒受了康禪戒。」此等皆俊語也。夫語關閨閤。已是穠豔。須得以冷言剩句出之。雜以訕笑。方纔有趣。若既着相。辭復濃豔。則豈畫家所謂濃鹽赤醬者乎。畫家以重設色爲濃鹽赤醬。若女子施朱傅粉。刻畫太過。豈如靚妝素服。天然妙麗者之爲勝耶。

麗春堂

王實甫不但長於情辭。有歌舞麗春堂雜劇。其十三換頭落梅風內。「對青銅猛然間兩鬢霜。全不似舊時模樣。」此句甚簡淡。偶然言及老頓。卽稱此二句。此老亦自具眼。

㑳梅香

㑳梅香第三折越調。雖不入絃索。自是妙。如小桃紅云。「是害得神魂蕩漾。也合將眼皮開放。你好熱莽也沈東陽。」調笑令內。「孽面的便搶白俺那病裏王。呀。怎生來番悔了巫山窈窕娘。滿口裏之乎者也沒攔當。都噴在那生臉上。誰笑那有情人恨無箇地縫藏。羞殺也傅粉何郎。」禿廝兒「請學士休心勞意攘。俺小姐他只是作耍難當。」止是尋常說話。略

多數換頭

虎頭牌

帶訕語。然中間意趣無窮。此便是作家也。

李直夫虎頭牌雜劇。十七換頭。關漢卿散套。二十換頭。王實甫歌舞麗春堂。十二換頭。在雙調中。別是一調。排名如阿那忽。相公愛。也不羅。醉也摩挲。忽都白。唐兀歹之類。皆是胡語。此其證也。三套中惟十七換頭其調尤吁。蓋李是女真人也。十三換頭一錠銀內。他將阿那忽腔兒來合唱。麗春堂亦是金人之事。則知金人於雙調內慣塡此調。關漢卿王實甫因用之也。

虎頭牌是武元皇帝事。金武元皇帝未正位時。其叔錢之出鎮。十七換頭落梅風云。抹得瓶口兒淨。斟得盞面兒圓。望着碧天邊。太陽澆奠。只俺這女真人無甚麼別呪願。則願我弟兄們早能勾相見。此等詞情眞語切。正當行家也。一友人聞此曲曰。此似唐人木蘭詩。余喜其賞識。

小鬟善曲

余家小鬟記五十餘曲。而散套不過四五段。其餘皆金元人雜劇詞也。南京教坊人所不能知。老頓言。頓仁在正德爺爺時。隨駕至北京。在教坊學得懷之五十年。供筵所唱。皆是時曲。此等辭並無人問及。不意垂死。遇一知音。是雖曲藝。然可不謂之一遭遇哉。

王渼陂詞

王渼陂欲塡此詞。求善歌者至家。閉門學唱三年。然後操筆。余最愛其散套中。鶯巢溼春隱花梢。以爲金元人無此一句。

康王之詞

康對山詞迭宕。然不及王蘊藉。如渼陂杜甫遊春雜劇。雖金元人猶當北面。何況近代。以王蘭卿傳校之。不逮遠矣。

金在衡詞

南都自徐髯仙後。惟金在衡最爲知音。善填詞。其嘲調小曲極妙。每誦一篇。令人絕倒。亦謂散套中無佳者。惟萬種閑愁最好。余細看之。獨馬上拖鷄三市闘。袖中懷劍五陵遊二句差勝。乃用晚唐人羅隱詩也。其餘蕪淺不足觀。

犯韻

西廂記越調。彩筆題詩。用侵尋韻。本閉口。而眉帶遠山鋪翠。眼橫秋水無塵。誤入真文韻。如朱仲誼辭寫鴛鴦塚黃鍾。羞對鶯花綠窗掩。通篇俱閉口用韻甚好。

唱曲誤字

樂府辭。伎人傳習。皆不曉文義。中間固有刻本原差。因而承謬者。亦有刻本原不差。而文義稍深。伎人不解。擅自改易者。如兩世姻緣金菊香云。眼波眉黛不分明。今人都作眼皮。一日小鬟唱此曲。金在衡聞唱

波字。撫掌樂甚。云。吾每對伎人說此字。俱不肯聽。公
能正之。殊快人意。

雁底關河

二十換頭尾聲。臨了一句。煞強似應底關河路兒遠。
余疑應字文義不通。思欲正之。終不得其字。一日偶
看太和正音譜。觀關漢卿侍香金童內。有鴈底關河。
馬頭明月之句。蓋鴈飛無不到。其底下之關河。言甚
遠也。二十換頭。亦關漢卿詞。蓋漢卿慣用此語。其爲
鴈底無疑。

氈字開口

老頓於中原音韻。瓊林雅韻。終年不去手。故開口閉
口。與四聲陰陽字。八九分皆是。文義欠明時有差處。
如馬東籬孤鴈漢宮秋。其雙調尾聲。云。載離恨的氈
車半坡裏響。氈字他教作閉口。余言氈字當開口。他
說頓仁於韻上考索極詳。此字從占。當作閉口。余曰。

若是從占。果當作閉口。但此是寫書人從省耳。此字原從亶。亶是開口。汝試檢氈字正文。無從占者。渠始信。教作開口。

南曲慢詞唱法失傳

老頓云。南曲中。如雨歇梅天。呂蒙正內。紅粧豔質。王詳內。夏日炎炎。殺狗內。千紅百翠。此等謂之慢詞。教坊不隸琵琶箏色。乃歌章色所肄習者。南京教坊歌章色久無人。此曲都不傳矣。

琵琶記曲難率意唱

余令老頓教伯喈一二曲。渠云。伯喈曲某都唱得。但此等皆是後人依腔按字打將出來。正如善吹笛管者。聽人唱曲。依腔吹出。謂之唱調。然不按譜。終不入律。況絃索九宮之曲。或用滚絃。花和。大和。釤弦。皆有定則。故新曲要度入亦易。若南九宮原不入調。間有之。只是小令。苟大套數既無定則可依。而以意彈出。

琵琶欠風味處

拜月高出琵琶

拜月好句

如何得□□□管稍長短。其聲便可就板。弦索若多一彈。或少一彈。則亦板矣。其可率意爲之哉。

高則誠才藻富麗。如琵琶記長空萬里。是一篇好賦。豈詞曲能盡之。然既謂之曲。須要有蒜酪。而此曲全無。正如王公大人之席。駝峯熊掌。肥腯盈前。而無蔬筍蜆蛤。所欠者風味耳。

拜月亭是元人施君美所撰。太和正音譜樂府羣英姓氏。亦載此人。余謂其高出於琵琶記遠甚。蓋其才藻雖不及高。然終是當行。其拜新月二折。乃隱括關漢卿雜劇語。他如走雨錯認。上路。館驛中相逢。數折。彼此問答。皆不須賓白。而敘說情事。宛轉詳盡。全不費詞。可謂妙絕。

拜月亭賞春惜奴嬌。如香閨。掩珠簾鎮垂。不肯放燕雙飛。走兩內。綉鞋兒分不得幫底。一步步提。百忙裏褪了根。正詞家所謂本色語。

九種南戲能上絃索

南戲自拜月亭之外。如呂蒙正紅粧豔質。喜得功名遂。王祥內夏日炎炎。今日個最關情處。路遠迢遙。殺狗內千紅百翠。江流兒內崎嶇去路賒。南西廂內團團皎皎。巴到西廂。翫江樓內花底黃鸝。子母寃家內。東野翠烟消。詐妮子內春來麗日長。皆上絃索。此九種卽所謂戲文。金元人之筆也。詞雖不能盡工。然皆入律。正以其聲之和也。夫旣謂之辭。寧聲叶而辭不工。無寧辭工而聲不叶。

南北曲板之緊慢

曲至緊板。卽古樂府所謂趨。趨者促也。絃索中大和絃是慢板。至花和絃則緊板矣。北曲如中呂至快活三臨了一句。放慢來。接唱朝天子。正宮至呆骨都雙調至甜水令。仙呂至後庭花。越調至小桃紅。商調至梧葉兒。皆大和。又是慢板矣。緊慢相錯。何等節奏。南曲如錦堂月後僥僥令。念奴嬌後古輪臺。梁州序後節節高。一緊而不復收矣。

清彈琵琶。稱正陽鍾秀之。徽州查十八。有厚貲好琵琶。縱浪江湖。至正陽訪之。持侍生刺投謁。鍾令人語之曰。使尋常人來見。則宜稱侍生。吾聞查十八以琵琶遊江湖。今日來謁。非執弟子禮。我斷不出。查言。吾固聞秀之名。然未見其佳。使果奇。執弟子禮未晚。鍾取琵琶於照壁後一曲。查膝行而前。稱弟子。留處數月。盡鍾之伎而歸。友人王亮卿。徽州人。有俊才能詩。嘗言昔年入試留都。聞查十八在上河。往訪之。相期飲於妓館。欲聽其琵琶。查曰。妓人琵琶。吾一掃卽四絃俱絕。須攜我串用者以往。亮卿設酒於舊院楊家。楊亦世代以琵琶名。酒半。查取琵琶彈之。有一妓女占板甫一二段。其家有瞎媽媽最知音。連使人來言此官人琵琶與尋常不同。汝占板俱不是。半曲後。使女子扶憑而出。問查來歷。查云。是鍾秀之徒弟。此媽媽舊與秀之相處。與查相持而泣。留連不忍別。

四友齋曲說終

王氏曲藻序

曲者詞之變。自金元入中國。所用胡樂嘈雜。淒緊緩急之間。詞不能按。乃更爲新聲以媚之。而諸君如貫酸齋。馬東籬。王實甫。關漢卿。張可久。喬夢符。鄭德輝。宮大用。白仁甫輩。咸富有才情。兼喜聲律。以故遂擅一代之長。所謂宋詞元曲。殆不虛也。但大江以北。漸染胡語。時時採入。而沈約四聲。遂闕其一。東南之士。未盡顧曲之周郎。逢掖之間。又稀辨撾之王應。稍稍復變新體。號爲南曲。高拭則成。遂掩前後。大抵北主勁切雄麗。南主清峭柔遠。雖本才情。務諧俚俗。譬之同一師承。而頓漸分教。俱爲國臣。而文武異科。今談曲者往往合而舉之。良可笑也。弇州山人王世貞著。

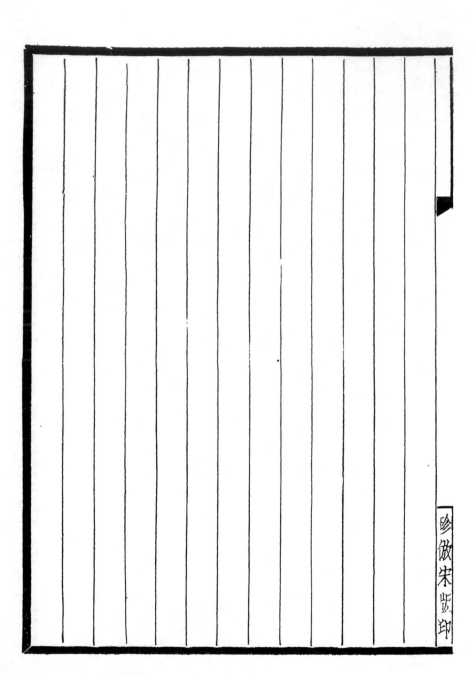

王氏曲藻

新曲苑第六種

明太倉王世貞撰

曲之成因

三百篇亡而後有騷賦。騷賦難入樂而後有古樂府。古樂府不入俗而以唐絕句爲樂府。絕句少宛轉而後有詞。詞不快北耳而後有北曲。北曲不諧南耳而後有南曲。

南曲不協

何元朗云。北人之曲以九宮統之。九宮之外別有道宮。高平。般涉三調。南人之歌亦有南九宮。然南歌或多與絲竹不協。豈所謂土氣偏詖。鐘律不得調平者邪。

南北異點

凡曲北字多而調促。促處見筋。南字少而調緩。緩處見眼。北則辭情多而聲情少。南則辭情少而聲情多。

北力在絃。南力在板。北宜和歌。南宜獨奏。北氣易粗。南氣易弱。此吾論曲三昧語。

各宮調聲情

仙呂調宜清新綿邈。南呂宮宜感歎傷悲。中呂宮宜高下閃賺。黃鍾宮宜富貴纏綿。正宮宜惆悵雄壯。道宮宜飄逸清幽。大石宜風流醞藉。小石宜旖旎嫵媚。高平宜條暢滉漾。般涉宜拾掇坑塹。歇拍宜急拼虛歇。商角宜悲傷宛轉。雙調宜健捷激裊。商調宜悽愴慕怨。角調宜典雅沈重。越調宜陶寫冷笑。

作詞用字之妙

周德清云。關鄭白馬。一新製作。韻共守自然之音。字能通天下之語。字暢語俊。韻促音調。又云。諸公已矣。後學莫及。蓋不悟聲分平仄。字別陰陽。此二言者。乃作詞之膏肓。用字之骨髓。皆不傳之妙。獨予知之屢嘗揣其聲病于桃花扇影而得之也。

虞伯生云。吳楚傷于輕浮。燕冀失于重濁。秦隴去聲爲入。梁益平聲似去。河北河東取韻尤遠。

作詞十法亦出德清。稍删其不切者。一造語。謂可作者樂府語。經史語。天下通語。予謂經史語亦有可用不可用。不可作者俗語。蠻語。謔語。嗑語。市語。方語。書生語。譏誚語。愚謂謔市譏誚。亦不盡然。顧用之何如耳。又語病。語澀。語粗。語嫩。皆所當避。二用事。明事隱使。隱事明使。三用字。生硬字。太文字。太俗字。及襯墊字。太長者。皆所當避。四陰陽。如同一東韻也。輕如東鍾松冲之類爲陰。重如同戎龍窮之類爲陽。喚押轉點。各有宜用。五務頭。要知某調某句某字是務頭。可施俊語于上。楊用修乃謂務頭是部頭。可發一笑。六對偶。有扇面對。重疊對。救尾對。七末句。八去上。九定格。

如仙呂。南呂。中呂。正有子母。謂字少聲多者。聲多字少者。

馬致遠套曲

馬致遠百歲光陰。放逸宏麗。而不離本色。押韻尤妙。長句如紅塵不向門前惹。綠樹偏宜屋角遮。青山正補牆東缺。又如和露摘黃花。帶霜烹紫蟹。煮酒燒紅葉。俱入妙境。小語如上牀與鞋履相別。大是名言。結尤疎俊可詠。元人稱爲第一。真不虛也。

西廂警句

北曲故當以西廂壓卷。如曲中語。雪浪拍長空。天際秋雲捲。竹索纜浮橋。水上蒼龍偃。滋洛陽千種花。潤梁園萬頃田。東風搖曳垂楊線。游絲牽惹桃花片。珠簾掩映芙蓉面。法鼓金鐃。二月春雷響殿角。鐘聲佛號。半天風雨灑松梢。不近喧譁。嫩綠池塘藏睡鴨。自然幽雅。淡黃楊柳帶棲鴉。是駢儷中景語。手掌兒裏奇擎。心坎兒裏温存。眼皮兒上供養。哭聲兒似鶯囀喬林。淚珠兒似露滴花梢。繫春心情短柳絲長。隔花陰人遠天涯近。香消了六朝金粉。瘦減了三楚精神。玉容寂寞梨花朵。胭脂淺淡櫻桃顆。是駢儷中情語。他做了影兒裏情郎。我做了畫兒裏愛寵。拄著拐幫閑鑽懶。縫合脣送暖偷寒。昨夜箇熱臉兒對面搶白。今日箇冷句兒將人厮侵。半推半就。又驚又愛。是駢儷中諢語。落紅滿地胭脂冷。夢裏成雙覺後單。是單語中佳語。只此數條。他傳奇不能及。

元人曲如紅塵不向門前惹。綠樹偏宜屋角遮。青山正補牆東缺。枯藤老樹昏鴉。小橋流水人家。古道西風瘦馬。夕陽西下。斷腸人在天涯。景中雅語也。池中星玉盤亂灑水晶丸。松梢月蒼龍捧出軒轅鏡。紅葉落火龍褪甲。蒼松蟠怪蟒張牙。水面雲山。山上樓臺。山水相連。樓臺上下。天地安排。景中壯語也。仙翁何處煉丹砂。一縷白雲下。客去齋餘。人來茶罷。歎浮生數落花。楚家漢家。做了漁樵話。黃蘆岸白蘋渡口。綠楊堤紅蓼灘頭。雖無刎頸交。頗有忘機友。點秋江白鷺沙鷗。傲殺人間萬戶侯。不識字烟波釣叟。意中爽語也。十二玉欄天外倚。望中原。思故國。感慨傷悲。一片鄉心碎。情中快語也。笑撚花枝比較春。輸與海棠三四分。再偷勻。一半兒胭脂一半兒粉。情中冶語也。參旗動。斗柄挪。爲多情攬下風流禍。眉攢翠蛾。裙拖絳羅。襪冷淩波。耽驚怕萬千般。得受用些兒個。側耳聽門前去馬。和淚看簾外飛花。怕黃昏不覺又黃昏。不銷魂怎地不銷魂。新啼痕間舊啼痕。斷腸人送斷

元人歸隱詞

腸人。春將去。人未還。這其間。殃及殺愁眉淚眼。把團圓夢兒生喚起。誰。不做美。呸。却是你。情中悄語也。怨青春。捱白晝。怕黃昏。一聲梧葉一聲秋。一點芭蕉一點愁。三更歸夢三更後。情中緊語也。五眼鷄丹山鳴鳳。兩頭蛇南陽臥龍。三脚貓渭水飛熊。糟醃兩個功名字。醅淹千古興亡事。麯埋萬丈虹霓志。不達時皆笑屈原非。但知音便說陶潛是。諢中奇語也。搊殺銀箏韻不眞。揉癢天生鈍。縱有相思淚痕。索把拳頭搵。諢中巧語也。

元人歸隱詞沈醉東風云。問天公許我閒身。結草爲標。編竹爲門。鹿豕成羣。魚蝦作伴。鵝鴨比鄰。不遠游堂上有親。莫居官朝裏無人。黜陟休云。進退休論。買斷青山。隔斷紅塵。頗有味而佳。

元人詠指甲

得勝令元人有詠指甲者。宜將鬬草尋。宜把花枝浸。宜將綉線勻。宜把金針紉。宜操七絃琴。宜結兩同心。宜托腮邊玉。宜圈鞋上金。難禁。得一搯通身沁。知音。治相思十箇針。豔爽之極。又出王關上矣。非舜耕詠睡鞋可比。

關漢卿補西廂

西廂久傳爲關漢卿撰。邇來乃有以爲王實夫者。謂至郵亭夢而止。又云至碧雲天黃花地而止。此後乃漢卿所補也。初以爲好事者傳之妄。及閱太和正音譜。王實夫十三本。以西廂爲首。漢卿六十一首。不載西廂。則亦可據。第漢卿所補商調集賢賓及掛金索。裙染榴花睡損胭脂皺。紐結丁香掩過芙蓉扣。線脫珍珠淚溼香羅袖。楊柳眉顰人比黃花瘦。俊語亦不減前。

涵虛子評林

今世所演習者北西廂記出王實甫。馬丹陽度任風子出馬致遠。范張雞黍出宮大用。拜月亭單刀會出關漢卿。兩世姻緣出喬夢符。謊范雎出高文秀。擲梅香。王粲登樓倩女離魂。出鄭德輝。風雪酷寒亭出楊顯之。伍員吹簫。莊子歎骷髏。出李壽卿。東坡夢辰鈎月。出吳昌齡。陳琳抱粧盒。王允連環記。敬德不伏老。黃鶴樓。千里獨行。不著姓氏。皆元人詞也。

涵虛子記元詞一百八十七人。馬東籬如朝陽鳴鳳。張小山如瑤天笙鶴。白仁甫如鵬摶九霄。李壽卿如洞天春曉。喬夢符如神鰲鼓浪。費唐臣如三峽波濤。宮大用如西風鵰鶚。王實甫如花間美人。張鳴善如彩鳳刷羽。關漢卿如瓊筵醉客。鄭德輝如九天珠玉。白無咎如太華孤峯。已上十二人爲首等。貫酸齋如天馬脫羈。鄧玉賓如幽谷芳蘭。滕玉霄如碧漢閒雲。
鮮于去矜如奎壁騰輝。商政叔如朝霞散彩。范子安
如竹裏鳴泉。徐甜齋如桂林秋月。楊淡齋如碧海珊
瑚。李致遠如玉匣昆吾。鄭廷玉如佩玉鳴鸞。劉廷信
如摩雲老鶻。吳西逸如空谷流泉。秦竹村如孤雲野
鶴。馬九皐如松陰鳴鶴。石子章如蓬萊瑞草。蓋西村
如清風爽籟。朱廷玉如百卉爭芳。庾吉甫如奇峯散
綺。楊立齋如風烟花柳。楊西庵如花柳芳妍。胡紫山
如秋潭孤月。張雲莊如玉樹臨風。元遺山如窮厓孤
松。高文秀如金盤牡丹。阿魯威如鶴唳青霄。呂止庵
如晴霞結綺。荆幹臣如珠簾鸚鵡。薩天錫如天風環
佩。薛昂夫如雪窗翠竹。顧均澤如雪中喬木。周德清
如玉笛横秋。不忽麻如閒雲出岫。杜善夫如鳳池春

色。鍾繼先如騰空寶氣。王仲文如劍氣騰空。李文蔚如雪壓蒼松。楊顯之如瑤臺夜月。顧仲清如鵰鶚冲霄。趙文寶如藍田美玉。趙明遠如太華晴雲。李子中如清廟朱瑟。李叔進如壯士舞劍。吳昌齡如庭草交翠。武漢臣如遠山疊翠。李宜夫如梅邊月影。馬昂夫如秋蘭獨茂。梁進之如花裏啼鶯。紀君祥如雪裏梅花。于伯淵如翠柳黃鸝。王廷秀如月印寒潭。姚守中如秋月揚輝。金志甫如西山爽氣。沈和甫如翠屏孔雀。睢景臣如鳳管秋聲。周仲彬如平原孤隼。吳仁卿如山間明月。秦簡夫如峭壁孤松。石君寶如羅浮梅雪。趙公輔如空山清嘯。孫仲章如秋風鐵笛。岳伯川如雲林樵響。趙子祥如馬嘶芳草。李好古如孤松掛月。陳存甫如湘江雪竹。鮑吉甫如老蛟泣珠。戴善甫如荷花映水。張時起如雁陣驚寒。趙天錫如秋水芙蕖。尚仲賢如山花獻笑。王伯成如紅鴛戲波。已上七十人次之。又有董解元。盧疎齋。鮮于伯機。馮海粟。趙子昂。班彥功。王元鼎。董君瑞。查德卿。姚牧庵。高拭。郎作琵琶記者。史敬先。施君美。汪澤民輩。凡百五人。不著題評。抑又其次也。虞道園。張伯雨。楊鐵崖輩。俱不得與。可謂嚴矣。

國初十有六人。王子一如長鯨飲海。又如漢庭老吏。劉東生如海嶠雲霞。王文昌如滄海明珠。谷子敬如崑山片玉。可入首等。藍楚芳如秋芳桂子。陳克明如孤鶴鳴皐。穆仲義如洛神淩波。湯舜民如錦屏春風。賈仲名如錦帷瓊筵。楊景言如雨中之花。蘇復之如雲林之豹。楊彥華如春風飛花。楊文奎如匡廬疊翠。

西廂琵琶考證

琵琶高處

夏均政如南山秋色。唐以初如仙女散花。可次貫酸齋輩。

元微之鶯鶯傳謂微之通于姑之子。而托名張生者。有爲微之考據中表親戚甚明。且會真詩止載和章。而闕張本辭。大約可推。高則成琵琶記其意欲以譏當時一士大夫。而托名蔡伯喈。不知其說。偶閱說郛所載唐人小說。牛相國僧孺之子繁。與同人蔡生邂逅文字交。尋同舉進士。才蔡生。欲以女弟適之。蔡已有妻趙矣。力辭不得。後牛氏與趙處。能卑順自將。蔡仕至節度副使。其姓事相同。一至于此。則成何不直舉其人。而顧誣衊賢者至此耶。

則成所以冠絕諸劇者。不唯其琢句之工。使事之美而已。其體貼人情。委曲必盡。描寫物態。彷彿如生。問

琵琶傳本正誤

南套之短長

答之際。了不見扭造。所以佳耳。至于腔調微有未諧。譬如見鍾王跡。不得其合處。當精思以求諧。不當執末以議本也。

偶見歌伯喈者云。浪暖桃香欲化魚。期逼春闈。詔赴春闈。郡中空有辟賢書。心戀親闈。難捨親闈。頗疑兩下句意各重。而不知其故。又曰詔曰書。都無輕重。後得一善本。其下句乃浪暖桃香欲化魚。期逼春闈。難捨親闈。郡中空有辟賢書。心戀親闈。難赴春闈。意既不重。而期逼與上欲化魚字應。難赴與空有字應。益見作者之工。

南曲之美者。無過于題柳窺青眼。而中亦有牽强寡次序處。題月長空萬里。可謂完麗。而苦多蹈襲。人別後是元人作。不免雜以凡語。祝希哲玉盤金餅。是初

拜月荊釵香囊五倫全備

學人得一二佳句耳。大抵宋詞無累篇。而南北曲少完璧。則以繁簡之故也。

琵琶記之下。拜月亭是元人施君美撰。亦佳。元朗謂勝琵琶。則大謬也。中間雖有一二佳句。然無詞家大學問。一短也。既無風情。又無裨風教。二短也。歌演終場。不能使人墮淚。三短也。拜月亭之下。荊釵近俗。而時動人。香囊近雅。而不動人。五倫全備是文莊元老大儒之作。不免腐爛。

㑳梅香王粲登樓

何元朗極稱鄭德輝㑳梅香倩女離魂王粲登樓。以爲出西廂之上。㑳梅香雖有佳處。而中多陳腐措大語。且套數出沒賓白全剽西廂。王粲登樓事實可笑。毋亦厭常喜新之病歟。

元人合套佳構

暗想當年羅帕上把新詩寫。南北大散套。是元人作。

學問才情。足冠諸本。

周憲王作

周憲王者。定王子也。好臨摹古書帖。曉音律。所作雜劇凡三十餘種。散曲百餘。雖才情未至。而音調頗諧。至今中原絃索多用之。李獻吉汴中元宵絕句云。齊唱憲王新樂府。金梁橋上月如霜。蓋實錄也。

王敬夫作

劉瑾以擴充政務爲名。諸翰林悉出補部屬。鄠杜王敬夫其鄉人也。獨爲吏部郎。不數月。長文選。會瑾敗。謫同知壽州。敬夫有雋才。尤長于詞曲。而傲睨多脫疎。人或讒之李文正。謂敬夫嘗譏其詩。御史追論敬夫。褫其官。敬夫編杜少陵游春傳奇劇。罵李。聞之。益大恚。雖館閣諸公亦謂敬夫輕薄。遂不復用。敬夫與康德涵俱以詞曲名一時。其秀麗雄爽。康大不如也。評者以敬夫聲價不在關漢卿馬東籬下。

敬夫散曲

王渼陂所爲折桂令云。望東華人亂擁。紫羅襴老盡英雄。此是名語。然上句翻身跳出麒麟洞。麒麟洞杜撰無出。渼陂又有一詞云。暗想東華。五夜清霜寒駐馬。尋思別駕。一天霜雪曉排衙。句特軒爽。四押亦佳。而暗想尋思四字亦不稱。乃知完璧之難也。

明諸王公作

趙王之紅殘驛使梅。楊邃庵之寂寞過花朝。李空同之指冷鳳皇笙。陳石亭之梅花序。顧未齋之單題梅。皆出自王公。膾炙人口。然較之專門。終有間也。王威寧越黃鶯兒只是諢語。然頗佳。

楊慎作

楊狀元慎才情蓋世。所著有洞天玄記。陶情樂府。續陶情樂府。流膾人口。而頗不爲當家所許。蓋楊本蜀人。故多川調。不甚諧南北本腔也。摘句如費長房縮不就相思地。女媧氏補不完離恨天。別淚銅壺共滴。

愁腸蘭焰同煎。和愁和悶。經歲經年。又傲霜雪鏡中紫髯。任光陰眼前赤電。仗平安頭上青天。皆佳語也。第他曲多剽元人樂府。如嫩寒生花底風。風兒疎刺刺諸闋。一字不改。掩爲己有。蓋楊多抄錄秘本。不知久已流傳人間矣。

楊慎妻作

楊用修婦亦有才情。楊久戍滇中。婦寄一律云。雁飛曾不到衡陽。錦字何由寄永昌。三春花柳妾薄命。六詔風煙君斷腸。曰歸曰歸愁歲暮。其雨其雨怨朝陽。相聞空有刀環約。何日金雞下夜郎。又黃鶯兒一詞。積雨釀春寒。見繁花樹樹殘。泥塗滿眼登臨倦。江流幾灣。雪山幾盤。天涯極目空腸斷。寄書難。無情征雁。飛不到滇南。楊又別和三詞。俱不能勝。

李伯華作

北人自王康後。推山東李伯華。伯華以百闋傍粧臺爲德涵所賞。今其辭尚存。不足道也。所謂南劇寶劍登壇記。亦是改其鄉先輩之作。二記余見之。尚在拜月荆釵之下耳。而自負不淺。一日問余。何如琵琶記乎。余謂公辭之美。不必言。第令吳中教師十人唱過。隨腔字改妥。乃可傳耳。李怫然不樂罷。

陳大聲作

陳大聲金陵將家子。所爲散套。既多抄襲。亦淺才情。然字句流麗。可入絃索。三弄梅花一闋。頗稱作家。

王舜耕作

王舜耕高郵人。有西樓樂府。詞頗警健。工題贈。善調謔。而淺于風人之致。

谷繼宗謝茂秦作

谷繼宗濟南人。所爲樂府。微有才情。尚出諸公之下。

謝茂秦舊塡樂府。頗以柳三變自居。與余輩談詩。後慚恨不出。可謂不遠之復。

常明卿作

常明卿有樓居樂府。雖詞氣豪逸。亦未當家。

徐霖作

徐髯仙霖。金陵人。所爲樂府。不能如陳大聲穩協。而才氣過之。

明代北曲作家

北調如李空同。王浚川。何粹夫。韓苑洛。何太華。許少華。俱有樂府。而未之盡見。予所知者。李尚寶先芳。張職方重。劉侍御時達。皆可觀。近時馮通判爲敏。獨爲傑出。其板眼務頭。攛搶緊緩。無不曲盡。而才氣亦足發之。止用本色過多。北音太繁。爲白璧微纇耳。金陵金白嶼鑾。頗是當家。爲北里所貴。張有二句云。石橋下水鱗鱗。蘆花上月紛紛。予頗賞之。

明代南曲作家

吾吳中以南曲名者。祝京兆希哲。唐解元伯虎。鄭山人若庸。希哲能爲大套。富才情而多駁雜。伯虎小詞翩翩有致。鄭所作玉玦記最佳。它未稱是。明珠記卽無雙傳。陸天池采所成者。乃兄浚明給事助之。亦未盡善。張伯起紅拂記潔而俊。失在輕弱。梁伯龍吳越春秋滿而妥。間流冗長。陸敎諭之裘散詞有一二可觀。吾嘗記其結語。遮不住愁人綠草。一夜滿關山。又本是個英雄漢。差排做窮秀才。語亦雋爽。其他未稱是。

張伯起紅拂記一佳句云。愛它風雪耐它寒。不知爲朱希真詞也。其起句云。檢盡曆頭冬又殘。愛他風雪耐他寒。拖條竹杖家家酒。上個籃輿處處山。亦是瀟灑。賀方回浣溪紗有云。淡黃楊柳帶棲鴉。關漢卿演作四句云。不近諠譁。嫩綠池塘藏睡鴨。自然幽雅。淡黃楊柳帶棲鴉。青出于藍。無並美矣。

王氏曲藻終

三家村老曲談

明常熟徐復祚撰

或問琵琶曰。高明則誠者。温之永嘉人。以春秋中元至正乙酉榜。授處州錄事。調浙江閫幕都事。轉江西行臺掾。又轉福建行省都事。方國珍聘置幕下。不行。旅寓明州。以詞曲自娛。因感劉後村之詩。死後是非誰管得。滿村爭唱蔡中郎之句。乃作琵琶記。有王四者。以學聞。則誠與之友。善勸之仕。登第。即棄其妻而贅于不花太師家。則誠惡之。故作此記以諷諫。名之曰琵琶者。取其頭上四王爲王四云爾。元人呼牛爲不花。故謂之牛太師。而伯喈曾附董卓。乃以之託名也。高皇帝微時。嘗奇此傳。及登極。召則誠。以疾辭。使者以傳進。上覽之曰。五經四書在民間。譬諸五穀。不可無。此傳乃珍饈之屬。俎豆之間亦不可少也。及卒。陸德暘以詩弔之曰。亂離遭世變。出處嘆才難。墜地文將喪。憂天寢不安。名題前進士。爵署舊郎官。一代儒林傳。真堪入史刊。又陶南村說郛載唐人小說牛相國僧孺之子繇。與同人蔡生邂逅文字交。尋同舉進士。才蔡生。欲以女弟適之。蔡已有妻趙矣力辭不得。後牛氏與趙處。能卑順自將。後蔡仕至節度副使。牛同蔡同趙同。而牛能卑順又同。南村又與東嘉同時。會稽溫州又同省。則琵琶之作。必是爲繇王四云云。以其有四王而揣摩之也。要之傳奇皆是寓言。未有無所爲者。正不必求其人與事以實之也。即今琵琶之傳。豈傳其事與人哉。傳其詞耳。詞如慶壽之錦堂月。賞月之本序。剪髮之香羅帶。吃糠之孝順兒寫真之三仙橋。看真之太師引。賜燕之山花子。成親之畫眉序。富豔則春花馥郁。目眩神驚。淒楚則嘯月孤猿。腸摧肝裂。高華則太華峯頭。晴霞結綺。變幻則蜃樓海市。頃刻萬態。他如四朝元。雁魚錦。二郎神等折。委婉篤至。信口說出。略無扭捏。文章至此。真如九天咳唾。非食烟火人所能辨矣。然白璧微瑕。豈能盡掩。尋宮數調。東嘉已自拈出。無庸再議。但詩有詩韻。曲有曲韻。詩韻則沈隱侯之四聲。自唐至今。學人韻士。兢兢守如三尺。罔敢踰越。曲韻則周德清之中原音韻。元人無不宗之。曲之不可用詩韻。亦猶詩之不敢用曲韻也。假如今有詩人於此。取上平十三元一韻。以元軒冤等字與先韻叶。以昆温門孫等字與真韻叶。以煩憣潘藩等字與寒删二韻叶。不幾咲殺人口乎。何至于曲而獨可通融假借也。且不用韻。又奚難作焉。今以東嘉瑞鶴仙一闋言之。首句火字。又下和字。歌麻韻也。中間馬化下三字家麻韻也。日字齊微韻也。旨字支思韻也。也字車遮韻也。一闋通止八句。而用五韻。假如今人作一律詩。而用此五韻。成何格律乎。吟咀在口。堪聽乎。不堪聽乎。通本不出韻乎。寂寂不可多得。飛絮沾衣外。簾幕風柔止出一韻。末句謀字綠成陰玳筵開處。思量那日。四五套而已矣。若其使事。大有謬處。叨叨令末句云。好一似小秦王三跳澗。鮑老催句。畫堂中富貴如金谷。不應伯喈時已有唐文皇石季倫也。賞荷出內燒夜香末句云。卷起簾兒明月正上。明明是夜景矣。何以下梁序州云。畫長人靜好清閑。忽被棋聲驚晝眠。又第四闋內。柳陰中忽噪新蟬。見流螢飛來庭院。蟬聲不應與螢火並出。或人曲護其短。乃曰。此通一日而言。此大不通之論。一日之間。自有定序。從早而午。從午而暮。未有早而倏暮。暮又午也。或又以賞荷賞月俱非東嘉作。乃朱教諭增入。朱教諭。吾不知其人。賞荷之出其手有之。賞荷之楚天過雨。雄奇豔麗。千古傑作。非東嘉誰能辦此。埽松而後。粗鄙不足觀。豈强弩之末力耶。抑真朱教諭所補耶。真狗尾矣。內有伯喈奔喪。朝元令四闋。調頗叶。吳江沈先生已辨其非矣。故余以爲東嘉之作。斷斷自埽松折止。後俱不似其筆。王弇州一代宗匠。文章之無定品者。經其品題。便可折衷。然於詞曲不甚當行。其論琵琶也。曰。則誠所以冠絕諸劇者。不惟琢句之工。使事之美而已。其體貼人情委曲必盡。描寫物態。仿佛如生。問答之際。了無揑造。所以佳耳。至于腔調微有未諧。譬如見鍾王跡。不得其合處。當精思以求詣。不當執末以議本也。夫作曲先要明腔。後要識譜。切記忌有傷于音律。此丹丘先生之言也。腔調未諧。音律何在。若謂不當執末以議本。則將抹殺譜板。全取詞華而已乎。

何元朗良俊謂施君美拜月亭勝于琵琶。未爲無見。拜月亭宮調極明。平仄極叶。自始至終。無一板一折非當行本色語。此非深于是道者。不能解也。弇州乃以無大學問爲一短。不知聲律家正不取于弘詞博學也。又以無風情。無裨風教爲二短。不知拜月風情。本自不乏。而風教當就道學先生講求。不當責之騷人墨士也。用修之錦心繡腸。果不如白沙鳶飛魚躍乎。又以歌演終場。不能使人墮淚爲三短。不知酒以合歡。歌演以佐酒。必墮淚以爲佳。將薤歌蒿里。盡侑觴具乎。

荆釵

琵琶拜月而下。荆釵以情節關目勝。然純是倭巷俚語。粗鄙之極。而用韻却嚴。本色當行。時離時合。

香囊

香囊以詩語作曲。處處如煙花風柳。如花邊柳邊。黄昏古驛。殘星破暝。紅入仙桃等大套。麗語藻句。刺眼奪魄。然愈藻麗愈遠本色。

龍泉五倫

龍泉記五倫全備。純是措大書袋子語。陳腐臭爛。令人嘔穢。一蟹不如一蟹矣。

此後作者輩起。坊刻充棟。而佳者絕無。

柳仙

徐髯仙霖柳仙記。事見幽怪錄。詞亦古質。然寂寥疏

寶劍 千金 玉玦 紅拂

淺。斤兩不足。谷子敬先巳有度城南柳。不甚並觀。

李伯華開先 林冲寶劍記。按龍泉闋亦好。餘只平平。

韓信登壇記。卽千金記。本元金志甫追韓信來。今似追點將全用之。

鄭虛舟若庸 余見其所作玉玦記手筆。凡用僻事。往往自爲拈出。今在其從姪學訓繼學處。此記極爲今學士所賞。佳句故自不乏。如翠被擁雞聲。梨花月痕冷等。甚與香囊伯仲。賞荷看潮二大套。亦佳。獨其好填塞故事。未免開飣餖之門。闢堆垜之境。不復知詞中本色爲何物。是虛舟實爲之濫觴矣。乃其用韻未嘗不守德清之約。虛舟尚有四節記。不足觀巳。

張伯起先生。余內子世父也。所作傳奇有紅拂竊符。虎符。扊扅。灌園。祝髮。諸種。而紅拂最先。本虬髯客傳

顧大典三記

而作。惜其增出徐德言合鏡一段。遂成兩家門。頭腦太多。佳曲甚多。骨肉勻稱。但用吳音先天簾纖。隨口亂押。開閉罔辨。不復知有周韵矣。最可笑者。弇州先生之許紅拂也。曰。紅拂有一佳句。曰。愛他風雪耐他寒。不知其爲朱希真詞也。云云。余一日過伯起齋中。談次問此句用在何處。覓之不得。伯起笑曰。王大自看朱希真紅拂耳。似未嘗看張伯起紅拂也。相與一笑。近見方刻李卓吾批點紅拂。大要謂紅拂一婦人耳。而能物色英雄于塵埃中。是贊虬髯傳中紅拂耳。亦未嘗贊張伯起紅拂也。知音之難如此。此外灌園亦俊潔。竊符亦豪邁。餘不甚行。

自此吳江顧大典有義乳。青衫。葛衣等記。皆起流派。操吳音以亂押者。清俊峭拔處。各自有可觀。不必求其本色也。

梅禹金宣城人。作爲玉合記。士林爭購之。紙爲之貴。曾寄余。余讀之不解也。傳奇之體。要在使田畯紅女聞之而趯然喜。悚然懼。若徒逞其博洽。使聞者不解爲何語。何異對驢而彈琴乎。昔翟資政巽。喜作才語。雖對使令亦然。有庖者。藝頗精。翟每向同官稱之。後稍懈。衆以嘲翟。翟呼使數之曰。汝以刀七微能。數見稱賞。而敢踈熳若此。使衆人以責膳夫之罪。還責汝主。於汝安乎。左右皆匿笑。而庖者竟不解作何語。余謂若歌玉合于筵前臺畔。無論田畯紅女。即學士大夫。能解作何語者幾人哉。徐彥伯爲文。以鳳閣爲鷃門。龍門爲虬戶。當時號澀體。樊宗師絳州記。至不可句讀。文章且不可澀。況樂府出于優伶之口。入于當

題紅

筵之耳。不遑使反。何暇思維。而可澀乎哉。濫觴于虛舟。決堤于禹金。至近日之箜篌。而滔滔極矣。禹金旋亦自悔。作長命縷。自謂調歸宮矣。韻諧音矣。意不必使老嫗都解。而亦不必傲士大夫以所不知。余尤以爲未盡然也。玉合記榴花泣第二闋內。有句云。離腸棖觸斷無些。自音云。棖音橙。不知所出。亦不能解。一日。觀山谷詩云。莫若囂號驚四鄰。推床破面掁觸人。然後知棖當作掁。從手不從木。音撐。掁觸見涅盤經。山谷用之詩。已自僻澀。禹金乃用之作曲。然則三藐三菩提。盡曲料耶。此體最易驚俗眼。亦最壞曲體。必不可學。

題紅。王伯良德驥作。伯良屠長卿之友。長卿深許可之。謂事固奇矣。詞亦斐然。今觀其詞。使事嚮于禹金風格不及伯起。其在季孟之間乎。獨其結構如摶沙。開闔照應。了無線索。每于緊處散緩。是又大不如伯起者也。至其自序題紅。則曰。周德清中原音韻。元人用之甚嚴。自拜月伯喈。始決其藩。傳中惟齊微之于支思。先天之于寒山桓歡。沿習已久。聊復通用。庚青之于真文。廉先之于先天。間借一二字偶用。他韻不敢混用一字。至北調諸曲。不敢借用。以北體更嚴。存古典刑也。夫琵琶出韻。是誠有之。拜月何嘗出韻。且二傳佳處不學。獨學其出韻。此何說也。若曰嚴于北而寬于南。尤屬可笑。曲有南北。韻亦有南北乎。袁西野有一清江引。專誚不用韻作曲者云。沈約近來憔悴損。打不開糊塗陣。五言一小詞。四句押三韻。提來到口邊頭煞力子刃。

琴心
南連環 南西廂
四景
明珠
雙珠 分鞋
浣紗

邑人孫梅錫柚作琴心記。亦有纖句。王雨舟改北王允連環記爲南。佳。李日華改北西廂爲南。不佳。然其四景記亦可觀。陸天池亦有南西廂。亦不佳。明珠却絶有麗句。聞非一手所成。乃兄給事粲亦助之。當不謬。其聲價當在玉玦上。

沈涅川雙珠。分鞋。小兒號嗄。

梁伯龍辰魚作浣沙記。無論其關目散緩。無骨無筋。全無收攝。卽其詞亦出口便俗。一過後便不耐再咀。然其所長。亦自有在。不用春秋以後事。不裝八寶。不多出韻。平仄甚諧。宮調不失。亦近來詞家所難。獨一最可笑而人不知。吳越之在當時。稱王久矣。王則車馬服御位號稱呼。儼然一天子矣。故有郊臺有柴望。夫差勾踐。亦偃然不復知有周天王矣。而胥嚭種蠡

沈璟著作

曇花彩毫

稱曰主公。何也。孟子在梁稱惠王曰。王好戰。不聞主公惠王也。在齊稱宣王曰。今王發政施仁。不聞主公宣王也。此何異三家村童子不知厥父稱呼。而曰我家老子也。陋甚矣。

沈光祿璟著作極富。有雙魚埋劍。金錢。鴛被。義俠。紅蕖等十數種。無不當行。紅蕖詞極贍。才極富。然于本色不能不讓他作。蓋先生嚴于法。紅蕖時時爲法所拘。遂不復條暢。然自是詞家宗匠。不可輕議。至其所著南曲全譜。唱曲當知。訂世人沿襲之非。剷俗師扭捏之腔。令作曲者知所向往。皎然詞林指南車也。我輩循之以爲式。庶幾可不失墜耳。

曇花。彩毫。屠長卿隆先生筆。肥腸滿腦。莽莽滔滔。有資深逢源之趣。無捉衿露肘之失。然又不得以濃鹽赤醬訾之。惜未守沈先生三章耳。

玉茗四傳

玉茗堂四傳。臨川湯若士（顯祖）先生作也。其南柯邯鄲二傳。本若臧晉叔（懋循）先生所作元人彈詞來。晉叔既以彈詞造其端。復爲改正四傳。以訂其訛。若士忠臣哉。晉叔最愛余諸傳。逢人便說。且託友人相邀過彼。而余貧老。不能往。未幾而晉叔物化。負此知己痛哉。晉叔不聞有所搆撰。然其刻元人雜劇。多至百種。一一手自刪定。功亦不在沈先生下矣。

西樓

近日袁晉作爲西樓記。調唇弄舌。驟聽之亦甚解頤。一過而嚼然矣。音韻宮商。當行本色。了不知爲何物矣。

彩霞

彩霞出一優師所作。曲雖俚。然間架步驟。亦自可觀。較之西樓。雖爲彼善。此外非復知矣。

若夫散詞小令。則家和璧而人隋珠。未易枚舉。試數其人。則周憲王。趙□□王。劉誠意。王威寧。楊邃菴。顧未齋。陳大聲。祝希哲。唐伯虎。張伯起。沈青門。王稚欽。李空同。楊用修。王敬夫。康德涵。韓院洛。金白嶼。楊君謙。常明卿。谷繼宗。何粹夫。王舜畊。王渼陂。王浚川。謝茂秦。陸之裘。陳石亭。何太華。許少華。王辰玉。彼皆海岳英靈。文章巨擘。羽翼大雅。黼黻王猷。正業之外。游戲爲此。或滔滔大篇。或寥寥小令。含金跨元。真所謂種種殊別。新新無已矣。

北詞晉叔所刻元人百劇。及我朝谷子敬三度城南柳。鬧陰司。賈仲名度金童玉女。王子一劉阮天台。劉東生月下老。世間配偶。丹丘先生燕鶯蜂蝶。復落唱。煙花判。俱曾一一勘過。

王西廂

馬東籬張小山自應首冠。而王實甫之西廂。直欲超而上之。蓋諸公所作。止于四折。而西廂則十六折。多寡不同。骨力更陡。此其所以勝也。昔人評者。謂玉環之出浴。華清綠珠之採蓮洛浦。信不誣也。實甫之傳本于董解元。解元爲說唱本。與實甫本可稱雙璧。實甫麗春堂劇。不及西廂。

關西廂

西廂後四出。定爲關漢卿所補。其筆力迴出二手。且雅語。俗語。措大語。白撰語。層見疊出。至于馬戸尸巾云云。則眞馬戸尸巾矣。且西廂之妙。正在于草橋一夢。似假疑眞。乍離乍合。情盡而意無窮。何必金榜題名。洞房花燭。而後乃愉快也。丹丘評漢卿曰。觀其詞語。乃在可上可下之間。蓋所以取者。初爲雜劇之始。故卓以前列。則王關之聲價。在當時已自有低昂矣。

王弇州取西廂雪浪拍長空諸語。亦直取其華豔耳。神髓不在是也。語其神則字字當行。言言本色。可爲南北之冠。王渼陂句。望東華人亂擁。紫羅襴老盡英雄。此水仙子也。弇州題作折桂令。鹵莽可知矣。至于實甫之意。謂元微之通于姑之子。而託名張生。是不必核。以上見三家村老委談

明初伶服

國初之制。伶人常戴綠頭巾。腰繫紅褡膊。足穿布毛猪皮靴。不容街中走。止於道旁左右行。

祝希哲扮演

祝希哲長洲人。爲人好酒色六博。不修行檢。常傅粉黛。從優伶閒度新聲。俠少年好慕之。多齎金從遊。允明甚洽。

四聲猿

余嘗讀四聲猿雜劇。其漁洋三撾。有爲之作也。意氣豪俠。如其爲人。誠然傑作。然尚在元人藩籬間。餘三

患曲不善

作曲見嫉

聲柳翠猶稱彼善。其餘二一聲。及其書繪俱可無作。衡州太守馮正伯。名冠。邑人。少善彈琵琶。歌金元曲。五上公車。未嘗挾策。惟挾琵琶記而已。余友秦四麟爲博士弟子。亦善歌金元曲。無論酒間與到。輒引曼聲。即獨處一室。而嗚嗚不絕口。學使者行部至矣。所挾而入行笥者。惟琵琶西廂二傳。或規之。君不虞試耶。公笑曰。吾患曲不善耳。奚患文不佳也。其風流如此。昔蘇子瞻無鹽諸咏。李定舒亶輩指爲謗訕朝政。而詠檜一詩。王珪直以爲不臣。欲服上刑。非宋裕陵神聖寧有免法。吁。可畏哉。近王弇州作巵言。作別集。湯臨川作紫簫記。亦紛紛不免于豬嘴關。乃知古人制作。必藏名山大川。有以也。余小子何足比數。然亦每以作詞見嫉于人。夫余所作者詞曲。金元小技耳。上之不能博高名。次復不能圖顯利。拾文人唾棄之餘。供酒間謔浪之具。不過無聊之計。假此以磨歲月耳。何關世事。安所□□。而亦煩李定諸人毒吻耶。庚戌成紅梨後。遂燒却筆硯。既而閱楚紀胡孝思事。事甚長。略謂胡坐詩得罪。當死。在獄中仍吟詩。曰。坐詩當死。今不作詩。得免死耶。因思死生禍福。不幸之讒慝。亦寧關乎口語。固自有天公主之。乃復理鉛槧。爲投梭記。謝幼輿折齒事。又作梧桐雨記。玉環馬嵬事。而紛紛復如故。未幾其人死。遂絕無議者。孫氏有名孫柚者。亦有才情。常取司馬長卿以琴心挑文君事作傳奇。名琴心記。亦俊逸可喜。柚孫七政字齊之。之從子也。與余善。性粗豪不修曲謹。喜飲喜摴蒱。居藤溪。蕭然一室。無儋石儲。而好客不衰。其所著琴心記。極有佳句。第頭腦太亂。脚色太多。大傷體裁。

傳奇演王化事

不便于登場曲。亦時有未叶。以故反不若梁長（名辰魚。字伯龍。）浣沙之傳。然較之宣城之嵌寶揀金。臨川之字覛句鬼。則大有逕庭矣。每欲取而改訂之。有志焉而未逮也。

山東解元王化。發解時年甚少。不矜細行。綢繆二娼。遂不娶。久之。不爲人齒。乃挈二娼。直抵杭州。藉之爲衣食杭劇郡也。守日夜迎賓水次。逮夜方歸。有子年十七八。日私出衙。與娼狎。夜必歸。曰。欲了師父課程耳。化令且帶題來。爲之代作。居踰月。師異其氣大進。以呈諸守。曰。某且媿爲師矣。守索視之。立呼面試。其子既凡筆。又荒落久。不能下一詞。詰其來自。勢不可隱。具言之。守乃逮化及二娼至。異其狀。叩以來歷。化請屏人言曰。某山東王化。正德八年解元也。守矍然駡曰。畜生何至是。則曰。爲晛二娼。遂忘羞恥。守乃立遞二娼去。即日新其衣冠。置之師席。令誨其子。不聽出入。又一年。赴會試。得第。選爲御史。巡鹽浙江。每赴席當筵。輒狎歌童。或爲按拍。其不矜細行。卒不改云。邨老曰。此事今有傳奇。俚甚。不足觀。且以爲郡人唐解元子畏事。遂不知有王化。余得之連抑武先生所記。當不謬。

張伯起有處實堂集。著述甚富。詩宗老杜王摩詰。然不求甚似。晩喜爲樂府新聲。天下之愛伯起新聲甚于古文辭。樂府有陽春堂六傳。而世所最行者。則唐李藥師紅拂記也。中略。伯起善度曲。自晨至夕。口嗚嗚不已。吳中舊曲師太倉魏良輔。伯起出而一變之。至今宗焉。嘗與仲郎演琵琶記。父爲中郎。子趙氏。觀者塡門。夷然不屑意也。

我吳音宜幼女清歌按拍。故南曲委宛清揚。北音宜將軍鐵板。歌大江東去。故北曲硬挺直截。今學士大夫凡爲文章騷賦銘誄詩詞。所斤斤奉若三尺。不敢一字相假者。非沈約四聲韻乎。其金元詞曲傳奇樂府。始宗周德清中原音韻。特作詞人與歌工集之耳。學士大夫不知也。然二公之韻。大有可商。（中略）大率吾輩爲唐律絕句。自應用唐韻。爲古體自應用古韻。若夫作曲。則斷當從中原音韻。一入沈約四聲。如前所拈出數處。（按上文所指周之駁沈·元暄鴛言等不叶先·御叶昆温門孫·翻不叶寒山·却叶魂痕等是·）不但歌者棘喉。聽者亦自逆耳。試觀元人馬關王鄭諸公雜劇。有是病否。或曰。若然。則新篁池閣。當作池果唱乎。恐笑破人口也。曰。不然。以閣字輕出。而後

王磐詠睡鞋

收之以果。此在凡入聲皆然。不但一閣字。觸類可通。此唯吾友秦季公知之。近唯松陵沈平輿。若張伯起。則純是庚青零丁齒音矣。

一日。讀田子藝衡留青日札。其詠雙行纏有句云。非乏運花□。□□□芽縮。知音美自然。絲竹不如肉。不覺噴飯。此獠邨鄙。煞風景若是。急取杜牧之詩。及王磐詞讀之。始滌喉中之穢。杜詩云。鈿尺裁量減四分。纖纖玉筍裹輕雲。五陵年少欺他醉。笑把花前出畫裙。王詞清江引詠睡鞋云。猩紅軟鞋三寸整。不著地偏乾淨。樽前換晚粧。燈下勾春興。幾回把醉人兒輕撥醒。以上見花當閣叢談

三家村老曲談終

少室山房曲考

明東越胡應麟撰

傳奇名考

傳奇之名。不知起自何代。陶宗儀謂唐爲傳奇。宋爲戲諢。元爲雜劇。非也。唐所謂傳奇。自是小說書名。裴鉶所撰。中如藍橋等記。詩詞家至今用之。然什九妖妄寓言也。裴晚唐人。高駢幕客。以駢好神仙。故撰此以惑之。其書頗事藻繪。而體氣俳弱。蓋晚唐文類爾。然中絕無歌曲樂府。若今所謂戲劇者。何得以傳奇爲唐名。或以中事迹相類。後人取爲戲劇張本。因展轉爲此稱不可知。范文正記岳陽樓。宋人譏曰傳奇體。則固以爲文也。

南北戲文異處

今世俗搬演戲文。蓋元人雜劇之變。而元人雜劇之

唐以前優伶戲文

類戲文者。又金人詞說之變也。雜劇自唐宋金元迄明皆有之。獨戲文西廂作祖。西廂出金董解元。然實絃唱小戲之類。至元王關所撰。乃可登場搬演。高氏一變而爲南曲。承平日久。作者迭興。古昔所謂雜劇院本。幾於盡廢。僅教坊中存什二三耳。諸野史稗官紀載。率不能詳。薦紳先生置而弗論。暇嘗綜核諸家。頗得其概。漫識於後。好事雅流。或亡譏焉。

優伶戲文。自優孟抵掌孫叔。實始濫觴。漢宦者傅脂粉侍中。亦後世裝旦之漸也。魏陳思傅粉墨椎髻胡舞。誦俳優小說。雖假以逞其豪俊爽邁之氣。然當時優家者流。粧束固可概見。而後世所爲副淨等色。有自來矣。唐制如霓裳等舞。度數至多。而名號粧束。不可深攷。樂府雜錄。開元中黃幡綽張野狐善弄參軍。

參軍卽後世副淨也。見輟耕錄范傳康上官唐卿呂敬遷。三人弄假婦人。假婦人卽後世裝旦也。至後唐莊宗自傳粉墨。稱李天下。大率與近世同。特所搬演多是雜劇短套。非必如近日戲文也。觀安節樂府雜錄稱假婦人。則知唐時無旦名也。

古教坊有雜劇而無戲文者。每公家開宴。則百樂具陳。兩京六代。不可備知。唐宋小說。如樂府雜錄。教坊記。東京夢華錄。武林舊事等編。頗詳。唐制。自歌人之外。特重舞隊。歌舞之外。又有精樂器者。若琵琶羯鼓之屬。此外俳優雜劇。不過以供一笑。其用蓋與傀儡不甚相遠。非雅士所留意也。宋世亦然。南渡稍見淨旦之目。其用無以大異前朝。浸淫勝國。崔蔡二傳奇迭出。聲情既富。節奏彌工。演習梨園。幾半天下。上距都邑。下迄閭閻。每奏一劇。窮夕徹旦。雖有衆樂亡暇雜陳。此亦古今一大變革。人不深考耳。

凡傳奇以戲文爲稱也。亡往而非戲也。故其事欲謬悠而亡根也。其名欲顛倒而亡實也。反是而求其當焉非戲也。故曲欲熟而命以生也。婦宜夜而命以旦也。開場始事而命以末也。塗污不潔而命以淨也。凡此咸以顛倒其名也。中郎之耳順而埒卓也。相國之絕交而娶崔也。荆釵之詭而夫也。香囊之幻而弟也。凡此咸以謬悠其事也。繇勝國而迄國初一轍。近爲傳奇者若良史焉。古意微矣。（古無外與丑。蓋丑卽副淨。外卽副末也。）

今優伶輩呼子弟大率八人爲朋。生旦淨丑副亦如之。（外卽副末。丑卽副淨。）元院本止五人。故有五花之目。一曰副淨。卽古之參軍也。一曰副末。又名蒼鶻。蒼鶻可擊羣

宋雜劇腳色考

鳥。猶副末可打副淨。一曰末泥。一曰孤裝。見陶氏輟耕錄。而無所謂生旦者。蓋院本與雜劇不同也。元雜劇旦有數色。所謂裝旦。卽今正旦也。小旦。卽今副旦也。以墨點破其面。謂之花旦。今惟淨丑爲之。而元時名妓咸以此取稱。如荊堅堅、孔千金、顧山山、天然秀、珠簾秀、李嬌兒類。又妓李嬌兒爲溫柔旦。張奔兒爲風流旦。蓋勝國雜劇。裝旦多婦人爲之也。元花旦必與今淨丑迴別。故妓人多爲之。末尼孤裝未知類今何色。當續考之。

宋世雜劇名號。惟武林舊事足徵。每一甲有八人者。有五人者。八人者有戲頭。有引戲。有次淨。有副末。有裝旦。五人者第有前四色。而無裝旦。蓋旦之色目。自宋已有之。而未盛。至元雜劇。多用妓樂。而變態紛紛矣。以今億之。所謂戲頭。卽生也。引戲。卽末也。副末。卽外也。副淨裝旦。卽與今淨旦同。蓋雜劇卽傳奇具體。但短局未舒耳。元院本無生旦者。院本僅供調笑。如唐弄參軍之類。與歌曲無大相關也。

樂府雜錄云。蘇中郎。後周士人蘇葩。嗜酒落魄。自號中郎。每有歌場。輒入獨舞。今爲戲者著緋戴帽。面正赤。蓋狀其醉也。又有踏搖娘。羊頭渾脫。九頭獅子。弄白馬益錢。以至尋撞跳丸。吐火吞刀。旋槃筋斗。悉屬此部。又教坊記云。踏搖娘者。北齊有人姓蘇。齆鼻實不仕。而自號爲郎中。嗜飲酗酒。每醉輒毆其妻。妻銜悲訴於鄰里。時人弄之。丈夫著婦人衣。徐步入場行歌。每一疊。旁人齊聲和之云。踏搖和來。踏搖娘苦和來。以其且步且歌。故謂之踏搖。以其稱冤。故言苦。及其夫至。則作毆鬬之狀。以爲笑樂。今則婦人爲之。案

後世裝旦之始

元劇以末爲生

此二事絕類。豈本一事耶。然雜錄又有踏搖娘等。不可深曉。觀此。唐世所謂優伶雜劇。粧服節套。大略可見。宋之雜劇。蓋亦若斯。元院本但有詞無曲。故詞第屬之歌人。此類以供戲弄而已。至元人曲調大興。凡諸雜劇。皆名曲寓焉。而教坊名妓。亦多習之。清歌妙舞。悉隸是中。唐宋諸詞。殆於盡廢。又一變而贍縟。遂爲南之戲文。而唐宋所謂雜劇。至元而流爲院本。今教坊尚遺習。僅足一笑云。梨園字面見樂府雜錄。

楊用脩云。漢郊祀志。優人爲假飾妓女。蓋後世裝旦之始也。然未必如後世雜劇戲文之爲。緣其時郊祀皆奏樂章。未有歌曲耳。

元雜劇中末。即今戲文中生也。考鄭德輝倩女。關漢卿竇娥。皆以末爲生。此外又有中末。蓋即今之外耳。

然則青樓集所稱末泥即生無疑。今西廂記以張珙爲生。當是國初所改。或元末琵琶等南戲出而易此名。觀關氏所撰諸雜劇緋衣夢等。悉不立生名。他可例矣。青樓集又有駕頭。恐即引戲之稱。俟考。

細酸

世謂秀才爲措大。元人以秀才爲細酸。倩女離魂首摺末扮細酸爲王文舉是也。細酸字面僅見此。今俗尚有此稱。

宋時八社

武林舊事所記社會甚夥。以雜劇爲緋綠社。唱賺爲遏雲社。耍詞爲同文社。清樂爲清音社。小說爲雄辯社。影戲爲繪革社。撮弄爲雲機社。吟叫爲律華社。右八種皆駢集一處者。然當時唱賺之外。又有吟叫。耍詞之外。又有小說。不知何以別之。撮弄。蓋元人院本所從出也。今自戲文外。惟小說影戲社會尚有之。

勝國詞人王實甫高則誠。聲價本出關鄭白馬下。而今世盛行元曲。僅西廂琵琶而已。西廂本元微之。前人辨論甚核。獨蔡爲牛壻。絕無謂。而莫知所本。一日。偶閱太平廣記四百九十八卷雜錄。末引玉泉子云。鄧敞初比隨計。以孤寒不中第。牛蔚兄弟僧孺子。有氣力。且富於財。謂敞曰。吾有女弟子能婚。當相爲展力。寧一第耶。時敞已壻李氏矣。其父嘗爲福建從事。有女二人。皆善書。敞行卷多其筆跡。顧己寒賤。未必能致騰踔。私利其言。許之。既登第。就牛氏親。不日。敞挈牛氏歸。將及家。紿之曰。吾久不至家。請先往俟卿。洎到家。不敢洩其事。明日。牛氏奴驅輜囊直入。即出牛氏居。常玩好幞帳雜物。到庭廡間。李氏驚曰。此何爲者。奴曰。夫人將到。令某陳之。李氏曰。吾敞妻也。又何夫人焉。即撫膺大哭。牛氏至。知其賣己也。請見曰。吾父爲宰相。兄弟皆在郎省。縱嫌不能富貴。豈無一嫁處耶。其不幸豈唯夫人。今願一與共之。李感其言。卒同處終身。乃知則誠所謂牛相即僧孺。而鄧生登第再昏。事皆符合。姓氏稍異耳。敞後官至祕書職位。恍忽類邕。

中郎三不幸

余嘗笑中郎有三不幸。漢史垂成。陷身縲紲。一也。生止一女。復沒虜庭。二也。頭白齒落。制命凶渠。千年後橫遭風流案誣衊。日爲里婦唾譏。三也。聞者輒大噱不能已。或謂中郎流離逃竄。愁苦一生。沒有此誣。致足樂耳。

琵琶事本說郛

藝苑卮言云。高則誠琵琶記。其意欲以譏當時一士大夫。而託名蔡伯喈。不知其說。偶閱說郛。所載唐人小說。牛相國僧孺之子繁。與同人蔡生邂逅文字交。尋同舉進士。才蔡生。欲以女弟適之。蔡已有妻趙矣。

力辭不得。後牛氏與趙處。能卑順自將。蔡氏至節度副使。其姓事相同。一至於此。則誠何不直舉其人。而顧誣衊賢者耶。案卮言所引。二姓悉合。高氏或據此。第僧孺之女。則未審竟適何人耳。僧孺二子曰蔚曰叢。俱節度至尚書。蔚子徽。叢子嶠。亦顯。而絕無所謂緐者。恐説郛所載。未必如廣記之實也。西廂事唐人自有鶯鶯傳。而會眞記侯鯖錄尤詳。其爲微之無疑。然則西廂琵琶二記。一本微之中表。一假思黯女夫。二人在唐。先後入相。當時事業寥寥。不知千載後得元人力。鬧熱百倍生前也。

西廂記雖出唐人鶯鶯傳。實本金董解元。董曲今尚行世。精工巧麗。備極才情。而字字本色。言言古意。當是古今傳奇鼻祖。金人一代文獻盡此矣。然其曲乃優人絃索彈唱者。非搬演雜劇也。
董氏傳奇稱崔氏孀婦寓僧寺。河中兵亂。杜確弭之。張生紅娘等於鶯傳悉合。獨鄭恆不可曉。蓋崔後與張絕。再醮。無所謂中表爭姻之說。乃微之自寓耳。然疑董所撰或他有所本。一日。偶閱唐雜說柳參軍傳。柳春日遊曲江。邂逅崔氏女目成焉。崔母王姓。舅爲執金吾。他日金吾訪崔母。欲令子娶崔女。女不樂。潛遣青衣輕紅往薦福寺僧院。達意於生。生喜。即納聘私挈歸。金吾不知。以爲子盜之。笞之數十。既崔母亡。柳夫婦來赴。金吾子見之。因訟於官。崔女卒歸王氏。案此不知與微之孰先。女皆崔姓。婢皆紅。皆期僧寺中。可笑乃有如此。特王柳二姓差異。至鄭恆之爭。則斷出附會無疑。崔女後事甚怪。不備錄。

倩女離魂

倩女離魂事亦出唐人小說。雖怪甚。然六朝此類甚多。鄭德輝雜劇尚傳。神俊不若王高古。弗如董也。

董解元

董解元見輟耕錄。明謂金章宗時人。去元世較遠。決不能與馬鄭輩相及。而涵虛子記元詞手。乃有董解元等。豈別一人。或卽金人。以其北調之祖。故引之耶。惜其名字州里皆不可得。且陶著書元末。已謂董曲雖傳。能習者少。則金元腔調。亦自迥不侔矣。

王關軼事

王實甫關漢卿大槪同時。第不詳元何帝代。要皆世祖時人。陶氏輟耕錄云。大名王和卿。滑稽挑達。播四方。中統初。燕市有一蝴蝶。其大異常。王賦醉中天云。掙破莊周夢。兩翅駕東風。三百處名園一采一箇空。難道風流種。諕殺尋芳蜜蜂。輕輕的飛動。賣花人搧過橋東。由是名益著。同時關漢卿亦高才風流人。王

王關鄭之較

嘗以譏謔加之。關極意酬答。終不能勝。王忽坐逝。鼻垂雙涕尺餘。人皆歎駭。關來唁。詢其由。衆對此玉筯也。關曰。是嗓耳。何玉筯爲。衆大笑曰。若被王和卿輕薄半世。死後方還得一籌耳。凡六畜勞傷。鼻中流膿。則謂之嗓也。觀此。關之爲人可見。王所賦詞亦佳。又以滑稽挑達與關。舍得非卽所謂實甫者。以先關卒。故西廂記未成而關續之耶。此事理極易推。惜無他據。

今王實甫西廂記爲傳奇冠。北人以并司馬子長。固可笑。不妨作詞曲中思王太白也。關漢卿自有城南柳。緋衣夢。竇娥冤。諸雜劇。聲調絕與鄭恆問答語類。郵亭夢後。或當是其所補。雖字字本色。藻麗神俊。大不及王。然元世習尚頗殊。所推關下卽鄭。何元朗亟

散套佳篇

曲藝見輕於世

曲於元人爲天授

稱第一。今倩女離魂四摺。大概與關出入。豈元人以此當行耶。要之。公論百年後定。若顧陸之畫耳。

元曲傳於今者。崔蔡二家外。散套間得三數佳篇。如王長公所稱暗想當年羅帕上把新詩寫。沈深逸宕。而字字本色。真妙絕古今矣。百歲光陰。意勝。覺筋骨稍露。長空萬里。辭勝。覺肌肉太豐。俱讓一籌也。

漢文唐詩宋詞元曲。雖愈趨愈下。要爲各極其工。然勝國詩文。絕不足言。而虞楊范揭輩。皆烜赫史書。至樂府。絕出古今。如王關諸子。亡論生平履歷。即字裏若存若亡。故知詞曲。游藝之末途。非不朽之前著也。

涵虛子記元詞手百八十餘。中能旁及詩文者。貫雲石高則誠二三子耳。自餘馬致遠輩。樂府外。他伎倆不展一籌。信天授有定也。滕玉霄·元好問·薩天錫·趙子昂·馮海粟·盧疏齋·姚牧

元之曲家多在中州與越

高則誠曲以外之學藝

西廂必較傳於琵琶

菴輩皆文士有及詞耳

高則誠在勝國詞人中似能以詩文見者徒以傳奇故并沒之同時盧摯處道亦東甌人樂府聲價政與高埒而製作弗傳世遂以盧爲文士而高爲詞人信有幸有不幸也元文人以詞名者趙子昂貫雲石楊廉夫皆浙東西人元詞手與中原抗衡惟越而已高詩律尚散見元人選中如題岳墳采蓮曲等篇雖格不甚超要非傳奇中語文則烏寶一傳見輟耕錄小詞若琵琶諸引亦多近宋蓋勝國才士涉學者

近時左袒琵琶者或至品王關上余以琵琶雖極天工人巧終是傳奇一家語當今家喻戶習故易於動人異時俗尚懸殊戲劇一變後世徒據紙上以文義摸索之不幾於齊東下里乎西廂雖饒本色然才情

逸發處。自是盧駱豔歌。溫韋麗句。恐將來永傳。竟在彼不在此。金董解元世幾不聞。而花閒草堂人口膾炙。是其驗也。或謂戲曲無可廢理。夫唐宋優伶所習。今絕不省何狀。元北戲自西廂外。亦殊少傳者矣。

西廂琵琶之較

西廂主韻度風神。太白之詩也。琵琶主名理倫教。少陵之作也。西廂本金元世習。而琵琶特創規矱。無古無今。似尤難至。才情雖琵琶大備。故當讓彼一籌也。

草木子記南北曲盛衰

俳優戲文始於王魁。永嘉人作之。識者曰。若見永嘉人作相。宋當亡。及宋將亡。乃永嘉陳宜中作相。其後元朝南戲尚盛行。及當亂。北院本特盛。南戲遂絕。右見葉氏草木子。葉元末人。據此則傳奇始自永嘉人作之。今王魁本不傳。而傳琵琶。琵琶亦永嘉人作。遂爲今南曲首。二事極相類。大可笑也。然葉當國初著書。而云南戲遂絕。豈是時琵琶尚未行世耶。王魁事、當在宋初。今唐人小說載王魁事。說者以爲宋人勦入之云。

琵琶記中之詩

琵琶記崑山有良壁詩王允何其愚。說者以漢末有二王允。一誅董卓。一乃棄妻再娶者。非也。案後漢書黨錮傳。黃允字子艾。濟陰人也。以儁才知名。郭林宗見而謂曰。卿有絕人之才。足成偉器。然恐守道不篤。將失之矣。後司徒袁隗欲爲從女求婚。見允歎曰。得壻當如此。允聞而黜遣其妻。蓋黃姓非王允也。今本多誤刻。故錄之。汪司馬頗取此詩。謂西廂詩無一成語者。琵琶此首差可觀。然瑜字與姿。古韻絕不通。又宋弘二語。大似村學究聲口。僅勝王鬭可耳。

驅馬考

王實父曉風寒峭詞。末句不想跳龍門到來學騙馬。

今俗說但以騙爲竊盜之義。而實非也。程泰之演繁露所載甚明。實父蓋用其意。今錄於後云。嘗見藥肆鬻腳藥者。榜曰騙馬丹。歸檢字書。其音爲匹轉。且曰雍而上馬。已又見唐人武懿宗將兵。遇敵而遁。人爲之語曰。長弓度短箭。蜀馬臨階騙。言蜀馬旣已短小。而又臨階。爲高乃能躍上。始悟騙之爲義。通典曰。武舉制土木馬於里閭間。教人習騙。以上俱繁露說。據此則騙本非盜竊之義。與今俗說全不同。實父用之於詞者。緣張踰牆摟崔。故以騙馬對龍門。皆主跳躍之意。益見措意之工。程所引唐人譏武懿宗語。乃張元一所作。見孟啓本事詩。又東京夢華錄載百戲中有騙馬等戲。字義悉與前同。乃知宋元間騙字音義如此。今率以爲盜竊。舉世一辭。殊可笑也。今琵琶戲中有用此字者。俗流妄增。

琵琶用高駢詩話

董永傳奇考

壯繆明燭事之謬

琵琶記正是此曲才堪聽。又被風吹別調間。用高駢詩話。昨夜箏聲響碧空。宮商信任往來風。依稀似曲才堪聽。又被吹將別調中。發語曰正是者。明謂引用古人也。

今傳奇有所謂董永者。詞極鄙陋。而其事實本搜神記。非杜撰也。記稱永父亡。以葬乃自賣爲奴。主知其賢。與錢千萬。遣之。永行三年喪畢。欲還詣主供奴職。道逢一婦人曰。願爲君妻。遂與俱至主家。曰永雖小人。蒙君恩德。誓當服勤以報。主曰。婦人何能。曰能織。主曰。必爾者。但令君婦爲我織縑百匹。於是永妻織。十日而百匹具焉。據此。則永夫婦當在六代前。或晉或魏。不可知也。李德武妻裴氏。亦載隋史中。

古今傳聞譌謬。率不足據。有識惟關壯繆明燭一端。

單刀會斬貂蟬均有本

則大可笑。乃讀書之士亦什九信之。何也。蓋緣勝國末村學究編魏吳蜀演義。因傳有羽守邳見執曹氏之文。撰爲斯說。而俚儒潘氏又不考。而贊其大節。遂致談者紛紛。案三國志羽傳及裴松之注。及通鑑綱目。並無此文。演義何所據哉。

單刀會考

元詞人關漢卿撰單刀會雜劇。雖幻妄。然魯肅傳實有單刀俱會之文。猶實於明燭也。斬貂蟬事不經見。自是委巷之談。然羽傳注稱羽欲娶布妻。啟曹公。公疑布妻有殊色。因自留之。則非全無所自也。

吳志魯肅傳。先主使關羽爭三郡。肅住益陽。與羽相拒。肅邀羽相見。各駐兵馬百步上。但請將軍單刀俱會。肅因責數羽曰。國家區區本以土地借卿家者。卿家軍敗遠來。無以爲資故也。今已得益州。既無奉還之意。但求三郡。又不從命。語未究竟。坐有一人曰。夫土地者惟德所在耳。何常之有。肅厲聲呵之。辭色甚切。羽操刀起。謂曰。皆國家事。是人何知。目使之去。案今元人所撰單刀會雜劇本此。蓋肅傳本實錄。而司馬氏通鑑據吳書脩輯。以肅欲與羽會語諸將。疑有變。肅不從。而往。而所記羽語殊俚陋。不類雲長。蓋吳書乃自尊其國。非實錄也。本肅邀羽相見。故羽操刀起。豈得云肅欲往。疑羽有變乎。裴松之辨駁最明。獨此注引吳書而略無是正。亦大憒憒。司馬據之。尤爲疏也。

赤壁破曹。玄德功最大。考昭烈傳。與曹公戰於赤壁。大破之。操傳。公至赤壁。與備戰不利。而不言周瑜。及魯肅傳俱言與備并力。陳壽書諸葛傳後。亦言權遣兵三萬助備。備得用與曹公交戰。大破其軍。則當日戰功可見。今率歸重周瑜。與陳壽志不甚合。余別詳之。

楊用脩云。世傳馮商還妾。余觀氏族言行錄。馮京之父名式。京生而雋邁不羣。式一日取其所誦書。題其後曰。將作監丞通判荊南軍府事馮京。式既退官十一年。京舉進士第一。爲將作監丞通判荊南。如式之言。時人謂式爲知子。氏族錄宋人所編。當得其實。世傳馮商還妾事。以爲京父。考之此文。京父未嘗爲商。又不名商也。右見談苑醍醐。余考宋史京傳。不載父名。亦無還妾事。惟稱京常過外兄見其侍妾詢知同年某人女。亟請嫁之。蓋因此附會也。楊本氏族錄謂爲正史。亦非。

用脩又云。呂蒙正父龜圖。多內寵。與其母劉氏不協。

并蒙正出之。頗淪躓窘乏。劉誓不嫁。及蒙正登仕。乃迎二親。同堂異室奉養之。近世傳奇鐙瓜亭。亦緣此附會也。陳晦伯駁云。邵氏聞見錄載呂蒙正微時。於洛陽龍門利涉院土室中。與溫仲舒讀書。一日。行伊水上。見賣瓜者。意欲得之。無錢可買。其人偶遺一枚於地。公悵然取食之。後作相。買園洛城東南。下臨伊水。起亭。以鐙瓜名焉。麟考宋史呂實起寒素。土室鐙瓜當有之。惟楊所引頗關涉。而史不載。恐未確也。

連環記考

連環亦本元曲。或稱李長吉詩。榼銀龜。騎白馬。傅粉美人大旗下。以爲卽呂布美人。殊不知傅粉自說呂貌。非姬妾也。陶穀秦弱蘭事。見宋士人供狀。當不誣。

繡襦記考

繡襦記事出唐人李娃傳。皆據舊文。第傳止稱其父滎陽公。而鄭子無名字。後人增益之耳。娃晚收李子。

王仙客傳考

紅拂紅綃紅線三傳考

僅足贖其棄背之罪。傳者亟稱其賢。大可哂也。王仙客亦唐人小說事。大奇而不情。蓋潤飾之過。或烏有無是。類不可知。霍小玉事。據李益傳。或有所本。紅拂紅綃紅線三女子。皆唐人。皆見小說。又皆將家。皆姬媵。皆兼氣俠。然實無一信者。衞公雖韓柱國甥。絶不聞處道相值。緣李百藥嘗盜素侍女。素執將斬之。覩百藥倮體俊秀。因畀侍兒歸。豪異秘纂遂嫁此事衞公。而虬髯客之誕。又不必辯者也。紅線事冷朝陽有詩。其始末不可考。甘澤謠未足憑據。紅綃尤謬悠。蓋以汾陽多妓樂。詭爲此談。又本紅拂而崑崙則又附會虬髯耳。第所狀一品。殊不類汾陽。余嘗疑他有其人。大都不必深辯。今諸傳奇盛行。駸駸欲追勝國矣。章臺柳事或有之。唐人詩可證也。

輟耕錄記元人雜劇。有唐三藏一段。今其曲尚傳。第不知卽陶所記本否。世俗以爲陳姓。且演爲戲文。極可笑。然亦不甚虛也。三藏卽唐僧玄奘。余辯見前續考。獨異志云。沙門玄奘俗姓陳。偃師縣人也。幼聰慧。有操行。唐武德初。往西域取經。行至罽賓國。道險虎豹。不可過。奘不知爲計。乃鏁房門而坐。至夕開門。見一老僧。頭面瘡痍。身體膿血。牀上獨坐。莫知來由。奘乃禮拜勤求。僧口授多心經一卷。令奘誦之。遂得山川平易。道路開闢。虎豹藏形。魔鬼潛迹。至佛國取經六百餘部而歸。其多心經至今誦之。據此。皆與今頗合。又元人散套亦有西域取經等事。蓋附會起於勝國。不始於今。三藏之名。則又始於宋時。不始勝國。東坡艾子小說云。艾子好飲。少醒日。忽一日大飲而噦。

門人密抽𧰼腸。致噦中。持以示曰。凡人具五臟方能活。今公飲而出一臟。止四臟矣。何以生耶。艾子熟視而笑曰。唐三臟猶可活。況有四耶。此雖戲語。然宋世所稱可見。蓋因唐僧不空號無畏三藏。譌爲玄奘耳。

艾子疑非東坡。然其目已見通考。要亦出宋人。聖教序雖有三藏要文等語。匪玄奘號也。

今世繪八仙爲圖。不知起自何代。蓋由杜陵有飲中八仙歌。世俗不解何物語。遂以道家者流當之。要之起自元世王重陽教盛行。以鍾離爲正陽。洞賓爲純陽。何仙姑爲純陽弟子。夤緣附會。以成此目。嘗觀前代書史。若七賢過關。四皓弈棋等圖。淺誕不根者甚衆。獨無聞此可知也。考其出處。亦各有所本。張果在諸人最先進。明皇時顯迹甚著。葉法善以爲混沌初分。白蝙蝠精。鍾離權。呂巖。俱唐中晚人。鍾有二絕。呂

元詞曹國舅李孔目考

有一律。見唐詩選中。藍采和亦唐人。有踏踏歌。見沈汾續神仙傳。以常衣藍袍。故名。韓湘。文公之姪。昌黎實贈以詩。賈島亦有詩寄湘。皆不言其道術。獨酉陽雜俎記文公吏侍日。偶江淮一族子訪之。自云善幻。文公令試其技。頃刻開異花。有雲橫秦嶺一聯。乃錄文公舊作。非預兆。且非湘也。何仙姑見純陽文。宋人雜說以爲不飲食。無漏。而徐神翁宣和間海陵人。見三仙傳。頗詳。其餘姓氏。間有相同。然不可深考。總之。不足深辯。近閱元人慶壽詞。有鍾呂二韓等八人。信知起自元世也。

元詞有曹國舅。考諸仙傳。曹姓無外戚。而諸史曹姓外戚無得仙者。據俗傳爲宋人。檢宋史惟曹佾爲后弟。見重於時。年七十卒。初不云得仙。詞又有跛者李

入破非元曲

孔目。蓋即圖中跛足拄杖者。尤荒唐。然必合此。乃得八人之數。考諸傳記。惟神仙通鑑有劉跛子。而非李姓。與詞語殊不相蒙。未審元人何據。大都委巷之談耳。劉跛子事出冷齋夜話。雖詭異。然不曰仙。仙鑑何以引之。韓湘說尤不一。弃鍾離亦無定論。以上錄莊嶽委談。

丹鉛總錄云。唐人好畫蕃馬。於屏。花間詞云。細草平沙蕃馬小。是也。又曲名梁州伊州。其後卒有祿山吐蕃之亂。宋人愛圖鳴骹胡兒。卒有金元之禍。元曲有入破急煞之名。未幾而亂。新錄云。凡一代氣運盛衰。率有先兆。用脩之說。未爲無理。第所引三事殊不類。花間詞出晚唐。其時祿山已誅。吐蕃垂絕矣。宋人圖鳴骹胡兒。諸畫譜無灼灼者。是圖不盛行於宋可知。入破乃唐曲調。非元人也。前人已嘗論之。

女狀元春桃記

琵琶記畢羅考

丹鉛總錄云。女侍中魏元義妻也。女學士孔貴嬪也。女校書唐薛濤也。女進士宋女郎林妙玉也。女狀元蜀黃崇嘏也。新錄云。崇嘏非女狀元。余已辨於詩藪雜編中。用脩之誤。蓋因元人女狀元春桃記而誤也。元人春桃記今不傳。僅輟耕錄有其目。大概如琵琶等劇。幻設狀元之名耳。王巵言直作蜀司戶參軍黃崇嘏。最得之。陳氏名疑亦仍用脩之誤。似未詳考黃詩。及其事始末也。

丹鉛總錄云。朱文公刈麥詩。霞觴幸自誇真一。垂鉢何須問畢羅。集韻。畢羅修食也。案小說唐宰相有櫻筍廚。食之精者。櫻桃饆饠。今北人呼爲波波。南人謁爲磨磨。新錄云。畢羅注云。修食當作活字。元人琵琶記。以秕糠饆饠充饑。其義可參。唐世櫻桃饆饠。是借

此二字爲食物名。非本旨也。今北人所謂波波。乃麵爲之者。南人罕能修治。文公時。南北絕不通。焉可據爲是物也。以上錄丹鉛新錄

少室山房曲考終

王和卿

堯山堂曲紀

明常州蔣一葵撰

王和卿。大都人。關漢卿同時。和卿數譏謔關。關雖極意還答。終不能勝。王忽坐逝。而鼻垂雙涕尺餘。人皆歎駭。關來吊唁。詢其由。或對云。此釋家所謂坐化也。復問鼻懸何物。又對云。此玉筯也。關云。我道你不識不是玉筯。是嗓。咸發一笑。或戲關云。你被王和卿輕侮半世。死後方才還得一籌。凡六畜勞傷。則鼻中常流膿水。謂之嗓病。又愛訐人之短者。亦謂之嗓。故云。

王和卿滑稽挑達。傳播四方。中統初。燕市有一胡蝶。其大異常。王賦醉中天小令云。掙破莊周夢。兩翅駕東風。三百處名園。一采一箇空。難道風流種。諕殺尋芳蜜蠭。輕輕的飛動。賣花人攝過橋東。由是其名益著。

王和卿題情一半兒詞云。鴉翎般水鬢似刀裁。小顆顆芙蓉花額兒窄。待不梳粧怕娘左猜。不免插金釵。一半兒鬅鬆一半兒歪。別來寬褪縷金衣。粉悴煙憔減玉肌。淚點兒只除衫袖知。盼佳期。一半兒才乾一半兒溼。

王和卿詠禿天淨紗詞云。笠兒深掩過雙肩。頭巾牢抹到眉邊。款款的把笠簷兒試掀。連荒道一句君子人不見頭面。

王妓浴房中被打。王和卿作撥不斷詞嘲之云。假胡伶。騁聰明。你本待洗腌臢。到惹得不乾淨。精尻上勻排七道青。扇圈大膏藥剛糊定。早難道外宣無病。

關漢卿。號已齋叟。大都人。金末爲太醫院尹。金亡不仕。好談妖鬼。所著有鬼董西廂。是王實甫撰。至草橋驚夢而止。此後乃關漢卿足成者。北曲故當以此壓卷。如曲中語。雪浪拍長空。天際秋雲捲。竹索纜浮橋。水上蒼龍偃。滋洛陽千種花。潤梁園萬頃田。東風搖曳垂楊線。游絲牽惹桃花片。珠簾捲映芙蓉面。法鼓金鐃。二月春雷響殿角。鍾聲佛號。半天風雨灑松梢。是駢儷中景語。手掌兒裏奇擎。心坎兒裏溫存。眼皮兒上供養。哭聲兒似鶯囀喬林。淚珠兒似露滴花梢。繫春心情短柳絲長。隔花陰人遠天涯近。香消了六朝金粉。瘦減了三楚精神。玉容寂寞梨花朵。臙脂淺淡櫻桃顆。是駢麗中情語。他做了影兒裏情郎。我做了畫兒裏愛寵。拄着拐幫閑鑽懶。縫合脣送暖偷寒。

昨夜箇熱臉兒對面搶白。今日箇冷句兒將人厮侵。半推半就。又驚又愛。是駢儷中諢語。落紅滿地胭脂冷。夢裏成雙覺後單。是單語中佳語。只此數條。他傳奇不能及。錄鬼簿以董解元西廂記壓卷。不著名字。但云仕金章宗朝。爲翰林學士。時鍾嗣成以前輩名士呼之。其記實爲王關之祖。

關漢卿續西廂。極力模擬。其商調集賢賓及掛金索。裙染榴花。睡損胭脂皺。紐結丁香。掩過芙蓉扣。線脫珍珠。淚溼香羅袖。楊柳眉顰。人比黃花瘦。俊語亦不減王。

賀方回浣溪沙有云。淡黃楊柳帶棲鴉。關漢卿演作四句云。不近喧譁。嫩綠池塘藏睡鴨。自然幽雅。淡黃楊柳帶棲鴉。青出於藍。無妨並美。

關漢卿嘗見一從嫁媵婢作小令云。髻鴉。臉霞。屈殺了將陪嫁。規摹全似大人家。不在紅娘下。巧笑迎人。文談回話。真如解語花。若咱得他。倒了蒲桃架。

關漢卿題情一半兒詞云。雲鬟霧鬢勝堆雅。淺露金蓮簌絳紗。不比等閑牆外花。罵你箇俏冤家。一半兒難當一半兒耍。碧紗窗外靜無人。跪在床前忙要親。罵了箇負心回轉身。雖是我話兒嗔。一半兒推辭一半兒肯。

關漢卿別情梧葉兒詞曰。別離易。相見難。何處鎖雕鞍。春將去。人未還。這其間。殃及殺愁眉淚眼。

關漢卿嘲禿指甲醉扶歸云。十指如枯筍。和袖捧金樽。搊殺銀箏字不真。搔癢天生鈍。縱有相思淚痕。索把拳頭揾。元人有詠指甲得勝令一闋。宜將鬪草尋。

宜把花枝浸。宜將綉線勻。宜把金針紝。宜操七絃琴。
宜結兩同心。宜托腮邊玉。宜圈鞋上金。難禁得一招
通身沁。知音治相思十箇針。豔爽之極。又出王關之
上。
王實甫不但長於情辭。有歌舞麗春堂雜劇。其十三
換頭落梅風內。對青銅猛然間兩鬢霜。全不似舊時
模樣。又絲竹芙蓉亭雜劇仙呂一套。通篇皆本色語。
其間如混江龍內。想着我懷兒中受用。怕甚麼臉兒
上搶白。元和令內。他有曹子建七步才。還不了龐居
士一分債。勝葫蘆內。兀的般月斜風細。更闌人靜。天
上巧安排。寄生草內。你莫不一家兒受了康禪戒。此
等皆俊語。
王實甫別情堯民歌云。自別後遙山隱隱。更那堪遠

水粼粼。見楊柳飛綿滾滾。對桃花醉臉醺醺。透內閣香風陣陣。掩重門暮雨紛紛。　怕黃昏不覺又黃昏。不銷魂怎地不銷魂。新啼痕壓舊啼痕。斷腸人憶斷腸人。今春。香肌瘦幾分。摟帶寬三寸。

王實甫春睡山坡羊云雲鬆螺髻。香溫鴛被。掩春閨一覺傷春睡。柳花飛。小瓊姬。一片聲雪下呈祥瑞。把團圓夢兒生喚起。誰。不做美。呸。却是你。

馬致遠。號東籬。元人樂府稱關馬鄭白爲四大家。鄭名德輝。白名仁甫。涵虛子元詞紀謂漢卿如瓊筵醉客。致遠如朝陽鳴鳳。德輝如九天珠玉。仁甫如鵬摶九霄。

馬致遠雙調秋思。放逸宏麗。而不離本色。押韻尤妙。元人稱爲第一。真不虛也。　夜行船　百歲光陰如夢蝶。重回首。往事堪嗟。昨日春來。今朝花謝。急罰盞夜闌燈滅。　喬木查　秦宮漢闕。都做了衰草牛羊野。不恁漁樵無話說。縱荒墳橫斷碑。不辨龍蛇。　慶宣和　投至狐蹤與兎穴。多少豪傑。鼎足三分半腰折。魏耶。晉耶。　落梅風　天教富。莫太奢。無多時好天良夜。看錢奴硬將心似鐵。空辜負錦堂風月。　風入松　眼前紅日又西斜。疾似下坡車。曉來清鏡添白雪。上床和鞋履相別。莫笑鳩巢計拙。葫蘆提一恁粧呆。　撥不斷　利名竭。是非絕。紅塵不向門前惹。綠樹偏宜屋角遮。青山正補牆頭缺。竹籬茅舍。　離亭宴煞　蛩吟一覺纔寧貼。雞鳴萬事無休歇。爭名利何年是徹。密匝匝蟻排兵。亂紛紛蜂釀蜜。鬧穰穰蠅爭血。裴公綠野堂。陶令白蓮社。愛秋來那些。和露

鄭德輝

摘黃花。帶霜烹紫蟹。煮酒燒紅葉。人生有限杯。幾箇登高節。囑付俺頑童記者。便北海探吾來。道東籬醉了也。看他用蝶穴傑別竭絕字是入聲作平聲。闕說鐵雪拙缺貼歇徹血節字是入聲作上聲。滅月葉是入聲作去聲。無一字不妥。

馬東籬又有天淨紗秋思詞曰。枯藤老樹昏鴉。小橋流水人家。古道西風瘦馬。夕陽西下。斷腸人在天涯。前三對更瘦馬二字去上極妙。秋詞之祖也。

鄭德輝王粲登樓中呂迎仙客云。雕簷紅日低。畫棟綵雲飛。十二闌干天外倚。望中原思故國。感慨傷悲。一片鄉心碎。妙在倚字上聲起音。一篇之中唱此一字。況務頭在其上。原思字屬陰。感慨上去尤妙。迎仙客累百。無此調也。美哉德輝之才。名不虛傳。

鄭德輝所作情詞。亦自與人不同。如㑳梅香頭一折寄生草。不爭琴操中單訴你飄零。却不道窗兒外更有個人孤另。六么序。却原來羣花弄影。將我來諕一驚。此語何等蘊藉。大石調初問口內。又不曾薦枕席。便指望同棺槨。只想夜偷期。不記朝聞道。好觀音內。上覆你箇氣咽聲絲張京兆。本待要塡還你枕剩衾薄。語不着相。情意獨至。眞得詞家三昧者。

㑳梅香第三折越調。雖不入絃索。然自是妙。如小桃紅云。是害得神魂蕩漾也。合將眼皮開放你好熱莽也沈東陽。調笑令內。擘面的便搶白殺那病襄王。呀。怎生來翻悔了巫山窈窕娘。滿口裏之乎者也沒攔當。都噴在那生臉上。諕的那有情人恨無箇地縫藏。羞殺也傅粉何郎。禿厮兒。請學士休心勞意攘。俺小

白仁甫

姐他只是作耍難當。止是尋常說話。略帶訕語。然中間意趣無窮。此便是作家。

鄭德輝倩女離魂越調聖藥王內。近蓼花。纜釣槎。有折蒲衰草綠蒹葭。過水窪。傍淺沙。遙望見烟籠寒水月籠沙。我只見茅舍兩三家。如此等語清麗流便語入本色。然殊不穠郁。宜不諧於俗耳也。

白仁甫勸飲寄生草詞曰。長醉後方何礙。不醉時有甚思。糟醃兩箇功名字。醅渰千古興亡事。麴埋萬丈虹蜺志。不達時皆笑屈原非。但知音盡說陶潛是。命意造語下字俱好。最是陶字屬陽協音。若以淵明字。則淵字唱作元字。蓋淵字屬陰。有甚二字上去聲。盡說二字去上聲更妙。虹蜺志陶潛是務頭也。

白仁甫沉醉東風漁父詞云。黃蘆岸白蘋渡口。綠楊

堤紅蓼灘頭雖無刎頸交。却有忘機友。點秋江白鷺
沙鷗。傲殺人間萬戶侯。不識字。煙波釣叟。元人有歸
隱詞云。問天公許我閒身。結草爲標。編竹爲門。鹿豕
成羣。魚蝦作伴。鵝鴨比鄰。不遠游。堂上有親。莫居官
朝裏無人。黜陟休云。進退休論。買斷青山。隔斷紅塵。
亦有味而佳。

白仁甫有醉中天賦佳人臉上黑痣云。疑是楊妃在。
逃脫馬嵬災。曾與明皇捧硯來。美臉風流殺。叵奈揮
毫李白。覷着嬌態。洒松煙點破桃腮。或以爲杜遵禮
作。

白仁甫題情陽春曲云。笑將紅袖遮銀燭。不放才郎
夜看書。相偎相抱取歡娛。止不過迭應舉。及第待何
如。又百忙裏鉸甚鞋兒樣。寂寞羅幃冷串香。向前摟

劉秉忠

伯顏
張九

定可憎娘。止不過趕嫁粧。誤了有何妨。

劉秉忠。字子晦。邢臺人。因從釋氏。又名子聰。

劉太保自號藏春散人。每以吟詠自適。

劉太保乾荷葉曲云。乾荷葉色蒼蒼。老柄風搖蕩。減了清香。越添黃。都因昨夜一場霜。寂寞秋江上。此秉忠自度曲。曲名乾荷葉。即詠乾荷葉。猶是唐辭之意。又一首弔宋云。南高峯。北高峯。慘淡煙霞洞。宋高宗一場空。吳山依舊酒旗風。兩渡江南夢。此借腔別詠者。其曲悽惻感慨。千古寡和。

伯顏丞相與張九元帥席上各作一喜春來詞。伯顏詞云。金魚玉帶羅襴扣。皁蓋朱幡列五侯。山河判斷在俺筆尖頭。得意秋。分破帝王憂。張九詞云。金裝寶劍藏龍口。玉帶紅絨掛虎頭。綠楊影裏驟驊騮。得志秋。名滿鳳皇樓。師才相量。各言其志。

盧摯。字處道。號疎齋。涿郡人。坐右大書一天字。其下細注六字云。有記性。不急性。

盧疎齋。有落梅風一闋。別歌者珠簾秀云。纔懽悅。早間別。痛殺俺好難割捨。畫船兒載將春去也。空留下半江明月。珠簾秀荅詞云。山無數。煙萬縷。憔悴煞玉堂人物。倚蓬窗一身兒活受苦。恨不得隨大江東去。

孔文昇。字退之。先聖五十四代孫也。盧疎齋雅相推重。一游一讌。莫不與退之同處。或賦詩詞。必先書見示。一日。廉使容齋徐公琰云。書中有女顏如玉。戲謂退之曰。試爲我屬一對。俗語尤佳。退之卽應曰。路上行人口似碑。容齋大喜。退之幼在金陵郡庠。從戴表元游。表元每因暇。卽以方言俗諺作題。令諸生破如

姚燧

經義法。一日。命破樓字。退之曰。因地之不足。取天之有餘。表元大喜。又命以諺云。寧可死。莫與秀才擔擔子。肚裏飢。打火又無米。破曰小人無知。不肯竭力以事君子。君子有義。不能求食以養小人。按宋末。人多戲爲此。如古曲題云。看看月上蒲萄架。那人應是不來也。最苦是一雙鳳枕。閑在綉幃下。破云。時至人未至。君子不能無疑心。物偶人未偶。君子不能無感心。小曲題云。媽媽只要光光鏝。我苦何曾管。雪下去送官賣酒輪番。幾曾得免。怎容懶。有客教奴伴。破云。吾親徇利而忘義。既不能以憂人之憂。吾身徇公而忘私。又强欲以樂人之樂。

姚燧。柳城人。樞之姪。號牧菴。

姚牧菴醉高歌詞云。十年燕月歌聲。幾點吳霜鬢影。

西風吹起鱸魚興。已在桑榆暮景。榮枯枕上三更。傀儡場中四并。人生幻化如泡影。幾箇臨危自省。

姚牧菴寄征衣凭闌人調云。欲寄君衣君不還。不寄君衣君又寒。寄與不寄間。妾身千萬難。

張怡雲。大都名妓也。姚牧菴閻靜軒每於其家小飲。嘗佐貴人樽俎。偶言暮秋時三字。閻命怡雲續而歌之。張應聲作小婦孩兒。且歌且笑曰。暮秋時。菊殘猶有傲霜枝。西風了卻黃花事。貴人曰且止。遂不成章。史中丞嘗遇姚牧菴閻靜軒於道。笑而問曰。二先生所往。容侍行否。因命騶從歸攜酒饌。同造怡雲海子上之居。姚命張取酒先壽史。張乃歌雲間貴公子玉骨秀橫秋。水調歌一闋。史喜甚。席終。左右欲撤酒器。皆金玉者。史云休將去。留待二先生來此受用。

趙孟頫。字子昂。宋王孫。居湖州。有古琴二。一曰大雅。一曰松雪。因以大雅名堂而號松雪焉。夫人管仲姬。名道昇。管伸直夫女。長子雍。字仲穆。壻王篤菴國器。字德璉。則王蒙叔明父也。

趙松雪欲置妾。以小詞調管夫人云。我爲學士。你做夫人。豈不聞陶學士有桃葉桃根。蘇學士有朝雲暮雲。我便多娶幾箇吳姬越女何過分。你年紀已過四旬。只管占住玉堂春。管夫人答云。你儂我儂。忒煞情多。情多處熱似火。把一塊泥捻一箇你。塑一箇我。將咱兩箇一齊打破。用水調和。再捻一箇你。再塑一箇我。我泥中有你。你泥中有我。與你生同一箇衾。死同一箇槨。松雪得詞。大笑而止。

鮮于去矜寨兒令曰。漢子陵。晉淵明。二人到今香汗青。釣叟誰稱。農父誰名。去就一般輕。五柳莊月朗風清。七里灘浪穩潮平。折腰時心已愧。伸脚處夢先驚。聽千萬古聖賢評。

馮子振。號海粟。攸州人。時謂天下有名馮海粟。

白無咎有鸚鵡曲云儂家鸚鵡洲邊住。是箇不識字漁父。浪花中一葉扁舟。睡煞江南煙雨。覺來時滿眼青山。抖擻綠蓑歸去。算從前錯怨天公。甚也有安排我處。海粟學士留上京日。有北京伶御園秀之屬相從風雪中。恨此曲無續之者。且謂前後多親炙士大夫。拘于韻度。如第一箇父字便難下語。又甚也有安排我處。甚字必須去聲字。我字必須上聲字。音律始諧。不然不可歌。諸公舉酒索海粟和之。海粟卽援筆續百餘首。山亭逸興云。崔嵬舉頂移家住。是箇不唧

胡紫山

滕賓

貫雲石

嚠樵父。爛柯時樹老無花。葉葉枝枝風雨。么。故人曾喚我歸來。却道不如休去。指門前萬疊雲山。是不費青蚨買處。愚翁放浪二云。東家西舍隨緣住。是箇忒老實愚父。賞花時暖薄寒輕。徹夜無風無雨。么。占長紅小白園亭。爛醉不教人去。笑長安利鎖名韁。定沒有身心穩處。

歌兒珠簾秀朱氏。姿容姝麗。雜劇當時獨步。胡紫山宣慰極鍾愛之。嘗擬沉醉東風小曲以贈二云。錦織江邊翠竹。絨穿海上明珠。月淡時。風清處。都隔斷落紅塵土。一片閑情任卷舒。掛盡朝雲暮雨。

滕賓。號玉霄。睢陽人。涵虛子元詞紀滕玉霄如碧漢閑雲。

貫雲石。畏吾人。阿里海涯孫也。父名貫只哥。遂以貫爲氏。名小雲石海涯。自號酸齋。同時有徐甜齋。失其名。並以樂府擅稱。世謂酸甜樂府。涵虛子元詞紀貫酸齋如天馬脫羈。徐甜齋如桂林秋月。貫酸齋生而神彩秀異。膂力絕人。年十二三時。使健兒驅三惡馬。疾馳。持槊立而待。馬至。騰上之。越一而跨三。運槊生風。觀者辟易。及長。折節讀書。仁宗朝。拜翰林學士。忽喟然歎曰。辭尊居卑。昔賢所尚。乃稱疾。辭居江南。賣藥錢塘市中。詭姓名。易冠服。人無識者。

貫酸齋嘗過梁山濼。見漁父織蘆花爲被。尚其清。欲易之以紬。漁父曰。君欲吾被。當賦一詩。遂援筆云。採得蘆花不涴塵。翠蓑聊復藉爲茵。西風刮夢秋無際。夜月生香雪滿身。毛骨已隨天地老。聲名不讓古今貧。青綾莫爲鴛鴦妬。欸乃聲中別有春。詩成。竟持被去人間啗傳蘆花被詩。公至錢唐。因自號蘆花道人。
貫酸齋嘗赴所親宴時。正立春。座客以清江引請賦。且限金木水火土五字冠於每句之首。句各用春字。酸齋即題云。金釵影搖春燕斜。木杪生春葉。水塘春始波。火候春初熱。土牛兒載將春到也。滿座絕倒。
貫酸齋臨終作辭世詩云。洞花幽草結良緣。被我瞞它四十年。今日不留生死相。海天明月一般圓。洞花幽草乃二妾名。張小山為酸齋解嘲曰。君王曾賜瓊林宴。三斗始朝天。文章懶入編修院。紅錦箋白紵篇。黃柑傳。學會神仙。參透詩禪。壓塵囂。絕名利。逸林泉。天台洞口。地肺山前。學煉丹。同貨墨。共談玄。興飄然。酒家眠。洞花幽草結因緣。被我瞞它四十年。海天秋月一般圓。

阿里西瑛耀卿士之子。有居號懶雲窩。用殿前懽調歌以自述二云懶雲窩。醒時詩酒醉時歌。瑤琴不理拋書臥。無夢南柯得清閒儘快活。日月似攛梭過。富貴比花開落。青春去也。不樂如何。貫酸齋和二云懶雲窩。陽臺誰與送巫娥。蟾光一任來穿破。遁迹由他。覷一天星斗多。分半榻蒲團坐。儘萬里鵬程挫。向煙霞笑傲。任世事蹉跎。喬夢符和二云懶雲窩。雲窩客至欲如何。懶雲窩裏和雲臥。打會磨跎。想人生待怎麼。貴比我爭些二大富比我爭些箇。呵呵笑我。我笑呵呵。衞立中和二云懶雲窩。懶雲窩裏客來多。客來時伴我閑些箇。酒竈茶鍋。且停杯聽我歌。醒時節披衣坐。醉後也和衣臥。興來時玉簫綠綺。問甚麼天籟雲和。

名姬張玉蓮。喜延款士夫。復揮金無少惜。愛林經歷。

嘗以側室置之。後再占樂籍。班彥功與之甚狎。班司儒秩滿北上。張作小詞贈之。有朝夕思君。淚點成斑之句。又有一聯云。側耳聽門前過馬。和淚看簾外飛花。尤膾炙人口。看簾外飛花。徐甜齋嘗賦折桂令贈玉蓮云。荆山一片玲瓏。分付馮夷。捧出波中。白羽香寒。瓊衣露重。粉面冰融。知造化私加密寵。爲風流洗盡嬌紅。月對芙蓉。人在簾籠。太華朝雲。太液秋風。

徐甜齋又有春情折桂令云。平生不會相思。才會相思。便害相思。身似浮雲。心如飛絮。氣若遊絲。空一縷餘香在此。盼千金遊子何之。證候來時。正是何時。燈半昏時。月半明時。

徐甜齋夜雨水仙子云。一聲梧葉一聲秋。一點芭蕉一點愁。三更歸夢三更後。落燈花棋未收。嘆新豐孤館人留。枕上十年事。江南二老憂。都到心頭。

徐甜齋又有水仙子二闋。詠佳人釘履與紅指甲。釘履云。金蓮脫瓣載雲輕。紅葉浮香帶雨行。漬春泥印在蒼苔逕。三寸中數點星。玉玲瓏環珮交鳴。濺越女紅裙溼。沁湘妃羅襪冷。點寒波小小蜻蜓。紅指甲云。落花飛上筍芽尖。宮葉猶將冰筋粘。抵牙關越顯得櫻唇豔。怕傷春不捲簾。捧菱花香印粧奩。雪藕絲霞十縷。鏤棗班血半點。招劉郎春在纖纖。

喬吉字夢符。嘗言作樂府有法。鳳頭豬肚豹尾六字是也。涵虛子元詞紀喬夢符如神鰲鼓浪。

喬夢符詠竹衫兒小令云。并刀剪龍鬚爲骨。玉絲穿龜背成文。襟袖清涼不沾塵。汗香晴帶雨。肩瘦冷搜雲。是玲瓏剔透人。又詠香茶小令云。細研片腦梅花粉。新剝珍珠荳蔻仁。依方脩合鳳團春。醉魂清爽。舌尖香嫩。這孩兒那些風韻。

喬夢符天淨紗詞云。鶯鶯燕燕春春。花花柳柳真真。事事風風韻韻。嬌嬌嫩嫩。停停當當人人。

張伯遠。字可久。號小山。涵虛子謂其詞清而且麗。華而不豔。若披太華仙風。招蓬萊海月。誠詞林宗匠也。當以九方皐之眼相之。

張小山和劉時中五月菊云。玉臺金盞對炎光。全不似去年香。有意莊嚴端午。不應忘却重陽。菖蒲九節。金英滿把。同泛瑤觴。舊日東籬陶令。北窗正臥羲皇。

又九月九日見桃花小山作小令云。前度劉郎老矣。去年崔護來遲。紅雨飛。西風起。望白衣可憐憔悴。節去蜂愁蝶未知。冷落在天台洞裏。

張小山秋日宮詞。花邊嬌月靜妝樓。葉底滄波冷翠溝。池上好風閑御舟。可憐秋。一半兒芙蓉一半兒柳。又。數層秋樹隔雕簷。萬朵晴雲擁玉蟾。幾縷夜香穿繡簾。等潛潛。一半兒門開一半兒掩。又酬耿子春。海棠香雨汚吟袍。薜荔空牆閑酒瓢。楊柳曉風涼野橋。放詩豪。一半兒行書一半兒草。又詠梅。枝橫翠竹暮寒生。花淡紗窗殘月明。人倚畫樓羌笛聲。惱詩情。一半兒清香一半兒影。

王元鼎

王元鼎有折桂令一闋詠桃花馬云。問劉郎驥控亭槐。覺紅雨瀟瀟。亂落蒼苔。溪上籠歸。橋邊洗罷。洞口牽來。搖玉轡春風滿街。摘金鞍流水天台。錦綉毛胎。嘶過玄都。千樹齊開。

順時秀

歌妓郭氏順時秀。姿態閑雅。雜劇爲閨怨最高。駕頭

劉庭信

周德清

緒曰本亦得體。劉時中以金簧玉管。鳳吟鸞鳴。擬其聲韻。

劉庭信。南臺御史劉廷翰族弟。俗呼曰黑劉五。

劉庭信有水仙子二闋。秋風颯颯撼蒼梧。秋雨瀟瀟響翠竹。秋雲黯黯迷煙樹。三般兒一樣苦。苦的人魂魄全無。雲結就心間愁悶。雨少似眼中淚珠。風做了口內長吁。又蝦鬚簾控紫銅鉤。鳳髓茶閑碧玉甌。龍涎香冷泥金獸。淒雕闌倚畫樓。怕春歸綠慘紅愁。霧濛濛丁香枝上。雲淡淡桃花洞口。雨絲絲梅子牆頭。

周德清。高安人。號挺齋。著中原音韻。

泰定甲子秋。周德清既作中原音韻幷起例。以遺青原蕭存存。未幾訪西域友人瑣非復初。同志羅宗信見餉。復初舉觴。命謳者歌樂府四塊玉。至彩扇歌。青樓飲。宗信止其音而言曰。彩字對青字。而歌青字爲晴。吾揣其音。此字合用平聲字。必欲揚其音。而青字乃抑之。非也。復初因前驅紅袖。而自用調歌曰。買笑金。纏頭錦。得遇知音可人心。怕逢狂客天生沁。紐死鶴。劈碎琴。不害磣。德清聞其歌大喜曰。予作樂府三十年。未有如今日之遇二公。知某曲之非。某曲之是也。遂捧巨觴。口占折桂詞一闋曰。宰金頭黑脚天鵝。客有鍾期。座有韓娥。吟既能吟。聽還能聽。歌也能歌。和白雪新來較可。放行雲飛去如何。醉覩銀河。燦燦蟾孤。點點星多。歌既畢。相與痛飲大醉而罷。周德清過廬山。賦朝天子詞曰。早霞。晚霞。粧點廬山畫。仙翁何處鍊丹砂。一縷白雲下。客去齋餘。人來茶罷。嘆浮生指落花。楚家。漢家。做了漁樵話。

陳克明

吉安龍泉縣水滸米倉。有丁志能號無心者。欲縣官利塞其口。作水仙子示人。自謂得意。末句云。早難道水米無交。周德清笑曰。此張打油乞化出門語也。敢云樂府。志能深恥之。

諺云。開門七件事。柴米油鹽醬醋茶是也。周德清有折桂令云。倚蓬窗無語嗟呀。七件兒全無。做甚麼人家。柴似靈芝。油如甘露。米若丹砂。醬甕兒恰纔夢撤。鹽瓶兒又告消乏。茶也無多。醋也無多。七件事尚且艱難。怎生教我折柳攀花。

臨川陳克明作美人一半兒八詠。周德清擊節歎賞曰。此調作者衆矣。此公音律獨先。春夢云。梨花雲繞錦香亭。蝴蝶春融軟玉屏。花外鳥啼三四聲。夢初驚。一半兒昏迷一半兒醒。春困云。鎖牕人靜日初曛。寶鼎香消火尚温。斜倚綉床深閉門。眼昏昏。一半兒微開一半兒盹。春粧云。自將楊柳品題人。笑撚花枝比較春。輸與海棠三四分。再偷勻。一半兒胭脂一半兒粉。春愁云。厭聽野鵲語雕簷。怕見楊花撲繡簾。拈起繡針還倒拈。兩眉尖。一半兒微舒一半兒歛。春醉云。海棠紅暈潤初妍。楊柳纖腰舞自偏。笑倚玉奴嬌欲眠。粉郎前。一半兒支吾一半兒軟。春繡云。綠牕時有唾茸粘。銀甲頻將彩線撏。綉到鳳凰心自嫌。按春纖。一半兒端詳一半兒掩。春夜云。柳綿撲檻晚風輕。花影橫窗淡月明。翠被麝蘭薰夢醒。最關情。一半兒温温一半兒冷。春情云。自調花露染霜毫。一種春心無處托。欲寫寫殘三四遭。絮叨叨。一半兒連真一半兒草。或以此爲查德卿作。涵虛子謂克明如孤鶴鳴皋。

王繼學

虞伯生

而於德卿則不着題評。

李芝儀。維揚名妓也。工小唱。尤善慢詞。王繼學中丞甚愛之。贈以詩序。其一聯云。善和坊裏驊騮搆出繡鞍來。錢唐江邊燕子啣將春色去。又有塞鴻秋四闋。歌館盛傳之。喬夢符亦贈以詩詞甚富。

虞集。字伯生。號邵菴。蜀郡人。其母夢羽人騎鶴。抱一小兒來。曰。此南嶽真君寄汝家養之。既而誕集。

虞伯生在翰院時。宴散散學士家。歌兒郭氏順時秀者。唱今樂府。其折桂令起句云。博山銅細裊香風。一句兩韻。名曰短柱。極不易作。先生愛其新奇。席上偶談蜀漢事。因命紙筆。亦賦一曲曰。鸞輿三顧茅廬。漢祚難扶。日暮桑榆。深渡南瀘。長驅西蜀。力拒東吳。美乎周瑜妙術。悲夫關羽云殂。天數盈虛。造物乘除。問汝何如早賦歸歟。蓋兩字二韻。比之一句兩韻者爲尤難云折桂令一名廣寒秋。一名天香第一枝。一名蟾宮引令。中州韻入聲似平聲。又可作去聲。所以蜀術等字皆與魚虞相近。

刺貪污曲

至正間。上下以墨爲政。風紀之司。贓汚狼藉。是時金鼓音節。迎送廉訪司官則用二聲鼓。一聲鑼。起解强盜則用一聲鼓。一聲鑼。有輕薄子爲詩嘲曰。解賊一金幷一鼓。迎官兩鼓一聲鑼。金鼓看來都一樣。官人與賊不爭多。又有爲醉太平小令一闋云。堂堂大元。姦佞專權。開河變鈔禍根源。惹紅巾萬千。官法濫刑法重黎民怨。人喫人鈔買鈔何曾見。賊做官官做賊混愚賢。哀哉可憐。

曹明善

伯顏擅權之日。剡王徹徹都。高昌王帖木兒不花。皆以無罪被殺。山東憲吏曹明善時在都下。作岷江綠二曲以風之。大書揭于五門之上。伯顏怒。令左右暗察得實。肖形捕之。明善出避吳中一僧舍居數年。伯顏事敗。方再入京。其曲曰。長門柳絲千萬縷。總是傷心處。行人折柔條。燕子啣芳絮。都不由鳳城春做主。長門柳絲千萬結。風起花如雪。離別重離別。攀折復攀折。苦無多舊時枝葉。此曲又名清江引。俗曰江兒水。

張氏士誠。據有浙西富饒地。而好養士。凡不得志於時者爭趨附之。美官豐祿。富貴赫然。有爲北樂府譏之云。皂羅辮兒緊扎梢。頭戴寬簷帽。穿領闊袖衫。坐個四人轎。又是張吳王米蟲兒來到了。及城破。無一人死難者。

高拭。字則成。作琵琶記者。或謂方谷珍據慶元時。有高明者。避地鄞之櫟社。以詞曲自娛。因感劉後村詩。死後是非誰管得。滿村爭唱蔡中郎之句。乃作此記。按高明溫州瑞安人。以春秋中至正乙酉第。其字則誠非則成也。或因二人同時同郡。字又同音。遂誤耳。張小山有蘇堤漁唱詞。一時膾炙人口。高則成題其後曰。小奚奴。錦囊無日不西湖。才華壓盡香奩句。字清殊。光生照殿珠。價等連城玉。名重長門賦。好將如意擊碎珊瑚。

偶見歌伯喈者云。浪暖桃香欲化魚。期逼春闈。詔赴春闈。郡中空有辟賢書。心戀親闈。難捨親闈。頗疑兩下句意各重。而不知其故。又曰詔曰書。都無輕重。後得一善本。其下句乃浪暖桃香欲化魚。期逼春闈。難捨親闈。郡中空有辟賢書。心戀親闈。難赴春闈。意旣不重。而期逼與上欲化魚字應。難赴與空有字應。益見東嘉之工。東嘉此記。爲其友王四而作。王四初績學不仕。東嘉與之友。善。勸其赴舉。後遂登第。棄其妻而贅於不花太師家。東嘉欲挽之不可得。故作此記以切諷之。記名琵琶者。取其二字上各有二王字。弁得四王字爲王四也。牛太師者蓋元人呼牛爲不花。故謂之牛。而托名於伯喈者。以伯喈嘗從董卓之辟。而卓亦稱太師故也。其初以蔡中郎爲不忠不孝。記成。夢伯喈謂之曰。子能寘我於善行。當有以報汝。覺而有感。以全忠全孝易之。東嘉後果發解。高皇帝徵時常見此記而奇之。比卽帝位。詢得其實。遂捕王四。寘之於法。因遣使徵拭。東嘉辭以心恙不就。使者復命。帝曰。朕素聞其名。欲用之。原來無福。又語近臣曰。五經四書如五穀。家家不可缺。琵琶記如珍羞百味。富貴家其可缺耶。

張明善能塡詞度曲。每以詼諧語諷人。聽之令人絕倒。

張明善嘗作水仙子譏時云。鋪眉苫眼早三公。裸袖揎拳享萬鍾。胡言亂語成時用。大綱來都是烘。說英雄誰是英雄。五眼鷄岐山鳴鳳。兩頭蛇南陽臥龍。三脚猫渭水飛熊。

張士誠據蘇時。其弟士德攘奪民地以廣園囿。侈肆宴樂。席間無張明善則弗樂。一日雪大作。士德設盛宴。張女樂。邀明善詠雪。明善倚筆題云。漫天墜。撲地飛。白占許多田地。凍殺萬民。都是你。難道是國家祥瑞。書畢士德大愧。卒亦莫敢誰何。

花綸

花綸有辭藻。其後改福建道監察御史。出按江西。坐罪謫戍雲南。有題楊太真畫圖水仙子一闋云海棠風梧桐月荔枝塵。霓裳舞翠盤嬌繡嶺春。錦繃嬉金釵信香囊恨。癡三郎泥太真。馬嵬坡血汚遊魂。楊柳眉清顰黛損。芙蓉面零脂落粉。牡丹芽剪草除根。

解縉

永樂中秋。上方開宴賞月。月爲雲掩。召解縉賦詩。遂口占風落梅一闋。其詞云嫦娥面今夜圓。下雲簾不着臣看見。拚今宵倚欄不去眠。看誰過廣寒宮殿。上覽之歡甚。

三楊公連句

大明律有官吏挾妓飲酒之條。然宣德間三楊公猶及用之。嘗與一兵官會飲。文定倡爲酒令各誦詩一句。以月字在下。而分四時。令畢。文定指席中侍妓。曰。

不可謂秦無人。一妓遽成小詞。捧琵琶歌曰。到春來梨花院落溶溶月。文定句 到夏來舞低楊柳樓心月。文敏句 到秋來金鈴犬吠梧桐月。兵官句 到冬來清香暗度梅梢月。文貞句 呀好也麼月。總不如俺尋常一樣窗前月。諸公劇飲。罷醉而去。

王威寧尤善詞曲。嘗於行師見村婦便旋道傍。遂作塞鴻秋一曲。綠楊深鎖誰家院。見一個女嬌娥急走行方便。轉過粉牆來。就地金蓮。清泉一股流銀線。衝破綠苔痕。滿地珍珠濺。不想牆兒外馬兒上人瞧見。

王威寧又作朝天子一曲云。燒蘿蔔下茶。宰鴛鴦烈鮓。到惹得傍人罵。人人罵我是個老莊家。我就裏乾坤大。萬古千秋。一場閒話。說英雄都是假。你就笑我刺麻。你休說我哈沓。我做個沒用的神仙罷。

成化癸卯冬。李子陽將赴春闈。友人鎖懋堅者送之。賦正宮謁金門詞云。人艤畫船。馬鞍上錦韉。催赴瓊林宴。塞鴻聲裏暮秋天。綠酒金盃勸。留意方深。離情漸遠。到京廷中選。今秋是解元。來春是狀元。拜舞在金鑾殿。已而陽果魁天下。

懋堅西域人。扈宋南度。遂爲杭人。代有詩名。懋堅尤善吟寫。成化間游苕城。朱文理座間索賦其家假山。懋堅賦沉醉東風一闋云。風過處香生院宇。雨收時翠濕琴書。移來小朵峯。幻出天然趣。倚闌干盡日披圖。謾說蓬萊恐是虛。只此是神仙洞府。爲一時所稱。

今傳奇有還帶記。嘉定沈練塘所作。以壽楊邃翁者也。故曲中有昔掌天曹。今爲地主等語。邃翁喜圈此八字。

楊邃菴致政後賦雁兒落詞曰。俺也曾握虎符鎮塞垣。俺也曾假黃鉞誅叛亂。俺也曾掌天曹統百官。俺也曾草黃麻侍主言。念鸞凰勝鷹鸇。怕蒿艾混芝蘭。小人哉多行險。君子兮不素飡。清閑。不知機心怎閑。平也麼安。不知足心怎安。

林廷玉醉中戲作清江引曰。世上人心真箇歹。牽鬼街頭賣。哄了白尚書。瞞過陳員外。漢鍾離看見通不採。　沒嘴葫蘆就地滾。好歹休相問。花粧扮戲棚。紙做盛錢囤。陳摶華山閑打盹。　春花正紅春酒美。多少蟠桃會。休做看財奴。枉着金銀累。死到黃泉纔是悔。　勝水名山和我好。每日家相頑笑。人情下苑花。世事襄陽砲。霎時間虛飄飄都過了。

林廷玉詠愁塞鴻秋詞云。妬離情輾轉相迤逗。惹愁羈

韓氏邦奇

邦靖

懷來往閑交搆。對菱花怕照容顏瘦。數歸鴻難展眉峯皺。秋風葉落時。夜雨燈昏後。那其間淚濕香羅袖。

林廷玉詠酒塞鴻秋詞云。米明王原掌奇門印。麴將軍會擺迷魂陣。水中郎穩坐雲安鎮。柴令公傳示蘭陵信。祭遵壺矢威。李白蠻書令。那愁城攻破難逃命。

韓苑洛作乃弟邦靖行狀末云。恨無才如司馬子長關漢卿者以傳其行。北人粗野乃爾。邦靖。字汝慶。邦奇同科進士。爲山西參政。養病回。書一山坡羊於驛壁曰。肯排山南山北偃。肯倒海東海西翻。我如今心兒裏不緊意兒裏有些懶。如今一箇箇平步裏上青天。一箇箇日日近龍顏。青山綠水且讓我閒遊玩。明月清風你要忙時我要閒。嚴潭。你會釣魚誰不會把竿。陳摶。你會睡時誰不會眠。

祝枝山爲人好酒色六博。不修行檢。嘗傅粉黛。從優伶。酒間度新聲。俠少年好慕之。多齎金游。嘗賦金落索四景詞。爲時膾炙。其一。東風轉歲華院院燒燈罷。陌上清明。細雨紛紛下。天涯蕩子心。盡思家。只見人歸不見他。合歡未久難拋捨。追悔從前一念差。傷情處。懨懨獨坐小窗紗。只見片片桃花陣陣楊花飛過了鞦韆架。其二。楊花亂滾綿。蕉葉初成扇。翠蓋紅衣。出水新蓮現。金爐一縷微熱沉煙。睡起紗幮雲鬢偏。無端好夢誰驚破。風外鶯聲柳外蟬。羞臨鏡。千愁萬恨對誰言。只見舊恨眉間。新淚腮邊。界破殘粧面。其三。閑堦細雨收。翠幙新涼透。衰柳殘荷正值愁時候。近來都減却。舊風流。爭奈新愁接舊愁。白雲望斷天涯遠。人在天涯無盡頭。相思病。無明徹夜幾時休。只見雁過南樓。人倚西樓。人比黃花瘦。其四。銀臺絳蠟籠。翠幄金鉤控。錦帳紅爐。獨自無人共。月明初轉過小房櫳。不放清光照病容。愁聽畫角聲三弄。吹落梅花一夜風。歸山夢。魚沉雁杳信難通。孤眠人最怕隆冬。又值嚴冬。做不盡鴛鴦夢。

楊循吉字君謙。吳縣人。其父夢人告。郎君當中五十四名。已而鄉會廷試。皆得一十八名。合之果五十四。除儀部主事。性好山水。嘗論郡中奇勝。得金山因結廬居焉。後徙南峯。號南峯山人。每讀書得意。則手足不能禁。人謂之顛主事。

楊南峯罷部郎歸。作水仙子詞云。歸來重整舊生涯。瀟灑柴桑處士家。草庵兒不用高和大。會清標豈在繁華。紙糊窗。柏木榻。掛一幅單條畫。供一枝得意花。

自燒香童子煎茶。

正德末。循吉老且貧。嘗識伶臧賢。爲上所幸愛。上一日問誰爲善詞者。與偕來。賢頓首曰。故主事楊循吉。吳人也。善詞。上輒爲詔起循吉。郡邑守令心知故强前爲循吉治裝。見循吉冠武人冠。韎韐戎錦。已怪之。又乘勢語多侵守令。已見上畢。上每有所幸燕。令循吉應制爲新聲。咸稱旨受賞。然賞亡異伶伍。又不授循吉官與秩。閒謂曰。若媚樂能爲伶長乎。循吉愧悔汗洽背。謀於賢。乃以它語懇上放歸。

唐伯虎有嘆世詞四闋。調寄對玉環帶清江引。其一。春去春來。白頭空自挨。花落花開。紅顏容易衰。世事等浮埃。光陰如過客。休慕雲臺。功名安在哉。休想蓬萊。神仙眞浪猜。　清閑兩字錢難買。苦把身拘礙。人生過百年。便是超三界。此外更無別計策。其二。極品隨朝。誰似倪宮保。萬貫纏腰。誰似姚三老。富貴不堅牢。達人須自曉。蘭蕙蓬蒿。算來都是草。鸞鳳鴟梟。算來都是鳥。　北邙路兒人怎逃。及早尋歡樂。痛飲千萬觴。大唱三千套。無常到來猶恨少。其三。禮拜彌陀也難憑信他。懼怕閻羅。也難迴避他。妄自受奔波。回頭纔是可。口若懸河。不如牢閉呵。手若揮戈。也須牢袖呵。　越不聰明越快活。省了些閑災禍。家私那用多。官職何須大。我笑別人人笑我。其四。暮鼓晨鐘。聽得咱耳聾。春燕秋鴻。看得咱眼朦。猶記做頑童。俄然成老翁。休逞姿容。難逃清鏡中。休使英雄。都歸黃土中。　算來不如閑打哄。枉自把機關弄。跳出麵糊盆。打破酸虀甕。誰是惺惺誰懵懂。

周憲王者。定王子也。好臨摹古書帖。曉音律。所作雜劇凡三十餘種。散曲百餘。雖才情未至。而音調頗諧。至今中原絃索多用之。李獻吉汴中元宵絕句云。齊唱燕王新樂府。金梁橋上月如霜。蓋實錄也。

王九思。字敬夫。號渼陂。鄠縣人。劉瑾以擴充政務爲名。諸翰林悉出補部屬。敬夫其鄉人也。獨爲吏部郎。不數月。長文選。會瑾敗。謫同知壽州。敬夫有雋才。尤長於詞曲。而傲睨多脫疎。人或讒之李文正。謂敬夫嘗譏其詩。御史追論敬夫。褫其官。敬夫編杜少陵游春傳奇劇。罵所謂李林甫者。蓋指西涯也。李聞之。益大恚。雖館閣諸公。亦謂敬夫輕薄。遂不復用。

王敬夫與康德涵俱以詞曲名一時。其秀麗雄爽。康大不如也。敬夫將塡詞。以厚貲募國工。杜門學唱三年。然後操筆。德涵於歌彈尤妙。每敬夫曲成。德涵爲奏之。即老樂師毋不擊節歎賞也。然敬夫作南曲且盡杯中物。不飲青山暮。猶以物爲護也。折桂令云。望東華人亂擁。紫羅襴老盡英雄。此是名語。又有一詞云。暗想東華五夜清霜寒駐馬。尋思別駕。一天霜雪曉排衙。句特軒爽。四押亦佳。敬夫散套中。鶯巢濕春隱花梢。何元朗以爲金元人無此一句。

康狀元被廢。肆意詞曲。雖俚語遭其檃括。亦自可喜。有山坡羊曰。我和尚發了善。離了庵觀。我和尚發了誓。再不去看經向善。這寺裏出家的儘有成佛的也不曾見。七大八小許多僧禪。論成佛。佛輪不着你俺。到不如還俗了罷。手佛也不與我。衆生爲怨。娶一箇美貌佳人也。錦帳羅帷。受用上幾年。成就了我的姻緣。

王騏　王磐

我把那阿彌陀佛拾得過來撩的他遠。成就了我的姻緣。那怕他碓搗磨碾。去上過兒刀山。又沉醉東風曰。裝幾車兒羊毛筆管。載幾車兒各樣花箋。鳳陽墨三兩房。天來大三台硯。請孔門弟子三千。一夜離情寫半年。添硯水盡都是離情淚點。

王麒。鳳翔人。弘治間以進士授吳橋知縣。僅八月。免官居家。以詞曲自樂。嘗有妓爲人傷目。睫下有青痕。遂作沉醉東風曰。莫不是捧硯時太白墨灑。莫不是畫眉時張敞描差。莫不是檀香染。莫不是翠鈿瑕。莫不是蜻蜓飛上海棠花。莫不是明皇宮墜下馬。又清江引曰。醜猢猻眉梢上松油抹。桑椹子掠畫過半邊藍凝粧。一堆青泥汙。醜回回婆眼窩兒到像我。

王磐生富室。獨厭綺麗之習。雅好古文詞。家於城西。

有樓三楹。日與名流談詠其間。因號西樓。嘗分韻得
楊字自詠其號云乾坤老棟梁。雲霧開屛障。烟霞生
几案。河漢逼軒窗。高據胡床。坐指坤元向。居臨太白
方。門前列華岳三拳。屋後近瑤池一掌。　梁州　右
壁廂掛萬丈璇璣斗柄。左壁廂接萬里錦繡封疆。一
重重直步到銀河上。琴横新月。劍倚斜陽。朱研曉露。
筆掃秋霜。陪金母共住仙鄉。與白帝緊靠宮牆。我這
里比南軒少了些雲日炎蒸。我這里比東坡避了些
鶯花鬧攘。我這里比北海躲了些風雪飄揚。詩狂。酒
狂。更壓着元龍豪氣三千丈。忒風流。忒疎放。愛的是
高臥天風一枕涼。夢熟羲皇。　尾聲　托賴着皐陶
禹稷賢卿相。扶佐着虞舜唐堯聖帝王。因此上巢由
得高尚。沐蒼冥寵光。吸清虛颯爽。遙望着萬里蓬萊

慶雲長。
閏元宵無張燈者。故古詞云。依舊試燈何礙。正德初。
郵守好事令再張燈。王西樓有曲云。重開不夜天。再
造長春境。復遊三市月。又看六街燈。連賀昇平閏月
今番盛。元宵兩度晴。錦模糊世界重修。光燦爛乾坤
又整。　梁州　滄海上六鰲山重重出現。碧天邊雙
鳳輦往往巡行。喜新年更遇新時令。猜空詩謎。踏遍
歌聲。醉番豪俠。走困娉婷。飲不竭春酒繩繩。扮不了
社火層層。平添上錦重重五百座琥珀歌樓。再湧出
紅灼灼三千年珊瑚寶井。又展開紫巍巍十萬里瑪
瑙長城。前正。後正。一年兩度元宵勝。酒有情詩添興。
催逼的雪月風花不暫停。運轉豐登。　尾聲　那元
宵盛張燈燎淡銀河影。這元宵連迓鼓敲殘玉漏聲。

管倩天上人間兩重慶。喜天清地寧。愛風清月明。這的是太平年夜夜元宵四時景。是時高郵元宵最盛。好事者多攜佳燈美酒。即西樓爲樂。公制新詞。令叢歌之。此類曲子是也。至公老年。雖減曩心。而少年好事者猶然。公詩有云。是誰東道遺燈火。爲我西樓破寂寥。又云年光已屬諸年少。四座春風按六么。後經荒歲苛政。閭閻凋敝。良宵遂索然矣。及公謝世。愈不復覩盛事。張絃有詩云。年征歲役萬民凋。太守風流興盡消。火樹星毬俱寂寞。惟餘明月作元宵。又有懷公六言云。一自此翁去後。人心無復風流。燈火樓中夜話。鶯花寺裏春游。

王西樓有沉醉東風詠千葉白桃花云。玄都觀風霜易老。武陵溪冰雪難消。香飄茉蘂魂。清奪酴醾俏。喜重重疊疊瓊瑤。生怕胭脂點汚着。傍流水橋邊臥倒。王西樓有清江引閨中八詠。煖帽云。玉釵冷來雲慢挑。按上昭君帽。窗前雪意濃。簾外風寒峭。嫩花頭要將春護了。寒裘云。蒙茸紫貂籠瑞雪。暗把香光惜。一團白玉温。兩朵桃花熱。透靈犀險些兒輕漏泄。汗衫云。輕衫短裁防過暑。堪可包香玉。鞦千打罷時。歌舞收迴處。濕浸浸似沾花上雨。暑襪云。凌波襪兒真箇罕。不肯教人看。霜籠玉筍尖。水浸金蓮瓣。隔紗裙幾迴偷抹眼。浴裙云。温泉起來權護體。帶濕雲拖地。翻嫌月色明。偷向花陰立。俏東風有心輕揭起。睡鞋云。猩紅軟鞋三寸整。不着地偏乾淨。燈前換晚粧。被底勾春興。醉人兒幾迴輕撥醒。棕履云。玲瓏結成雙翠璽。兜的弓鞋蒨。苔沾翡翠根。露滾珍珠面。下瑤臺不愁春醉軟。蒲靴云。銀絲細盤雙鳳腦。緊束淩波靿。青蓮兩瓣開。玉筍雙尖蹻。踏青去來天氣早。

王西樓平生不見喜慍之色。其家嘗走失雞。公戲作滿庭芳云。平生淡薄。雞兒不見。童子休焦。家家都有閑鍋竈。任意烹炰。煮湯的貼他三枚火燒。穿炒的助他一把胡椒。到省了我開東道。免終朝報曉。只睡到日頭高。

太虛上人索題紙鳶。王西樓爲作紅綉鞋一闋云。平地上白雲一片。駕東風飛上青天。任兒童牽引且隨緣。你道是閒遊戲。我道是小登仙。有一日斷塵根歸閬苑。

正德間閹寺當權。往來河下者無虛日。每到輒吹號頭。齊丁夫。民不堪命。王西樓有詠喇叭朝天子二首云。喇叭。鎖哪。曲兒小。腔兒大。官船來往亂如麻。全仗您擡聲價。軍聽了軍愁。民聽了民怕。那里去辨甚麼真共假。眼見的吹翻了這家。吹傷了那家。只吹的水淨鵝飛罷。

佛事已無謂。轉五方尤可笑。王西樓作南呂一枝花嘲之曰。大揚旛做道場。齊秉燭齋神像。亂敲鈸驚地府。鑾擂鼓振天堂。鬧動街坊。顯手段的唐三藏。逞風流轉五方。赤緊的行者能頑。又撞着東家好攘。　梁州　頭直上連聲鈸鈸。耳邊廂一片鐺鐺。撮擁着這夥能奔快跑喬和尚。他道是才走回東土。又趕到西方。立追翻羅漢。直碾上金剛。急波波似爺死娘亡。忙劫劫似救火奔喪。撞的箇毘盧帽剩一道光簷。躧的雙寶公鞋止兩條滑顙。扯的領達摩衣只半片精襠。

手慌。脚忙。旋風般旋的頭昏脹。轉不及。趕不上。跌一箇海嘯朝天大放光。連叫收場。　尾聲　一箇道差三分兒撞着攧折了項。一箇道再一會兒難熬掙斷我腸。一箇道早是我生來腦皮壯。一箇道也是我今生合當。一箇道也是我前生業障。不轉上千遭骨頭癢。

陳全

陳全。江浦人。患瘧疾。製叨叨令云。冷來時冷的在冰凌上臥。熱來時熱的在蒸籠裏坐。疼時節疼的天靈破。顫時節顫得牙關挫。只被你害殺人也麼哥。只被你害殺人也麼哥。真箇是寒來暑往人難過。

楊用修

楊用修才情蓋世。所著有洞天玄記。陶情樂府。續陶情樂府。流膾人口。而頗不爲當家所許。蓋楊本蜀人。故多川調。不甚諧南北本腔也。摘句如費長房縮不就相思地。女媧氏補不完離恨天。別淚銅壺共滴愁腸蘭焰同煎。和愁和悶。經歲經年。又傲霜雪鏡中紫髯。任光陰眼前赤電。仗平安頭上青天。皆佳語。他曲多剽元人樂府。如嫩寒生花底風。風兒踈刺刺諸闋。一字不改。掩爲己有。蓋楊多抄錄秘本。不知久已流傳人間矣。

楊用修有羅江怨四闋。押四熱字。最妙。其詞曰。離亭月影斜。東方亮也。金鷄驚散枕邊蝶。長亭十里。陽關三疊。相思相見何年月。淚流襟上血。愁穿心上結。鴛鴦被冷雕鞍熱。　黄昏畫角歇。南樓報也。遲遲更漏初長夜。茅簷滴溜。松梢霽雪。紙窗不定風如射。牆頭月又斜。床頭燈又滅。紅爐火冷心頭熱。　青山隱隱遮。行人去也。羊腸鳥道幾回折。雁聲不到。馬蹄又怯。

惱人正是寒冬節。長空孤鳥滅。平胡遠樹接。倚樓偎得闌干熱。 關山望轉賒。程途倦也。愁人莫與愁人說。離鄉背井。瞻天望闕。丹青難把衷腸寫。炎方風景別。京華書信絕。世情休問涼和熱。

楊用修婦亦有才情楊久戍滇中婦寄一律云雁飛曾不到衡陽。錦字何由寄永昌。三春花柳妾薄命。六詔風烟君斷腸。曰歸曰歸愁歲暮。其雨其雨怨朝陽。相聞空有刀環約。何日金鷄下夜郎。又黃鶯兒一詞。積雨釀春寒。見繁花樹樹殘。泥塗滿眼登臨倦。江流幾灣。雲山幾盤。天涯極目空腸斷。寄書難。無情征雁。飛不到滇南。楊又別和三詞俱不能勝楊詞云夜雨滴空階。傍愁人枕畔來。鄉心一片無聊賴。淚眸懶揩。狂歌懶裁。沈郎多病寬腰帶。望琴臺。迢迢天外。懷抱

用曲牌名作詩

徐霖

幾時開。霽雨帶殘虹。映斜陽一抹紅。樓頭畫角收
三弄。東林晚鐘。南天晚鴻。黃昏新月弦初控。望長空。
披襟誰共。萬里楚臺風。 絲雨濕流光。愛青苔繡粉
牆。鴛鴦浦外清波漲。新篁送涼。幽芳美香。雲廊水榭
堪遊賞。倒金觴。形骸放浪。到處是家鄉。

舒狀元春遊。用曲牌名作詩曰。惟愛宜春令去遊。風
光猶勝小梁州。黃鶯兒唱今朝事。香柳娘牽舊日愁。
三棒鼓催花下酒。一江風送渡頭舟。嗟予沉醉東風
裏。笑剔銀燈上小樓。

徐髯仙霖。金陵人。數遊狹斜。其所填南北詞皆入律。
青樓俠少推爲渠帥。文衡山題一畫寄之。後曰。樂府
新傳桃葉渡。彩毫遍寫薛濤箋。老我別來忘不得。令
人常想秣陵烟。蓋亦有所取之也。

金鑾

王弇州

正德末。上南征。嬖伶臧賢薦霖於上。俾填新曲。絕愛幸之。令提調六院事。霖皇恐甚。然不敢辭也。後回鑾。事始解。

南都自徐髯仙後。惟金在衡鑾最為知音。善填詞。其嘲調小曲極妙。每誦一篇。令人絕倒。散套中馬上拖雞三市鬧。袖中攜劍五陵遊。最勝。乃用晚唐人羅江東詩也。

王弇州又有折桂令二闋云。問先生酒後如何。潦倒模糊。偃蹇婆娑。枕底烟霞。杖頭日月。門外風波。儘皇都眼眶看破。望青天信却胡過。好也由他。歹也由他。便做公卿。當甚幺麼。問先生不飲何如。一點篝燈。數卷殘書。冷却扁舟。悶他五柳。淡殺三閭。太行路都來胸腹。帝京塵滿上頭顱。睡也憂虞。醒也憂虞。不得酕䧟。怎便糊塗。

堯山堂曲紀終

馮俊　史癡　陳全　陳鐸　徐霖

周氏曲品

明上元周暉撰

馬俊小令不減元人。

史癡工小令。

陳全秀才有樂府一卷。行於世。無詞家大學問。但工於嘲罵而已。

陳鐸字大聲。有秋碧樂府。梨雲寄傲。公餘漫興。行於世。詠閨情三弄梅花一闋。頗稱作家。所爲散套穩協流麗。被之絲竹。審宮節羽。不差毫末。

徐霖字子仁。少年數遊狹邪。所填南北詞。大有才情。語語入律。妓家皆崇奉之。吳中文徵仲題畫寄徐有句云。樂府新傳桃葉渡。彩毫遍寫薛濤箋。迺實錄也。

陳魯南　羅子修　盛鸞　邢太常　鄭仕　胡懋禮　杜大成　金鑾

武宗南狩時。伶人臧賢薦之于上。令填新曲。武宗極喜之。余所見戲文。繡襦。三元。梅花。留鞵。枕中。種瓜。兩團圓。數種行於世。

陳魯南有善知識苦海回頭記。行於世。人最膾炙者梅花序。

羅子修雪詞絕妙。

盛鸞有貽拙堂樂府二卷。

邢太常一鳳。字伯羽。所填南北詞。最新妥。堪入絃索。

鄭仕字子學。工小令。

胡懋禮有紅綫雜劇。最妙。同時吳中梁辰魚。亦有紅綫雜劇。膾炙人口。較之懋禮者當退三舍。

杜大成工小令。有詞評一卷。名納涼偶筆。

金鑾字在衡。有蕭爽齋樂府。最是作家。華亭何良俊。

王逢元
沈韓峯
盛壺軒
高石樓
段炳
張四維
黄方胤
沈恩

號爲知音。常云。每聽在衡誦小曲一篇。令人絶倒。

吉山王逢元。最是詞曲當家。

沈韓峯越。工小令。鐵面御史。能作風流輭媚語。賦楳花者。豈獨宋廣平乎。

盛壺軒敏耕。工小令。

石樓高志學秀才。工小令。

段炳字虎臣。秀才。和元人馬東籬百歲光陰一套。金在衡見之。極口贊賞曰。押如此險韻。乃得如此妥貼乎。足以壓倒東籬。

張四維字治卿。號五山。秀才。有溪上閒情集。藏於家。友人刊其雙烈記。章臺柳兩種戲文行之。

黄方胤有陌花軒小詞。

沈恩。江寧人。字復之。晚得一第。官止深州學正。司馬

黃文元
汪肇郃
武陵仙史
皮元素
徐惺宇
孫幼如
黃疇鳳
趙獻之
陳藎卿

西虹稱其工樂府云。張溢按。西虹亦自著有龍廣山人小令。

黃文元名開第。馮海浮門人。工小令。

汪肇郃。名宗姬。有傳奇行於世。

武陵仙史。工小令。

皮元素名光淳。最是作家。

徐惺宇。名維敬。工小令。

孫幼如。名起都。工小令。

黃疇鳳。名戍儒。小令最工。

趙獻之工小令。家有女戲一班。

陳藎卿所聞。工樂府。濠上齋樂府外。尚有八種傳奇。獅吼。長生。青梅。威鳳。同昇。飛魚。彩舟。種玉。今書坊汪廷訥皆刻爲己作。余憐陳之苦心。特爲拈出。張溢云。右沈復之至趙獻之九條。原本載在剩錄第二卷。又陳藎卿一條。原本載在續集下卷。今俱移於此。

史癡名忠。字端本。一字廷直。復姓爲徐。生十有七歲。方能言。外呆中慧。人皆以癡呼之。又謂之癡仙。（中略）才情長于樂府新聲。每搦筆乘興書之。略不構思。或五六十曲。或百曲。方擱筆。同時陳大聲。徐子仁。皆以詞曲名家。亦服其敏速。妙解音律。嘗云。古今知音者。不過數人。余少年遊冶。得罪儒門。乃於此事。目擊心悟。頗窺見一斑。（中略）妻朱氏。號樂清道人。頗賢淑。愛姬姓何。號白雲。聰敏解事。喜畫小景。工篆書。知音律。癡翁尋兩京絕手琵琶張祿授之。盡得其妙。每製一曲。即命白雲。被之於絃索。所居在冶城。去卞忠烈廟百餘步。有臥癡樓。樓中几案筆硯。圖書彝鼎。香茗飲食。一一精良雅潔。吳中楊吏部循吉與之作臥癡樓記。

陳鐸

指揮陳鐸。以詞曲馳名。偶因衛事謁魏國公於本府。徐公問。可是能詞曲之陳鐸乎。陳應之曰。是。又問能唱乎。陳遂袖中取出牙版。高歌一曲。徐公揮之去。洒曰陳鐸金帶指揮。不與朝廷作事。牙版隨身。何其卑也。

顛不剌

萬曆四年。張江陵當國。將太祖所藏寶玩。盡取上京。中有顛不剌寶石一塊。重七分。老米色。若照日。只見日光。所以爲寶也。箋崔鶯鶯戲文者。以顛不剌爲美女名。不知何所據。

金在衡小曲

隆慶四十年壬子科。好事者編一桂枝香曲。以嘲脫科。和其韻者數人。皆不平之鳴。有張尚舉。聶滅秀。楊吃寺三人。金在衡皆作小曲嘲之。令人絕倒。

一極品貴人。目不識丁。又不諳練。一日家讌。扮演鄭元和戲文。有丑脚劉淮者。最能發笑。感動人。演至殺五花馬。賣來興保兒。來興保哭泣戀主。貴人呼至席前。滿斟酒一金盃賞之。且勸曰。你主人既要賣你。不必苦苦戀他了。來興保喏喏而退。此乃戲中之戲。夢中之夢也。貴人所以爲貴人乎。

周氏曲品終

梅花草堂曲談

新曲苑第十一種

明張元長撰

梁伯龍新翻雜調

風箏一名紙鳶。吳中小兒好弄之。然當其摶風而上。蓋亦得時則駕者歟。梁伯龍戲以彩繒作鳳凰。吹入雲端。有異鳥百十拱之。觀者大駭。伯龍死久矣。其新翻雜調。往往散入侯王將帥家。至今爲俠遊少年所傳詠。其好事故亦一時之冠也。

度曲之妙

喉中轉氣。管中轉聲。其用在喉管之間。而妙出聲氣之表。故曰微若絲。發若括。眞有得之心應之手與口。出之手與口而心不知其所以者。

梁伯龍曲藝之盛

梁伯龍風流自賞。修髯美姿容。身長八尺。爲一時詞家所宗。豔歌清引。傳播戚里間。白金文綺異香名馬。

奇技淫巧之贈。絡繹於道。每傳柑禊飲競渡穿針落帽一切諸會。羅列絲竹。極其華整。歌兒舞女不見伯龍自以爲不祥。人有輕千里來者。而曲房眉黛。亦足自雄快。一時佳麗人也。獨詩文不敵古人駢牘而已。

董解元西廂。吳中百年前罕見全本。文壽承家得之西山汪氏。首尾俱缺。其後何柘湖得完書於楊南峯。而三吳好事者皆著一編矣。又數十年袁石公爲吳令。酷嗜之。稱爲几上之書。而此譜益著。海虞嚴伯良索周氏全集。付之剞劂。然急於成書。疏于考訂。未爲善本。識者憾之。予嘗見顧明卿手寫一冊。字畫遒楷。圈識截然。云錄之馮嗣宗家。今不知所在。顧全書既出。繕寫不難。惜乎世未有傳其法者。先君云。予髮未燥時。曾見之盧兵部許。一人援絃。數十人合坐。分諸

歌還魂與歌西廂拜月之別

王怡菴論度曲

色目。而遞歌之。謂之磨唱。盧氏盛歌舞。然一見後。未有繼者。趙長白云。一人自唱非也。

予於歌無所入。但徵聲耳。然聽還魂傳。惟恐其義之不晰。聽西廂拜月。則按節了然。豈盛盛初初之說乎。湯先生自言。此案頭之書。非房中之曲。而學語者輒有當行未當行之解。此眞可笑也。

王怡菴教人度曲。閑字不須作腔。則賓主混而曲不清。又言諧聲發調。雖復餘韻悠揚。必歸本字。此宇宙間不易之程。非獨家事也。王在長安。薄遊營妓間。戲演張敏員外。識者絕倒。諸部聞之。競相延致。至馬足不得前期。豈無挾而然耶。然諸部政不知此劇其一斑耳。擅場事故在崔徽傳。予嘗叩之兩頭翁翁自動。嵇談阮笑。誰不自喜。周旋竟日。絕不及牡丹傳。予問故曰。政復難。然難處最佳。又問難處。逡巡久之曰。疊下數十餘閑字著一二正字作麼度。予曰。難難。正復佳。

俞娘。麗人也。行三。幼婉慧。體弱常不勝衣。迎風輒頓。十三疽苦左脇。彌連數月。小差而神愈不支。媚婉之容。愈不可逼視。年十七夭。當俞娘之在牀蓐也。好觀文史。父憐而授之。且讀且疏。多父所未解。一日。授還魂傳。凝睇良久。情色黯然曰。書以達意。古來作者多不盡意而出。如生不可死。死不可生。皆非情之至。斯真達意之作矣。飽研丹砂。密圈旁註。往往自寫所見。出人意表。如感夢一齣注。吾每喜睡。睡必有夢。夢則耳目未經涉。皆能及之。杜女固先我著鞭耶。如斯俊語。絡繹連篇。顧視其手迹。遒媚可喜。當家人也。某嘗

梁伯龍顧靖甫教人度曲

受冊其母。請祕為草堂珍玩。母不許曰。為君家玩。孰與其母寶之為吾兒手澤耶。急急令倩錄一副本而去。俞娘有妹。落風塵中。標格第一。時稱仙子。而其母私於某曰。恨子不識阿三。吾家所錄副本將上湯先生。謝耳伯願為郵。不果上。先生嘗以書抵某。聞太倉公酷愛牡丹亭。未必至此。得數語入梅花草堂。併刻批記幸甚。又虞山錢受之近取西廂公案參倒洞聞漢月諸老宿請俞娘本戲作傳燈錄甚急。某無以應也。世間好物不堅牢。彩雲易散琉璃脆。斯無足怪。不朽之業。亦須屢厄後出耶。挑燈三歎。不能無憾於耳伯焉。

往見梁伯龍教人度曲。為設廣床大案。西向坐而序列之。兩兩三三。遞傳疊和。一韻之乖。觥罰如約。爾時騷雅大振。往往壓倒當場。其後則顧靖甫撫髯徵歌。約束甚峻。每雙環發韻。命酒彌連。頤翕翕而不敢動。伯龍已矣。靖甫豈可多得。梁雪士將詰白門來別。輒與鄒瑞卿按拍竟日。甚有愧乎予之不知其事也。

徐陽初所作傳奇

虞才多弘偉。而少靈異。其靈異者往往力就弘偉。未盡其才而求助於學。卒見弘偉。不見靈異。此非學之故也。余所交者無真正靈異之人。而乃失之徐陽初。甚矣余之不靈不異也。舟中閱宵光題橋。紅梨花。一文錢諸傳。自愧十年游虞。書此徐陽初杜門嘔血。不求諧世。世人競欲殺之。不爲動。然則能盡其才所從來矣。

趙必達扮杜麗娘

趙必達扮杜麗娘。生者可死。死者可生。譬之以燈取影。橫斜平直。各相乘除。又如秋夜月明。林間可數毛髮。

魏良輔別號尚泉。居太倉之南關。能諧聲律。轉音若絲。張小泉。季敬坡。戴梅川。包郎之之屬。爭師事之惟肖。而良輔自謂勿如。戶侯過雲適每有得。必往咨焉。過稱善乃行。不即反覆數交勿厭。時吾鄉有陸九疇者。亦善轉音。願與良輔角。既登壇。即願出良輔下。梁伯龍聞。起而効之。考訂元劇。自翻新作。作江東白苧。浣沙諸曲。又與鄭思笠精研音理。唐小虞。陳棋泉五七輩雜轉之。金石鏗然。譜傳藩邸戚畹。金紫熠爚之家。而取聲必宗伯龍氏。謂之崑腔。張進士新勿善也。乃取良輔校本。出青於藍。偕趙瞻雲。雷敷民。與其叔小泉翁。踏月郵亭。往來唱和。號南馬頭曲。其實稟律於梁。而自以其意稍爲均節。崑腔之用。勿能易也。其

三十年間能歌之士

柳生歌崑腔汪姬蔡姬歌四平弋陽腔

後茂仁。靖甫。兄弟皆能入室。間嘗爲門下客解說其意。茂仁有陳元瑜。靖甫有謝含之。爲一時登壇之彥。李季鷹則受之思笠。號稱嫡派。

性喜聲歌。絕不能解其事。又不能集其人。然三十年間。聚此堂者淪落幾盡矣。況衛安不知泰昌之世。楊雄峯張平甫。不及天啟之朝。顧僧孺奉行新曆十二日而死。豈不痛哉。雷敷民望八之年。足開兩雪。逢場咏嘯。耳識稍鈍。發音愈高。金文甫好演琵琶傳。或請爲之。欣然便作。風雨之朝。窺戶以候演者沽酒作食。無慍於懷。問其年。亦六十餘矣。人生妙有情性。何入不得。

詣天殁。觀柳生作伎。供頓清饒。折旋婉便。可稱一時之冠。至其演龐氏汲水。令人涕落。昔袁太史自命鐵

心石腸。看到此輒取扇自障其面。吾爾時可幸無眼
却有耳矣。腔右崑山。有聲容者多就之。然五十年來。
伯龍死。沈白他徙。崑腔稍稍不振。乃有四平弋陽諸
部。先後擅場。然自新安汪姬。上江蔡姬而後。寥寥矣。
柳生多一往之情。而面有不可之性。知其解者不免
愁絶。任傅川語我。不如君遂傳之。傅川行年八十。忽
作此言。索解人正不易得。

梅花草堂曲談終

客座曲語

新曲苑第十二種

明江寧顧啟元撰

陳公善謔

陳鐸爲指揮。善詞曲。又善謔。常居京師。戲作月令。惟記其二月下云。是月也。壁蝨出溝中。臭氣上騰。妓鞾化爲鞋。最善形容。化爲鞋。更可笑也。

歌章色

教坊頓仁。曾於正德中隨駕至北京。工於音律。於中原音韻。瓊林雅韻。終年不去手。於開口閉口。與四聲陰陽字。皆不誤。常云。南曲中如兩歇梅花。呂蒙正內紅妝艷質。王祥內夏日炎炎。殺狗內千紅百翠。此等謂之慢詞。教坊不隸琵琶箏色。乃歌章色所肄習者。

南京教坊歌章色久無人。此曲都不傳矣。何柘湖嘗令仁以伯喈一二曲教絃索。仁云伯喈曲某都唱得。但此等皆是後人依腔按字打將出來。正如善吹笛管者。聽人唱曲。依腔吹出。謂之唱調。然不按譜。終不入律。況絃索九宮之曲。或用滚絃花和大和釤絃。皆有定則。故新曲要度入亦易。若南九宮原不入調。間有之。只是小令。苟大套數。既無定則可依。而以意彈出。如何得是。且笛管稍長短其聲。便可就板。絃索若多一彈或少一彈。則不仱板矣。其可率意爲之哉。

查八十琵琶

王亮卿。徽州人。能詩。入試留都。聞查八十在上河。往訪之。相期於妓館。欲聽其琵琶。查曰。妓人琵琶。吾一掃即四絃俱絕。須攜我串用者以往。亮卿設酒於舊院楊家。楊家世以琵琶鳴。酒半。查取琵琶彈之。有一妓女占板。甫一二段。其家有聱嫗。最知音。連使人來言。此官人琵琶。與尋常不同。汝占板俱不是半曲。使女子扶掖而出。問查來歷。查云。我正陽鍾秀之弟子也。嫗舊與秀之相與。與查相持而泣。留連不忍別。

警世詞餘

徐子仁嘗作警世曲。調對玉環帶清江引曰。極品隨朝。誰似倪宮保。萬貫纏腰。誰似姚三老。富貴不堅牢。達人須自曉。蘭蕙蓬蒿。到頭終是草。鸞鳳鴟鴞。到頭終是鳥。北邙道兒人怎逃。及早尋歡樂。縱飲十萬場。大唱三千套。無常到來還是少。其一 暮鼓晨鐘聒得咱耳聾。春燕秋鴻。看得咱眼朦。猶記做頑童。俄然成老翁。休逞姿容。難逃青鏡中。休逞英雄。都歸黃土中算來不如閒打哄。枉把機關弄。跳出麵糊盆。打破酸虀甕。誰是惺惺誰懞懂。其二　春去春來。朱顏容易改。花落花開。白頭空自哀。世事等浮埃。光陰如過客。休慕雲台。功名安在哉。休訪蓬萊。神仙安在哉。清閒兩字錢難買。何苦深拘礙。只恁過百年。便是超三界。此外別無閒計策。其三　禮拜彌陀。也難憑信他。懼怕閻羅。也難迴避他。世事枉奔波。回頭方是可。口若懸河。不如牢閉着。手慣揮戈。不如牢袖着。越不聰明越快活。省了些閒災禍。家私那用多。官職何須大。我笑別人人笑我。其四

海浮贈曲

馮海浮贈許石城先生曲。一枝花　跡雖羅天壤間。心只在羲皇上。客常來談藝圃。塵不到草玄堂。二十年

衣錦還鄉。居帝里山河壯。荷皇圖氣運昌。且休提仰泰山北斗齊名。單只看震春雷南宮放榜。梁州想當時冠羣英賢科第一。到如今抱孤貞國士無雙。老山濤到底留清望。空只有松筠節操。更不樹桃李門牆。玩一會蜉蝣世界。笑一會傀儡排場。起甲第休看做許史金張。論詞華並不數盧駱王楊。有時節千仞岡高整雲衣。有時節七里灘輕移雪舫。有時節百花潭滿引霞觴。再休提你長我長。閒刁搔不把在心頭放。聖明君。賢良相。四海昇平振紀綱。醉也何妨。尾望長江萬頃掀銀浪。對鍾山一帶排青嶂。滿金陵勝蹟供游賞。任烏兎且忙。喜丰神且康。看春草庭前歲應長。此詞高華佚蕩。誦之使人有天際真人想。故與先生之生平稱也。

鬚仙秋碧聯句

黃琳美之元宵宴集富文堂大呼角伎集樂人賞之。徐子仁陳大聲二公稱上客美之曰今日佳會舊詞非所用也請二公聯句即命工度諸弦索何如於是子仁與大聲揮翰聯句甫畢一調即令工肄習既成合而奏之至今傳為勝事子仁七十時於快園麗藻堂開宴妓女百人稱觴上壽纏頭皆美之詒者大聲為武弁嘗以運事至都門客召宴命教坊子弟度曲侑之大聲隨處雖黃其人距不服蓋初未知大聲之精於音律也大聲乃手攬其琵琶從座上快彈唱一曲諸子弟不覺駭伏跪地叩頭曰吾儕未嘗聞且見也稱之曰樂王自後教坊子弟無人不願請見者歸來問魄不絕於歲時嗟呼二公以小伎為當時所慕如此。豈所謂折楊黃荂則听然而笑者耶。頃友人陳藎卿所聞。亦工度曲。頗與二公相上下。而窮愁不稱其意氣。所著多冒它人姓氏。甘爲牀頭捉刀人以死。可嘆也。嗟呼。彼武夫伶人。猶知好其知音者。今安在乎哉。

四景聯句

陳秋碧與徐髯僊咏四景聯句。調曰金索挂梧桐。其一東風轉歲華。院院燒燈罷。陌上清明。細雨紛紛下。天涯蕩子心。盡思家。只見人歸不見他。合歡未久輕拋捨。追悔從前一念差。無聊處。懨懨獨坐小窗紗。見了些片片桃花。陣陣楊花。飛過鞦韆架。其二 楊花亂滾綿。蕉葉初學扇。翠蓋紅衣。出水蓮新現。金鑪一縷微。裊沉烟。睡起紗幮雲鬢偏。巫山好夢誰驚破。花外流鶯柳外蟬。無聊處。千思萬想對誰言。添了些舊恨眉邊。新淚腮邊。界破殘妝面。其三 閒堦細雨收。翠幕新涼透。疎柳殘荷。又早中秋後。新來減盡了舊風流。無奈新愁壓舊愁。碧雲望斷天涯路。人在天涯欲盡頭。無聊處。懨懨鬼病幾時休。聽了些鴈過南樓。人倚西樓。正是我愁時候。其四 銀臺絳蠟籠。繡幙金鉤控。暖閣紅爐。少個人兒共。月明纔轉過小房櫳。不放清光照病容。無端畫角聲三弄。吹落梅花一夜風。無聊處。天寒水冷信難通。孤眠人正怕窮冬。又到殘冬。做不就鴛鴦夢。此詞綿麗宛折。曲盡個中情景。如二公者。故詞場之伯仲也。

雉山填詞

邢太史雉山先生填詞多不傳。曾見其一咏牡丹一調云。一枝花　雕闌百寶妝。良夜千金價。芳菲三月景。富貴五侯家。春色偏佳。賽巧筆丹青畫。勝蓬萊頃刻花。護輕寒擺列着孔雀銀屏。對芳叢掩映著鴛鴦繡榻。梁州　紅爛熳瓊枝低簇。碧玲瓏玉葉交加。更有那妖嬈萬種天生下。恰便似藍橋仙侶。金屋嬌娃。湘裙拖翠。蜀錦翻霞。試新妝脂粉輕搽。吐餘芬蘭麝爭誇。喜孜孜相逢着羣玉山頭。顫巍巍款步着瑤臺月下。嬌滴滴半籠著翡翠窗紗。仙葩。煥發。端的是天香國色非虛假。你看那玉樓人金勒馬。一日笙歌十萬家。江左繁華。尾　從今後刪抹了芭蕉夜雨燈前話。迴避了桃李春風牆外花。早不覺春歸又初夏。我這里高高的燒着絳蠟。滿滿的斟着玉斝。一般兒倚翠偎紅受用煞。此詞音節諧暢。詞意艷美。真作家也。

王迪

太祖立富樂院於乾道橋。男子令戴綠巾。腰繫紅搭膊。足穿帶毛猪皮靴。不許街道中走。止於道邊左右行。或令作匠穿甲。妓婦戴皂冠。身穿皂褙子。出入不許穿華麗衣服。專令禮房吏王迪管領。此人熟知音律。又能作樂府。

蔣康之

涵虛子太和正音譜。載知音善歌之士蔣康之。金陵人。其音屬宮。如玉磬之擊明堂。溫潤可愛。癸未春。度南康。夜泊彭蠡之南。其夜將半。江風吞波。山月銜岫。四無人語。水聲淙淙。康之扣舷而歌江水澄澄江月明之詞。湖上之民。莫不擁衾而聽。推窗出戶。見聽者雜沓於岸。少焉。滿江如有長嘆之聲。自此聲譽愈遠矣。

衡山贈髯仙句

何柘湖云。徐髯仙豪爽逸宕人也。數遊狹邪。其所填南北詞。皆入律。衡山題一畫寄之。後曰。樂府新傳桃葉句。彩毫遍寫薛濤箋。老我別來忘不得。令人常想秣陵烟。蓋其人誠足重也。公家多藏書。海內志書尤夥。晚遇武宗皇帝幸其家。在快園池中捕魚。挾以北行。至與上同臥起。賜飛魚服。然雜在佞幸中。公非所志。竟謝歸。又二十餘年。年八十餘而卒。

先賢著述

金陵前輩多有著述。今類堙滅。不恆遘見矣。暇常摘其尤著者記之。其嘉靖以來。後裔尚有存稿。不悉贅也。（中略）徐山人霖有中原音韻注什。（中略）沈侍御越有詞

譜續集附餘。（中原）金山人鑾有蕭爽齋詞集。（下略）

秋宇先生著述

胡秋宇先生在翰林日。以言忤政府。出爲藩參。先生文雅風流。不操常律。所著小說書數種。多奇豔。間亦有閨閣之靡。人所不忍言。如蘭芽等傳者。今皆秘不傳。所著女俠韋十一娘傳記。程德瑜云云。託以詬當事者也。傳後傳聞蜀中某官暴卒。心疑十一娘婢青霞之爲。然某者好詭激飾名。陰擠人而奪之位耳。云云。似有所指。其紅線雜劇。大勝梁辰魚先生。（下略）

黃蟄南父子

吏部黃公甲。字首卿。蟄南其晚而自號也。因以名其集。文多法漢魏及六朝。詩上下今古。頗饒獨詣。（中略）生四子。（中略）叔方儒落魄廢其業。亦有陌花軒小集。曲巷

詞餘。調世嘲俗。殊令人解頤也。下略

傷逝

余少而嬾慢。厭造請。卽梓里交游。可屈指計。然以文心墨韻。時通往來。頗諧衿契。乃不二十年。零落殆盡矣。自薦紳以迨韋布。自長老以及行輩。存者十不一二。暇日追憶逝者。不覺喟然傷焉。因以詩學詞曲書法畫蹟四則。疏列其人。稍敘生平。姑以異日。中略

盛伯年敏耕工小令。

殷虎臣文炳。文學。著小令。

張治卿四維。文學。有溪上閑情集。今傳其雙烈記。章台柳。二記。

黃上舍方儒。文學。著陌花軒詞小令。

陳藎卿所聞。文學。著南北記。又選南北詞記。下略

俚曲

里衖童孺婦媼之所喜聞者。舊惟有傍妝臺。駐雲飛。耍孩兒。皂羅袍。醉太平。西江月。諸小令。其後益以河西六娘子。鬧五更。羅江怨。山坡羊。山坡羊有沉水調。有數落。已爲淫靡矣。後又有桐城歌。掛枝兒。乾荷葉。打棗干等。雖音節皆倣前譜。而其語益爲淫靡。其音亦如之。視桑間濮上之音。又不啻相去千里。誨淫導慾。亦非盛世所宜有也。

戲劇

南都萬曆以前。公侯與縉紳及富家。凡有讌會小集。多用散樂。或三四人。或多人唱大套北曲。樂器用箏。纂。琵琶。三絃子。拍板。若大席。則用教坊打院本。乃北曲大四套者。中間錯以撮墊圈。舞觀音。或百丈旗。或跳隊子。後乃變而盡用南唱。歌者祗用一小拍板。或以扇子代之。間有用鼓板者。今則吳人益以洞簫及月琴。聲調屢變。益爲悽惋。聽者殆欲墮淚矣。大會則用南戲。其始止二腔。一爲弋陽。一爲海鹽。弋陽則錯用鄉語。四方士客喜閱之。海鹽多官語。兩京人用之。後則又有四平。乃稍變弋陽而令人可通者。今又有崑山。校海鹽又爲清柔而婉折。一字之長。延至數息。士大夫稟心房之精。靡然從好。見海鹽等腔。已白日欲睡。至院本北曲。不啻吹篪擊缶。甚且厭而唾之矣。

國初榜文

洪武二十二年三月二十五日。奉聖旨。在京但有軍官軍人學唱的。割了舌頭。下棋打雙陸的。斷手。蹴圓的。卸脚。作買賣的。發邊遠充軍。府軍衛千戶虞讓男虞端故違。吹簫唱曲。將上脣連鼻尖割了。中略一榜永樂九年七月初一日。該刑科署都給事中曹潤等奏。乞勑下法司。今後人民倡優裝扮雜劇。除依律神仙道扮。義夫節婦。孝子順孫。勸人為善。及歡樂太平者不禁外。但有褻瀆帝王聖賢之詞曲駕頭雜劇。非律所該載者。敢有收存傳誦印賣。一時拏送法司究治。奉旨。但這等詞曲出榜後。限他五日。都要乾淨。將赴官燒毀了。敢有收藏的。全家殺了。此等事國初法度之嚴如此。祖訓所謂頓挫奸頑者。後一切遵行律誥。湯綱恢恢矣。

客座曲語終

程氏曲藻

新曲苑第十三種

明程羽文撰

以曲取士

曲者詞之變。自金元入中國。所用胡樂。嘈雜淒緊。緩急之間。詞不能按。乃更爲新聲以媚之。設有十二科。懸爲令甲。以此取士。而諸名宿亦躬傅粉墨。身踐排場。遂擅一代之譽。碧簫紅牙。增韻幾許矣。

情語

情語如喬夢符兩世姻緣。他說起淒涼話。和我也淚不做行兒下。馬東籬青衫淚。聽的行鴈來也我立盡吹簫院。聞得聲馬嘶也目斷垂楊線。張壽卿紅梨花。你休愁我衾寒枕剩人孤另。我則怕你酒醒燈昏夢不成。佳期漏淺無乾淨。慌出蘭堂。四下裏天如鏡。夜氣撲人冷。一片閒雲近玉繩。空餘着銀漢澄澄。賈仲名金童玉女。簾低簌碧蝦鬚。檀細爇紫金爐。霜瓦密鴛鴦甃。雲軒高翡翠鋪。俺同坐香車。似地長就連枝樹。雙並着驊騮。似膠粘成比目魚。他笑呵似秋蓮恰半吐。他悲呵似梨花春帶雨。行呵似秋鴈雲邊落。話呵似鸚鶯枝上語。醉呵似晚風前垂柳翠扶疏。浴呵似海棠纍露。立呵渲丹青仕女圖。坐呵觀世音自在居。睡呵羊脂般臥着美玉。吹呵韻清音射碧虛。彈呵拂冰弦斷復續。歌呵白苧宛意有餘。舞呵綵雲旋掌上珠。鄭德輝倩女離魂。他是箇嬌帽輕衫小小郎。我是箇繡帔香車楚楚娘。恰才貌正相當。俺娘向陽臺路上。高築起一堵雨雲牆。又愁心驚一聲烏啼。薄命趁一春事已。香魂逐一片花飛。喬夢符揚州夢花比他不風流。玉比他不温柔。端的是鶯也消魂。燕也含羞。石君寶曲江池。常拚箇同歸青塚抛金縷。更休想重上紅樓理玉箏。白仁甫牆頭馬上。我推粘翠靨遮宮額。怕綽起羅裙露繡鞋。白仁甫秋夜梧桐雨。見芙蓉懷媚臉。遇楊柳憶纖腰。又這雨一陣陣打梧桐葉彫。一點點滴人心碎了。枉着金井銀牀緊圍遶。只好把潑枝葉做柴燒鋸倒。又潤濛濛楊柳雨。淒淒院宇侵簾幕。細絲絲梅子雨粧點江干滿樓閣。杏花雨紅濕闌干。梨花雨玉容寂寞。荷花雨翠蓋翩翻。豆花雨綠葉蕭條。都不似你驚魂破夢。助恨添愁徹夜連宵。莫不是水仙弄嬌。蘸楊柳灑風飄。味味似噴泉瑞獸臨雙沼。刷刷似食葉春蠶散滿箔。亂灑瓊階。水傳宮漏。飛上雕簷。酒滴新槽。直下的更殘漏斷。枕冷衾寒。燭滅香消。可知道夏天不覺。把高鳳麥來漂。武漢臣玉壺春。我則待簪花殢酒賦詞章。至如我折桂攀蟾。也不似這淺斟低唱。誰想甚禹門三月桃花浪。我則待伴素蘭風清月朗。比爲官另有一種風光。誰待奪皇家龍虎榜。爭如占花叢鶯燕場。我則要做梨園開府頭廳相。我向這花柳營調鼎鼐。風月所理陰陽。戴善夫風光好。則怕貴人多忘。則要你經板兒印在心上。賈仲名重對玉梳。促人眉黛的矮牆側虛飄飄凋敗柳。替人憔悴的小塘中乾支支枯老荷。斷人魂魄的樹梢頭昏慘慘野烟微抹。鬆人鬢脚的山尖上高聳聳峯頂堆螺。感人消瘦的疎籬下黃甘甘菊盡開。染人血淚的窄溝岸紅颩颩楓亂落。攪人夢境的小階前絮叨叨夜蛩頻聒。惱人情腸的金井傍滴溜溜梧葉辭柯。結人愁懷的碧天邊昏冉冉雲輕布。助人長吁的紗窗外疏刺刺風勢惡。伴人孤另的明皎皎月色銀河。谷子敬城南柳。則見他烏雲墜蟬鬢鬅鬆。秋波困醉眼朦朧。酒力透冰肌色濃。枕痕印粉腮香重。關漢卿玉鏡臺。兀的不消人魂魄。綽人眼光。說神仙那的是天堂。則見脂粉馨香。環佩丁當。藕絲嫩新織仙裳。但風流都在他身上。添分毫便不停當。見他的不動情你便都休強。則除是鐵石兒郎。也索惱斷柔腸。又。恰纔立一朵海棠嬌。捧一盞梨花釀。把我雙送入愁鄉醉鄉。我這裏下得階基。無箇頓放。畫堂中別是風光。又。海棠色。蕙蘭性。想天地全將秀結成。一團智巧心靈。又。總然道肌如雪。腕似冰。雖是一段玉。却是幾樣磨成。指頭是三節兒瓊瑤。指甲似十顆水晶。穩坐的有那穩坐堪人敬。但舉動有那舉動可人憎。又兀的紫霜毫燒甚香。斑竹管有何幸。倒能夠柔荑般指尖擎。又。婦人每鞋襪裏多藏着病。灰土兒沒面情。除底外四週圍並無餘剩。

怨語。關漢卿蝴蝶夢。爲甚我教你看詩書習經史。俺待學孟母三移教子。不能夠金榜上分明題姓字。則落得犯由牌書寫名兒。又。想着你結怨心懷。和那橫死爺相逢在分界牌。你兩箇施逞手策。把那殺人賊推下望鄉臺。秦簡夫趙禮讓肥。誰着你殺人處鑽出頭來。敢道是凶年歲。瘦骨骸便剮將來也填不得一餐債。因此上在餓虎喉中乞得這免死牌。鄭廷玉後庭花。我把那不會雪恨的孩兒覷一覷兀的不沒亂殺我這喉嚨。我其實叫不出這屈。關漢卿魯齋郎。只被你巧笑倩禍藏機。美目盼災星現。又。這彈子舉賢薦賢。他來的撲頭撲面。明日箇你團圓。却教我不團圓。又。從來有日月交蝕。幾曾見夫主婚妻招婿。今日箇妻嫁人夫做媒。自取些奩房斷送陪隨。那裏也羊酒花紅段疋。也不知你甚些兒看的能當意。要你做夫人不許我過今日。又。奪了我舊妻兒。却與箇新佳配。我正是棄了甜桃繞山尋醋梨。鄭廷玉楚昭公。哀哉子母。如今希有。從古應無。又不是進膠舟那日昭王渡。怎生的也共爲魚鼈。兒也。你捨性命投江伴母。妻也。你可便守貞烈出嫁從夫。似這等難相顧。總只是皇天喪楚。教你去龍頷下探明珠。又。好教我痛煞煞提着膽向刀尖過。倒不如悄促促低着頭在劍下誅。俺兄弟情氣吁成雲霧。他子母恨淚滴滿江湖。尚仲賢柳毅傳書。則我這頭上風沙臉上土。洗面皮惟淚兩鬢蓬鬆除是冷風梳。他不去那巫山廟裏尋神女。可教我在涇河岸上學蘇武。是則是海藏龍宮曾共逐。世不曾似水如魚。

誚語。李行道灰闌記。自喪了親爺撇下箇娘。偏你敢不姓張。怎教咱辱門敗戶的妹子去支當。敢今日你便安排着這一句甜話兒來尋訪。喬夢符兩世姻緣。賣虛脾眉尖眼角。散和氣席上尊前。鄭廷玉忍字記。不爭你這窮性命登時死。哎將我這富魂靈險諕掉了。白仁甫牆頭馬上。這是你自來的媳婦。今日參拜公姑。索甚擎壺執盞。又怕是定計鋪謀。猛見了玉簪銀瓶。不由我不想起當初。呀只怕簪折瓶墜寫休書。他那裏做小伏低勸芳醑。將一杯滿飲醉模糊。有甚心情笑歡娛。躊也麼躕。賊兒膽底虛。又怕似趕我歸家去。岳伯川鐵拐李。想前日解來强盜。都只爲昧心錢買轉了這管紫霜毫。減一筆教當刑的責斷。添一筆教爲從的該敲。這一管紐曲作直取狀筆。更很似圖財致命殺人刀。出來的都關來節去。私多公少可曾有一件兒合天道。他們都指山賣磨。將百姓畫地爲牢。石君寶秋胡戲妻。俺只見野樹一天雲。錯認做江村三月雨。也不知誰人激惱天公。着俺莊家每受的來苦。又可不道書中有女顏如玉。你將着金要買人尤雲殢雨。却不道黃金散盡爲收書。哎。你箇富家郎慣使珍珠。倚仗着囊中有鈔多聲勢。豈不聞財上分明大丈夫。

醒語如鄭廷玉後庭花。可知道錢是人之膽。則你那口是禍之門。馬東籬百歲光陰。上牀與鞋履相別。鄭廷玉忍字記。我從今後看錢眼辨箇清濁。愛錢心識箇低高戴善夫風光好。悲歡聚散二三年。經到有百千番。恰東樓飲宴。早西出陽關。兀的般弄月嘲風留客所。便是俺追歡買笑望夫山。這些時迎新送舊。執盞擎盤。怎倒顛欽欽惹了我心兒憚。怕則怕是那羅紈錦舊鴛老花殘。石子章竹塢聽琴。枉將你那機謀用煞。若知俺這碁中姦詐。都爲那蝸角虛名。蠅頭微利。蟻陣蜂衙。將一片打劫的心則與人爭高論下。直等待那揭局兒死時纔罷。

憤語如宮大用范張鷄黍。將鳳凰池攔了前路。麒麟閣頂殺後門。便有那渴相如獻賦難求進。賈長沙痛哭誰瞅問。董仲舒對策無公論。便有那公孫宏撞不開昭文館內虎牢關。司馬遷打不破編修院裏長蛇陣。又。口邊廂妳腥也猶未落。頂門上胎髮也尚自存。生下來便落在那爺羹娘飯長生運。正行着兄先弟後財帛運。又交着夫榮妻貴催官運。你大拚着十年家富小兒嬌。也少不的一朝馬死黃金盡。又。您子父們輪替着當朝貴。倒班兒居要津。則欺瞞着帝子王孫。猛力如輪。詭計如神。誰識您那一夥害軍民聚斂之臣。現如今那棟梁材平地上剛三寸。你說波怎支撐那萬里乾坤。都是些裝肥羊法酒人皮囤。一箇箇智無四兩。肉重千金。馬東籬薦福碑。如今這越聰明越受聰明苦。越癡呆越受癡呆福。越糊突越有了糊突富。又。枉短檠三尺挑寒雨。

達語如秦簡夫趙禮讓肥。但平生我和他有何知遇。多則是天也有安排我處。馬東籬百歲光陰。人生有限盃。幾箇登高節。囑付俺頑童記者。便北海探吾來。道東籬醉了也。王實甫麗春堂。水聲山色兩模糊。閒看雲來去。則我怨結愁腸對誰訴。自躊躕。想這場煩惱都也由咱取。感今懷古。舊榮新辱。都裝入酒葫蘆。又。則我這好山好水難將去。待寫入丹青畫圖。白日裏對酒賞無休。到晚來挑燈看不足。喬夢符揚州夢。我向這酒葫蘆着淹不曾醒。但說着花衚衕我可早願隨鞭鐙。又澆消了江海愁。洗滌了風雲興。怕孤負了月朗風清。因此上落魄江湖載酒行。糊塗了黃粱夢境。馬東籬青衫淚。暢開懷。都似你朦朧酒。戒那醉鄉侯安在哉。

諧語如楊顯之酷寒亭。謝天地小人剛道的這淫邪貨。並不曾道甚孔目哥哥。又。萬一箇在中途被人謀害。可不乾着了當初救命來。則問你護橋龍宋彬安在。秦簡夫趙禮讓肥。這恩臨可端的殺身難報。我可敢道今日番爲刎頸交。喬夢符兩世姻緣。忒火性卓王孫。强風情漢司馬。白仁甫牆頭馬上。枉教他遙授着尚書。則好教管着那普天下姻緣簿。馬東籬薦福碑。不爭你日轉千階。我便是第三番又劫着箇空寨。又。往常我望長安心急馬行遲。誰承望坐請了一箇狀元及第。恕面生也白象笏少拜識也紫朝衣。今日箇列鼎而食。煞强似淡飯黃虀。到今日恰回味。武漢臣玉壺春。則你那本性也難移。山河易改。雄心猶在。但來的一箇不睬。現錢便賣。石君寶秋胡戲妻。那一箇胞胎兒裏做縣君。又我道你有銅錢則不如抱着銅錢睡。馬東籬青衫淚。我則道過中年人老朱顏改。

誰想他撲郎君虎瘦雄心在。又這道他詩措大酒遊花。却原來也會治國平天下。鄭德輝㑳梅香。呀怎生來翻悔了巫山窈窕娘。滿口裏之乎者也沒攔當。都噴在那生臉上。諕的那有情人恨無箇地縫兒藏。羞殺我也傅粉何郎。馬東籬任風子。別人的首級他強要。他小心兒不肯自量度。可不道君子不奪人之好。李好古張生煮海。你那裏得熬煎鉛汞山頭火。你那裏覓醫治相思海上方。你道是白茫茫如天樣。越顯得他寬洪海量。又將大海揚塵度。把東洋烈焰煮神術煆化爲夫婦。秀才也抵多少跳龍門應舉。攀仙桂蟾蜍。武漢臣生金閣。呀他敢將蕭何律做成衣。將罪犯滿身披。

景語如馬東籬青衫淚。冰壺天上下。雲影樹高低。誰倩王維。寫愁入畫圖內。賈仲名金童玉女。看春江鴨頭綠皺。接行雲鴈翅紅嬌。酒旗向青杏園林挑。佳人鬭草。公子裴么。鞦韆料峭。鼓吹遊遨。上新黃柳曳金條。綻嫣紅花簇冰綃。芳叢內採嫩蕊粉蝶隊隊身輕。迴塘畔點香芹紫燕翩翩翅裊。碧陰中弄清音流鶯恰恰聲交。難挑。怎描。便那女娘行心思十分巧。其實的刺不成繡不到。丹青手雖然百倍高。也畫不出這重疊週遭。孫仲章勘頭巾。你覷那芳草渾如蜀錦蒙。殘照堪為燭影紅。垂楊作簾櫳。暫撇下心煩意冗。醉臥綠陰中。石君寶曲江池。東君堪羡。買春光滿地散榆錢。武漢臣玉壺春。端的是萬萬首詩難畫盡。千千筆畫不全。日暗暗芳草汀晴沙暖。襲鴛鴦薦。露涓涓楊柳樓柔絲困擺黃金線。風習習杏花村粉牆亂落胭脂片。翻滾滾玉闌干搧粉翅飛倦採花蝶。急煎煎翠池塘展烏衣忙殺啣泥燕。鄭德輝傷梅香覷海棠風錦機搖動鮫綃冷。芳草烟翠紗籠罩玻璃淨。垂楊露綠絲穿透珍珠迸。池中星有如那玉盤亂撒水晶丸。松梢月恰便似蒼龍捧出軒轅鏡。谷子敬城南柳。那其間白雪飄飄灞岸東飛絮將斜陽弄。紅雨霏霏漢苑中殘英把春光送。老了錦鶯。愁翻粉蝶。怨殺遊蜂。芳菲渺渺。韶光冉冉。歲月匆匆。

隱語如馬東籬岳陽樓。這墨瘦身軀無四兩。你可便消磨他有幾場。萬事皆如此。則你那浮生空自忙。他一片黑心腸。在這功名之上。敢糊塗了紙半張。岳伯川鐵拐李。爲甚我今日身不正。則爲我往常心不直。和那鬼魂靈不能夠兩脚踏實地。至如省裏部裏。臺

裏院裏。咱只說府裏州裏。他官人們一箇箇要爲國
不爲家。怎知道也似我說的行不的。

程氏曲藻終

九宮譜定總論

明東山釣史撰

套數論

套數之曲。元人謂之樂府。與古之辭賦。今之時義同一機局。有起有止。有開有闔。須先定下間架立下主意。排下曲調。然後造句。然後成章。切忌湊泊。切忌將就。如常山之蛇。首尾相應。又如鮫人之錦。不着一絲紕纇。務要意新語俊。字響調圓。有規有矩。有色有聲。所謂動吾天機。不知所以然而然。方是神品。下此雖循途守轍。極意敷衍。終非全璧。

務頭論

務頭之說。中原音韻于北曲臚列甚詳。南曲則絕無人語及之者。然南北一法。係調中最緊要句字。凡曲遇揭起其音。而婉轉其調。如俗之所謂做腔處。每調或一句。或二三句。每句或一字或二三字。卽是務頭。古人凡遇務頭。卽施俊語。否則詆爲不分務頭。非曲所貴。周氏所謂衆星中顯一月之孤明也。

引子論

出場有引子。或一或二。在過曲之前。每句盡一截板。亦有不用引子。卽唱快板小曲。以代引子者。如仙呂之醉扶歸。皂羅袍。望吾鄉。青歌兒。望梅花。解三酲。如正宮之醉太平。朱奴兒。四邊靜。洞仙歌。如越調之蠻牌令。憶多嬌。江神子。江頭送別。如黃鍾之賞宮花。出隊子。神仗兒。滴溜子。太平歌。黃龍滾。如商調之簇御林。一封書。水紅花。梧葉兒。如仙呂入雙調之好姐姐。

六么令。步步嬌。月上海棠。山東劉衮。玉胞肚。如中呂之駐馬聽。駐雲飛。撲燈蛾。縷縷金。麻婆子。紅繡鞋。駄環着。風蟬兒。太平令。如南呂之節節高。一江風。呼喚子。大砑鼓。懶畫眉。各調皆有引子。獨羽調無一引子。或當借仙呂引子用之。

過曲論

過曲者。引子下第一曲也。無有不贈板者。或皆有贈板。而彼此可互爲前後者。或過曲以下。挨次不可亂。或亦可刪一二換一二者。或止一過曲。可於本宮隨便接去者。大率按琵琶幽閨白兎荊釵諸劇本爲之。或不甚錯。其他本誤接以別宮者甚多。不可不察也。而所爲近詞。亦大略附于過曲。不必更別一門。

換頭論

換頭者。卽前腔首句稍多寡。以便下板接調。或以換頭誤爲起調。非也。過曲常有第一語便可加板者。以此曲或偶作接調故也。若以此爲第一過曲。必須直起。竟用底板。至於再作前腔。乃始用板。卽不必換頭可也。篇中或么或袞。大率卽是前腔云云。或有二換頭三四換頭不同耳。

犯論

犯者。割此曲而合於彼之謂也。採集一名命之。此製曲以後知音者之事。然未免有安有不安。余以只犯本宮爲便。或偶犯別宮則音調必稍異。如醉太師猫兒出隊之類。只宜直作本曲之名。不必分作犯體。至有犯而失其所自來者亦然。或有卽犯本宮而不甚安者。亦宜愼用之。

賺論

賺卽不是路。多有異名。亦多異體。各宮皆有之。然腔不過是。非有異也。譜中或有一宮不載明者。是其失攷。疑而闕之也。凡劇到移宮換調。緩急悲懽。必須藉此曲爲過接。萬不可少。至于分名不必太拘。

尾聲論

尾聲者。遲以媚之也。或名餘文。或名餘音。或名情不斷。總是十二板。凡一曲名或二或四或六或八或二曲名各二。各四。俱不必用尾。如仙呂之木丫牙。美中美。油核桃。金鳳釵。上馬踢。攤破月兒高。蠻江令。涼草蟲。臘梅花。如太石調之一撮棹。下山虎。人月圓。如南呂之鎖窗寒。太師引。三學士。針線箱。解三酲。東甌令。望梅花。金蓮子。香羅帶。金梧桐。醉太平。如黃鐘之刮地風。三叚子。歸朝歡。如商調之啄木鸝。黃鶯兒。簇御林。高陽臺。或二或四。皆可不必用尾。然大套必用尾。

板論

板有四節。贈板則有八節。如一歲之四時。而分八候。聲與氣通。自然之理也。但製曲便有文理。不免加數贈字。贈字之上。斷不可下板。然無贈字曲便不變。唱者無處作巧。而贈字過多。使人棘口。或以實字作贈字。尤不合律。至于接調。原無贈板。至後必快。若贈字太多。益不可唱。作者愼之。

平仄論

凡諸曲之叶處。平而可以使仄者不多。必能自謳。而或任意用之。無礙也。至每句所定四聲。或於上去入統用一仄字代之。此平仄斷不可淆也。且有數曲上去亦不可易。蓋上聲之腔自下而上。去聲之腔自上而下。大見不同。若入聲作叶。借北音爲腔。不得已也。其或一曲而譜彼此平仄異。則從其當者。毋以愛文字而强置之。致不協調。

韻論

用韻之雜。無礙于謳。然而聲不工矣。先天之溷于鹽咸。固不辨閉口與否之異。即先天溷于桓歡。爲微開。爲中空。豈一律哉。如支思之列于齊微。頗爲詩韻所惑。以庚青而奸眞文。則尤不可解矣。作者須知大齣便用廣韻。不至以險字自苦。亦一法也。

字論

字有五音。爲唇。爲舌。爲齒。爲鼻。爲喉。此外爲撮口。爲滿口。爲開口。爲閉口。爲穿牙縮舌。爲半滿半撮等。尤宜細辨。如江陽之收鼻音。九開而一收。否則逸于家麻。庚清之收鼻音。一開而九收。否則逸于真文。東鍾之收鼻音。五開而五收。否則逸于魚模。況一字有三聲。有起有腹有尾。古人言之詳矣。至于此韻誤收別韻。賢者不免。吾意歌工盡去其傻。去其傲。則幾矣。

腔論

腔不知何自來。從板而生。從字而變。因時以爲好。古與今不同尚。唯審者之裁取之。改舊作新。翻繁作簡。既貴清圓。尤妙閃賺。腔裏字則肉多。字矯腔爲骨勝。總期停勻適聽。近又貴軟綿幽細。呼吸跌宕。不必以高裂爲能。所謂時也。

各宮互犯論

犯則新聽。或犯而不孜何調。從來相習。仍係本宮。作詞者。亦只因之。至明犯別宮。且一曲而三四宮雜者。不可復存本宮。因別載于後。以第一句屬何調領之。至有習用斷不可少。如金絡索。九廻腸等曲。聲情俱妙。又似不宜以互犯黜之。如羽調排歌之在仙呂。黃鍾賺之在正宮。明是錯亂。既正之矣。

程曲論

舊譜所載。亦似未詳。贈字作正。有板而缺。今更詳明。至于又一體等。參差不同。不知其由來。亦姑按古用之。意欲更採新詞。去其俚鄙。未能也。

用曲合情論

凡聲情既以宮分。而一宮又有悲歡文武緩急等。各異其致。如燕飲陳訴。道路車馬。酸淒調笑。往往有專曲。約略分記第一過曲之下。然通徹曲義。勿以爲拘也。

九宮譜定總論終

太霞曲語

明顧曲散人撰

新曲苑第十五種

文之善達性情者無如詩。三百篇之可以與人者。唯其發于中情。自然而然故也。自唐人用以取士。而詩入于套。六朝用以見才。而詩入于艱。宋人用以講學。而詩入于腐。而從來性情之鬱。不得不變而之詞曲。勝國尚北。皇明專尚南。蓋易絃索而簫管。陶激烈于和柔。令聽者解煩釋滯。油然覺化日之悠長。此亦太平鳴豫之一徵矣。先輩巨儒文匠。無不兼通詞學者。而法門大啓。實始于沈銓部九宮譜之一修。于是海內才人。思聯臂而遊宮商之林。然傳奇就事敷演。易于轉換。散套推陳致新。戛戛乎難之。當行也。語或近于學究本色也。腔或近于打油。又或運筆不靈。而故事填塞。侈多聞以示博。章法不講。而餖飣拾湊。摘片語以誇工。此皆世俗之通病也。作者不能歌。每襲前人之舛謬。而莫察其腔之忤合。歌者不能作。但尊世俗之流傳。而孰辨其詞之美醜。自非知音人亟爲提其耳而開其矇。則今日之曲。又將爲昔日之詩。詞膚調亂。而不足以達人之性情。勢必再變而之粉紅蓮。打棗竿矣。不亦傷乎。余扼攬此道。間取近日名家散曲。擇其媚于詞而復不詭于律者如干。題曰新奏。而冠以太霞。

詞學三法。曰調。曰韻。曰詞。不協調則歌必捩嗓。雖爛然詞藻無爲矣。自東嘉沿詩餘之濫觴。而效顰者遂藉口不韻。不知東嘉寬于南。未嘗不嚴于北。謂北詞必韻。而南詞不必韻。即東嘉亦不能自爲解也。是選以調協韻嚴爲主。二法既備。然後責其詞之新麗。若其蕪穢庸淺。則又不得以調韻濫竽。

借韻不如重韻

韻或借或重。重祇貽字貧之誚。借則比越境之誅。與其借也寧重。即不借而牽强未妥。吾亦寧重也。

南曲入聲代平限在句中

中原音韻原爲北曲而設。若南韻又當與北稍異。如龍之驢東切。娘之尼姜切。此平韻之不可同于北也。白之爲排。客之爲楷。此入韻之不可廢於南也。詞隱先生發明韻學。尚未及此。故守韻之士。猶謂南曲亦可以入韻代上去之押。而南北聲自茲混矣。墨憨齋新譜謂入聲在句中可代平。亦可代入。若用之押韻。仍是入聲。此可謂精微之論。

失名之詞不可妄指

前輩不欲以詞曲知名。往往有其詞盛傳。而不知出於誰手者。吳歈萃雅悉取文人姓字妄配諸曲。欲眩世目。貽笑明眼。

套曲集戲劇名目

沈伯英八聲甘州套集雜劇名。較易組織。舊曲亦有書生負心一套。只鋪敘舊傳奇故事。全無意味。猶花名曲之萬卉花王一套。不足錄也。

八聲甘州

八聲甘州第六句。以金釵記平生頗讀書幾行。微名幸登龍虎榜。爲正行榜用韻幾字虎字仄聲方叶。琵琶記高堂已添雙鬢雪四曲。俱不用韻。然第六字必用仄。蓋韻可偷而調必不可改也。近來作者都不解此。墨憨齋新定詞譜已辨之詳矣。

沈氏詞學

詞隱先生爲詞家開山祖師。伯明其猶子。其諸弟則平君。善君。庸君。俱以詞擅場。伯明有翠屏山傳奇。君庸有漁陽三弄雜劇。別刻行。

沈子勺散曲

秦復菴散曲

史叔考所著曲

四時花

子勺即伯英先生胞弟。亦精詞學。今詞家知伯英。而不知子勺。則以子勺久涉宦途。所著多篋藏。伯英間取翻北詞數套入南詞韻選中。託之無名氏。而時刻遂指爲道旁之鹿。如此套醉扶歸姻緣翻北曲亦借刻鄭虛舟。故余爲正之。使天下並知二沈先生也。

按曲品。秦大夫復菴每帶北路粉紅蓮腔。然北之粉紅蓮。南之掛枝詞。其佳者語多眞至。政自難得。復菴曲微帶粗豪氣。啄木兒香風細一套。其最雅者。

史叔考所著詞名齒雪餘香。每篇多秀句。恨於律法尚未深考。故不能多選。其所編傳奇。有合紗。櫻桃。鸚釵。雙鴛。鸞甌。瓊花。青蟬。雙梅。夢磊。檀扇。梵書十一本。今所見僅合紗耳。尚欲盡蒐一覽。以快夢寐。

墨憨子云。四時花。即四季花。亦即金鳳釵。宜以和風扇柳蕩烟一曲爲法。時曲愁殺悶人天稍異不知何本。決非出知音者之手。末句奈天遠地遠山遠水遠人遠。那有此句法。特好奇者爲之耳。

南曲戒以入配三聲

墨憨子云。周德清中原音韻原爲北曲而作。北無入聲。故配入平上去三聲之中。若南曲自有入韻。不宜以北字入南腔也。如詞隱先生片時情一套。以窄側叶上。擡叶平。終不可爲訓。精於律者自當戒之。

漁燈兒南套

世所傳李日華西廂記有漁燈兒一套。蓋卽王實甫北詞。而被之南聲者。九宮譜舊所不載。第其詞音調悽惋。人喜歌之。偶閱吳騷集。擬有閨怨一套。刻陸包山。雖未必然。亟爲傳之。

陳藎卿曲

陳藎卿思路不幻。故小令少趣。大套亦不長於閨情。惟贈人之作。鋪敘乃其勝場。

顏子樂

蔣氏舊譜載東野翠烟消一曲。題曰好事近。實則泣顏回也。詞隱新譜亦云詳查舊板戲曲。皆以泣顏回爲好事近。可見好事近特後人惡泣顏回之名而更之者耳。風月兩無功一曲。原犯普天樂刷子序者。而時本單刻泣顏回。不著二犯字。亦猶新篁池閣之混刻爲梁州序。而不知犯賀新郎。糠和米之混刻爲孝順歌。而不知犯江兒水也。詞隱乃欲以風月兩無功爲好事近。謬矣。墨憨齋新譜定名爲顏子樂。今從之。

兩紅燈

風流謎一曲。仿荊釵記。若提起舊日根芽曲而作原名漁家燈。末三句剔銀燈無疑。而前段絕非漁家傲。有誤後學。墨憨齋新譜查出前四句兩休休。中三句紅芍藥。定名爲兩紅燈。今從之。

呂勤之曲

呂勤之工于詞曲。予唯見其神劍記。譜陽明先生事。

衫襟記

各家詞才所長

沈詞隱忽於尾聲

其散曲絕未見也。當爲購而傳之。伯良曲律中盛推勤之。至并其所著繡榻野史閒情野史。皆推爲絕技。

凌初成曾改玉簪記爲衫襟記。一字不仍其舊。

幔亭歌者云。詞才天賦不同。梁伯龍以豪爽。張伯起以纖媚。沈伯英以圓美。龍子猶以輕俊。至于秀麗。不得不推伯良。

南呂繡帶兒題情驀忽地雙眉暗鎖一套。刻情凝寐語。乃詞隱先生自製新體也。萃雅借作錢鶴灘。三籟因之。列諸上乘。三籟於詞中不甚推轂伯英而獨以冒名見賞。尾聲依吳騷集改本原稿云。展新歡。呈新課。都將付與雪兒歌。可博周郎一顧。歷。嚼然無味矣。大抵詩中說做詩。詞中說做詞。皆無聊之語。詞隱於尾聲多不着意。亦是一病。

玉簪記

高瑞南。武陵人。所著有玉簪記傳奇。時有俊語。而於律調未甚精解。

誠齋楚江情套

周獻王所著有誠齋樂府。大抵皆宴賞鳴豫之詞。此套（楚江情東風綻海棠）尤合調。其詞即羅江怨也。誠齋增三句。而更名爲楚江情。今因之。

畫眉序

卜大荒畫眉序。首句用韻最是。琵琶記慣於首句偷韻。亦一病也。

商黃調

北譜有商黃調。可見二調相通。但每曲必前商而後黃。方不落調。

詞韻曲韻不能通

宋人不講韻學。唯作詩宗沈韻。其詩餘率皆出入。但取諧音而已。自中原音韻既定。北劇奉之唯謹。南音從北而來。調可變而韻不可亂也。沈伯英譜詩餘爲曲。共百餘章。然未能盡更其韻。

王伯良曲高處

王伯良之詞。由爛熟中來。故水到渠成。瓜熟蒂脫。手口和調處。自有一種秀色。不似小家子。以字句爭奇已也。

俞君宣曲

俞君宣資近於詞。下筆靈秀。頗似湯臨川。但於此道中聞見未廣耳。自娛集所刻。多出韻落調。偶獲全璧。二郎神傳靈修一套亦異事也。

董遐周曲

董遐周絕世聰明。其所著廣博物志。靜嘯齋集。俱爲文人珍誦。惜詞不多作。

集曲割裂之弊

半面二郎神。攤破集賢賓。鶯斷鶯啼序。歇拍黃鶯兒。減字簇御林。偷聲貓兒墜。小尾方諸生自創。每曲減一二句。何所取義。此亦好奇之過。既可減。何不可增。遂有兩條江兒水。雙聲貓兒墜。并尾聲亦添句。如近日蕉帕所刻者。文人作俑。不可不慎。

龍子猶曲真

鶯啼序犯

子猶諸曲。絕無文彩。然有一字過人。曰真。

墨憨齋主人評沈伯英鶯啼序麗情盈盈十五才過一套云。鶯啼序首句。據伯英詞譜仍七字。而此曲乃用六字起。蓋倣陳大聲孤幃一點殘燈句法也。三籟謂大聲曲實是孤幃一點將絕燈。七字。非六字。然考拜月亭有鶯集御林春曲。乃鶯啼序二句。集賢賓三句。簇御林一句。三春柳二句。合成者。起句如恰纔的亂掩胡遮。聽說罷姓名家鄉。句法正與孤幃一點殘燈相近。即少一字。亦宜添在孤字之上。若三籟孤幃一點將絕燈。則與集賢賓起句一般。何不直注集賢賓五句。而必另注鶯啼序乎。凡鶯啼序用七字起者。皆犯集賢賓者也。或作換頭可耳。因二曲腔調相近。作者多互犯。而又不得真正知音者辨之。其是非顛倒。吾不知所終矣。

猫兒墜諸套俱用後。以爲快腔緊板。今大套作第二曲腔。又當入細矣。俗有大唱小唱之說。看來緊慢原無定腔。如古輪臺相沿快腔。而拜月亭用之大唱。園林好相沿慢腔。而雙調南北套用之小唱。卽此可以類推。然如尾犯序香羅帶等。必不可作快腔。撲燈蛾紅繡鞋等。必不可作慢腔。此又似有一定之格。作者不得好奇而立異也。

宛轉歌金絡索注云。譜所載末二云。一聲叫得凄涼。愁鎖在眉尖上。本只二句。琵琶記空爭著閒是閒非。祇落得垂雙淚。亦二句也。唱者卻增偏要爭閒是閒非句。陋甚。而時曲只見片片桃花陣陣楊花。浣沙記那時節異國飄零。音信難憑。俱用三句。不知何據。

惜奴嬌

南曲不能廢入聲

雙雄記

朝元歌

惜奴嬌本體。如荆釵記家道貧窮。時曲皆以夜行船序誤作此調。不可不辨。

墨憨齋評王伯良夜行船序百尺荒臺套云。入聲派入平上去三韻。在北曲用三聲者則然。若南曲仍有四聲。自不得借北韻而廢入聲一韻也。如皆來韻時曲每以客色等字押上額墨等字押去。使周郎聽之。有不笑爲兩頭蠻者乎。伯良此曲。絕不借北韻一字。可以爲法。

龍子猶作雙雄記。以白小樊爲黃素娘。劉生爲劉雙。卒以感動劉生。爲小樊脫籍。

墨憨齋評馮海浮朝元歌山光水光套云。詞隱謂此套乃朝元令。舊作朝元歌。非也。然古本荆釵琵琶。皆作朝元歌。似亦有說。蓋此套首隻是朝元令本調。後三套俱以三曲帶朝元令數句。製曲者遂舉全套而立名曰朝元歌。亦猶思量那日離故鄉一曲。是雁過聲本調。後四曲俱以他調帶雁過聲數句。遂舉全套。而立名曰雁魚錦耳。此套宜仍總名朝元歌。首隻分注朝元令本調。以下俱查明分註犯某調。如雁魚錦之例。方是。

醉扶歸首二句第二字俱該平。第四字俱該仄。

墨憨齋評王伯良十二紅集曲云。既曰十二紅。宜用十二曲合成。不應止十一曲。而以尾聲足數也。且首二曲舊名山羊轉五更。次二曲亦可名園林好江兒水。至玉交枝五供養。好姐姐三曲。俱用上半隻。接續處便少段落。鮑老催忽插入黃鐘調半曲。而後以川撥調全曲接之。亦俱可議。南西廂小姐小姐多丰采

巫山十二峯

一曲。亦名十二紅。與此曲絕不同。總之未必叶律也。

沈伯英巫山十二峯曲。仿梁少白院落清明左右作。詞隱先生評云。三換頭前二句是五韻矣。中二句是臘梅花。今用於此。是巫山十三峯。非十二峯矣。須用南呂別曲幾句以代之。方得。先生旣駁少白。而躬自蹈之。吾所不解。大抵作套者每多因襲之病。總以爲舊曲已經行世。若改調必置弗歌。夫因陋仍弊。以求不廢於俗。此亦作者之羞也。

山坡羊與山坡裏羊

古山坡羊體。首皆三句。自琵琶添一句。人皆效之。而遂以此爲山坡裏羊。實非二也。

鎖南枝與孝順歌

古曲鎖南枝第四句俱用六字句法。觀琵琶尋親等記可見。近用五字句。與孝順歌腔混矣。然鎖南枝與孝順歌原同調。可叶。正不妨並譜爲近體也。

太霞曲語終

製曲枝語

清上元黃周星撰

曲之三難

詩降而詞。詞降而曲。名爲愈趨愈下。實則愈趨愈難。何也。詩律寬而詞律嚴。若曲則倍嚴矣。按格填詞。通身束縛。蓋無一字不由湊拍。無一語不由扭捏而能成者。故余謂曲之難有三。叶律一也。合調二也。字句天然三也。嘗爲之語曰。三仄更須分上去。兩平還要辨陰陽。詩與詞曾有是乎。

曲須工力

詞壇之推服魁奇者。必曰神童才子。夫神童之奇。奇在出口成章。才子之奇。奇在立掃千言也。然僅施之於詩可耳。設或命之製曲。出口可以成章乎。千言可以立掃乎。故才者至此無所騁其才。學者至此無所用其學。此所謂最下之文字。實最上之工力也。以此思難。難可知矣。

曲之三易

愚謂曲有三難。亦有三易。三易者。可用襯字襯語。一也。一折之中。韻可重押。二也。方言俚語。皆可驅使。三也。是三者皆詩文所無。而曲所有也。然亦顧其用之何如。未可草草。即如賓白。何嘗不易。亦須順理成章。方可動聽。豈皆市井游談乎。

曲忌雜亂

余最恨今之製曲者。每折之中。一調或雜數調。一韻或雜數韻。不問而劣陋可知。即東嘉琵琶。正自不免。至於次曲換頭。無端增減數字。亦復何奇。余於此類。皆一概禁絕之。

割湊曲名及犯調

余尤恨今之割湊曲名以求新異者。或割二爲一。或湊三爲一。如朱奴插芙蓉。梁溪劉大娘之類。夫曲名雖不等於聖經賢傳。然既已相沿數百年。卽遵之可矣。所貴乎才人者。於規矩準繩之中未始不可見長。何必以跳越穿鑿爲奇乎。且曲之優劣。豈係於曲名之新舊乎。故余於此類。皆深惡而痛絕之。至於二犯三犯六犯七犯諸調。雖從來有之。亦皆不取。

曲忌堆砌

有一老友語余云。製曲之難。無才學者不能爲。然才學却又用不著。旨哉斯言。余記新舊傳奇中。多有塡砌彙書。堆垜典故。及琢鍊四六句。以示博麗精工者。望之如餖飣牲筵。觸目可憎。夫文各有體。曲雖小技。亦復有曲之體。若典彙四六。原自各成一家。何必活剝生吞。强施之於曲乎。若此者余甚不取。

曲之體

愚嘗謂曲之體無他。不過八字盡之。曰少引聖籍。多

曲之妙

發天然而已。論曲之妙無他。不過三字盡之。曰能感

人而已。感人者喜則欲歌欲舞。悲則欲泣欲訴。怒則欲殺欲割。生趣勃勃。生氣凜凜之謂也。噫。興觀羣怨。盡在於斯。豈獨詞曲爲然耶。

製曲之訣

製曲之訣。雖盡於雅俗共賞四字。仍可以一字括之曰趣。古人云。詩有別趣。曲爲詩之流派。且被之絃歌。自當專以趣勝。今人遇情境之可喜者。輒曰有趣有趣。則一切語言文字。未有無趣而可以感人者。趣非獨於詩酒花月中見之。凡屬有情。如聖賢豪傑之人。無非趣人。忠孝廉節之事。無非趣事。知此者可與論曲。

近代傳奇

曲至元人尚矣。若近代傳奇。余惟取湯臨川四夢。而四夢之中。邯鄲第一。南柯次之。牡丹亭又次之。若紫釵。不過與曇花玉合相伯仲。要非臨川得意之筆也。

晚年作曲

近日如李笠翁十種。情文俱妙。允稱當行。此外儘有才調可觀。而全不依韻。將眞文庚青侵尋。一槩混押者。無異彈唱盲詞。殊爲可惜。愚見如此。附識以質周郎。

余自就傅時。即喜拈弄筆墨。大抵皆詩詞古文耳。忽忽至六旬。始思作傳奇。然頗厭其拘苦。屢作屢輟。如是者又數年。今始毅然成人天樂一種。蓋由生得熟。駸駸乎漸入佳境。乃深悔從事之晚。將來尚欲續成數種。因思六十年前。安得有此。王法護曰。人固不可以無年。每誦斯言。爲之三歎。

製曲枝語終

跋

製曲之難。枝語中已詳之矣。於難之中。求其易之之法。則有二焉。一在善歌。善歌則不必對譜。其聲調之高下抑揚。可以調之於口吻之際。一在採用詩餘。詩餘中頗多有與曲調平仄相同之句。浣沙諸劇。亦復如是。余戊辰歲秋學塡詞。悟而得之。惜其時九烟先生已歿。不能就正其可否也。心齋居士題。

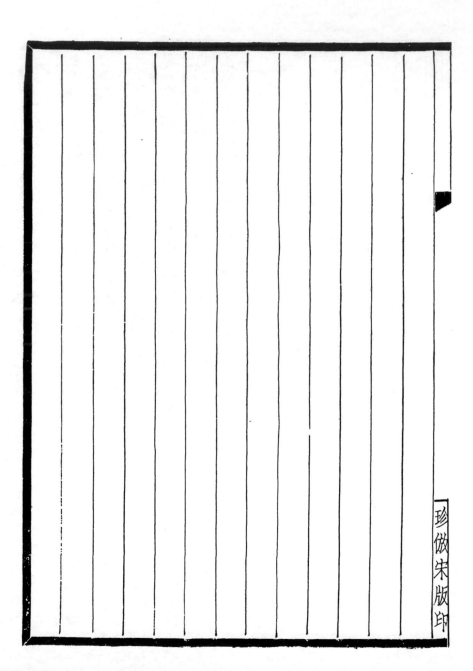

塡詞精者足以傳人並足以傳國

新曲苑第十七種

笠翁劇論卷上

清錢塘李漁撰

塡詞部

結構第一

塡詞一道。文人之末技也。然能抑而爲此。猶覺愈於馳馬試劍。縱酒呼盧。孔子有言。不有博弈者乎。爲之猶賢乎已。博弈雖戲具。猶賢於飽食終日。無所用心。塡詞雖小道。不又賢於博弈乎。吾謂技無大小。貴在能精。才乏纖洪。利於善用。能精善用。雖寸長尺短。亦可成名。否則才誇八斗。胸號五車。爲文僅稱點鬼之談。著書惟供覆瓿之用。雖多亦奚以爲。塡詞一道。非特文人工此者足以成名。卽前代帝王。亦有以本朝詞曲擅長。遂能不泯其國事者。請歷言之。高則誠王實甫諸人。元之名士也。舍填詞一無表見。使兩人不撰西廂琵琶。則沿至今日。誰復知其姓字。是則誠實甫之傳。琵琶西廂傳之也。湯若士明之才人也。詩文尺牘。儘有可觀。而其膾炙人口者。不在尺牘詩文。而在還魂一劇。使若士不草還魂。則當日之若士。已雖有而若無。況後代乎。是若士之傳。還魂傳之也。此人以填詞而得名者也。歷朝文字之盛。其名各有所歸。漢史唐詩宋文元曲。此世人口頭語也。漢書。史記。千古不磨。尚矣。唐則詩人濟濟。宋有文士蹌蹌。宜其鼎足文壇。爲三代後之三代也。元有天下。非特政刑禮樂。一無可宗。即語言文字之末。圖書翰墨之微。亦少槩見。使非崇尚詞曲。得琵琶西廂。以及元人百種諸

珍倣宋版印

填詞方法不傳之三大原因

書傳於後代。則當日之元。亦與五代金遼。同其泯滅。焉能附三朝驥尾。而掛學士文人之齒頰哉。此帝王國事。以填詞而得名者也。由是觀之。填詞非末技。乃與史傳詩文。同源而異派者也。

近日雅慕此道。刻欲追蹤元人。配饗若士者儘多。而究竟作者寥寥。未聞絕唱。其故維何。止因詞曲一道。但有前書堪讀。並無成法可宗。暗室無燈。有眼皆同瞽目。無怪乎覓途不得。問津無人。半途而廢者居多。差毫釐而謬千里者。亦復不少也。嘗怪天地間有一種文字。即有一種文字之法脈準繩。載之於書者。不異耳提面命。獨於填詞製曲之事。非但略而未詳。亦且置之不道。揣摩其故。殆有三焉。一則為此理甚難。非可言傳。止堪意會。想入雲霄之際。作者神魂飛越。

如在夢中。不至終篇。不能返魂收魄。談眞則易。說夢爲難。非不欲傳。不能傳也。若是則誠異誠難。誠爲不可道矣。吾謂此等至理。皆言最上一乘。非塡詞之學。節節皆如是也。豈可爲精者難言。而麤者亦置弗道乎。一則爲塡詞之理。變幻不常。言當如是。又有不當如是者。如塡生旦之詞。貴於莊雅。製淨丑之曲。務帶詼諧。此理之常也。乃忽遇風流放佚之生旦。反覺莊雅爲非。作迂腐不情之淨丑。轉以詼諧爲忌。諸如此類者。悉難膠柱。恐以一定之陳言。誤泥古拘方之作者。是以寧爲闕疑。不生蛇足。若是則此種變幻之理。不獨詞曲爲然。帖括詩文。皆若是也。豈有執死法爲文。而能見賞於人。相傳於後者乎。一則爲從來名士。以詩賦見重者十之九。以詞曲相傳者猶不及什一。

蓋千百人一見者也。凡有能此者。悉皆剖腹藏珠。務求自秘。謂此法無人授我。我豈肯獨傳。使家家製曲。戶戶塡詞。則無論白雪盈車。陽春徧世。淘金選玉者。未必不使後來居上。而覺糠粃在前。且使周郎漸出。顧曲者多。攻出瑕疵。令前人無可藏拙。是自爲后羿。而教出無數逢蒙。環執干戈而害我也。不如仍做前人。緘口不提之爲是。吾揣摩不傳之故。雖三者並列。竊恐此意居多。以我論之。文章者天下之公器。非我之所能私。是非者千古之定評。豈人之所能倒。不若出我所有。公之於人。收天下後世之名賢。悉爲同調。勝我者我師之。仍不失爲起予之高足。類我者我友之。亦不媿爲攻玉之他山。持此爲心。遂不覺以生平底裏。和盤托出。併前人已傳之書。亦爲取長棄短。別

結構之要先於音律詞采

出瑕瑜。使人知所從違。而不爲誦讀所誤。知我罪我。憐我殺我。悉聽世人。不復能顧其後矣。但恐我所言者。自以爲是。而未必果是。人所趨者。我以爲非。而未必盡非。但矢一字之公。可謝千秋之罰。噫。元人可作。當必貰予。

塡詞首重音律。而予獨先結構者。以音律有書可考。其理彰明較著。自中原音韻一出。則陰陽平仄。盡有塍區。如舟行水中。車推岸上。稍知率由者。雖欲故犯而不能矣。嘯餘九宮二譜一出。則葫蘆有樣。粉面昭然。前人呼製曲爲塡詞。塡者布也。猶棋枰之中。畫有定格。有一格。布一子。止有黑白之分。從無出入之弊。彼用韻而我叶之。彼不用韻而我縱橫流蕩之。至於引商刻羽。戛玉敲金。雖曰神而明之。匪可言喻。亦由勉強而臻自然。蓋遵守成法之化境也。至於結構二字。則在引商刻羽之先。拈韻抽毫之始。如造物之賦形。當其精血初凝。胞胎未就。先爲制定全形。使點血而具五官百骸之勢。倘先無成局。而由頂及踵。逐段滋生。則人之一身。當有無數斷續之痕。而血氣爲之中阻矣。工師之建宅亦然。基址初平。間架未立。先籌何處建廳。何方開戶。棟需何木。梁用何材。必俟成局了然。始可揮斤運斧。倘造成一架而後再籌一架。則便於前者不便於後。勢必改而就之。未成先毀。猶之築舍道旁。兼數宅之匠資。不足供一廳一堂之用矣。故作傳奇者不宜卒急拈毫。袖手於前。始能疾書於後。有奇事方有奇文。未有命題不佳而能出其錦心揚爲繡口者也。嘗讀時髦所撰。惜其慘澹經營。用心

詞采先於音律

傳奇之用砥在勸善懲惡

良苦。而不得被管絃。副優孟者。非審音協律之難。而結構全部規模之未善也。

詞采似屬可緩。而亦置音律之前者。以有才技之分也。文詞稍勝者。卽號才人。音律極精者。終爲藝士。師曠止能審樂。不能作樂。龜年但能度詞。不能製詞。使與作樂製詞者同堂。吾知必居末席矣。事有極細而亦不可不嚴者。此類是也。

戒諷刺　武人之刀。文人之筆。皆殺人之具也。刀能殺人。人盡知之。筆能殺人。人則未盡知也。然筆能殺人。猶有或知之者。至筆之殺人。較刀之殺人。其快其凶。更加百倍。則未有能知之而明言以戒世者。予請深言其故。何以知之。知之於刑人之際。殺之與剮同是一死。而輕重別焉者。以殺止一刀。爲時不久。頭落而事畢矣。剮必數十百刀。爲時必經數刻。死而不死。痛而復痛。求爲頭落事畢而不可得者。只在久與暫之分耳。然則筆之殺人。其爲痛也。豈止數刻而已哉。竊怪傳奇一書。昔人以代木鐸。因愚夫愚婦識字知書者少。勸使爲善。誡使勿惡。其道無由。故設此種文詞。借優人說法與大衆齊聽。謂善者如此收場。不善者如此結果。使人知所趨避。是藥人壽世之方。救苦弭災之具也。後世刻薄之流。以此意倒行逆施。借此文報讎洩怨。心之所喜者。處以生旦之位。意之所怨者。變以淨丑之形。且舉千百年未聞之醜行。幻設而加於一人之身。使梨園習而傳之。幾爲定案。雖有孝子慈孫。不能改也。噫。豈千古文章。止爲殺人而設。一生誦讀。徒備行凶造孽之需乎。倉頡造字而鬼夜哭。

琵琶無所譏刺

造物之心。未必非逆料至此也。凡作傳奇者。先要滌去此種肺腸。務存忠厚之心。勿為殘毒之事。以之報恩則可。以之報怨則不可。以之勸善懲惡則可。以之欺善作惡則不可。

人謂琵琶一書。為譏王四而設。因其不孝於親。故加以入贅豪門。致親饑死之事。何以知之。因琵琶二字有四王字冒於其上。則其寓意可知也。噫。此非君子之言。齊東野人之語也。凡作傳世之文者。必先有可以傳世之心。而後鬼神效靈。予以生花之筆。撰為倒峽之詞。使人人讚美。百世流芳。傳非文字之傳。一念之正氣使傳也。五經四書左國史漢諸書。與大地山河同其不朽。試問當年作者。有一不肖之人。輕薄之子。廁於其間乎。但觀琵琶得傳至今。則高則誠之為人必有善行可予是以天壽其名使不與身俱沒豈殘忍刻薄之徒哉即使當日與王四有隙故以不孝加之然則彼與蔡邕未必有隙何以有隙之人止暗寓其姓不明叱其名而未必有隙之人反蒙李代桃僵之實乎此顯而易見之事從無一人辯之創爲是說者其不學無術可知矣

予向梓傳奇嘗埒誓詞於首其略云加生旦以美名原非市恩於有託抹淨丑以花面亦屬調笑於無心凡以點綴詞塲使不岑寂而已但慮七情以內無境不生六合之中何所不有幻設一事即有一事之偶同僑命一名即有一名之巧合焉知不以無基之樓閣認爲有樣之葫蘆是用瀝血鳴神剖心告世倘有一毫所指甘爲三世之瘖即漏顯誅難逋陰罰此種

血忱。業已沁入梨棗。印政寰中久矣。而好事之家猶有不盡相諒者。每觀一劇。必問所指何人。噫。如其盡有所指。則誓詞之設。已經二十餘年。上帝有赫。實式臨之。胡不降之以罰。茲以身後之事。且置勿論。論其現在者。年將六十。即日夕就木。不爲夭矣。向憂伯道之憂。今且五其男。二其女。孕而未誕。誕而得孕者。尚不一其人。雖盡屬景升豚犬。然得此以慰桑榆。不憂窮民之無告矣。年雖邁而筋力未衰。涉水登山。少年場往往追予弗及。貌雖癯而精血未耗。尋花覓柳。兒女事猶然自覺情長。所患在貧。貧也非病也。所少在貴。貴豈人人可倖致乎。是造物之憫予。亦云至矣。非憫其才。非憫其德。憫其方寸之無他也。生平所著之書。雖無裨於人心世道。若止論等身。幾與曹交食粟

每部傳奇應以一人一事爲主腦

之軀。等其高下。使其間稍伏機心。略藏匕首。造物且誅之奪之不暇。肯容自作孽者老而不死。猶得佯狂自肆於筆墨之林哉。吾於發端之始。即以諷刺戒人。且若囂囂自鳴得意者。非敢故作夜郎。竊恐詞人不究立言初意。謬信琵琶王四之說。因謬成真。誰無恩怨。誰乏牢騷。悉以填詞洩憤。是此一書者非闡明詞學之書。乃教人行險播惡之書也。上帝討無禮。予其首誅乎。現身說法。蓋爲此耳。

立主腦　古人作文一篇。定有一篇之主腦。主腦非他。即作者立言之本意也。傳奇亦然。一本戲中有無數人名。究竟俱屬陪賓。原其初心。止爲一人而設。即此一人之身。自始至終。離合悲歡。中具無限情由。無窮關目。究竟具屬衍文。原其初心。又止爲一事而設。

此一人一事。卽作傳奇之主腦也。然必此一人一事。果然奇特。實在可傳而後傳之。則不媿傳奇之目。而其人其事。與作者姓名皆千古矣。如一部琵琶。止爲蔡伯喈一人。而蔡伯喈一人。又止爲重婚牛府一事。其餘枝節。皆從此一事而生。二親之遭凶。五娘之盡孝。拐兒之騙財匿書。張大公之疎財仗義。皆由於此。是重婚牛府四字。卽作琵琶記之主腦也。一部西廂。止爲張君瑞一人。而張君瑞一人。又止爲白馬解圍一事。其餘枝節。皆從此一事而生。夫人之許婚。張生之望配。紅娘之勇於作合。鶯鶯之敢於失身。與鄭恆之力爭原配而不得。皆由於此。是白馬解圍四字。卽作西廂記之主腦也。餘劇皆然。不能悉指。後人作傳奇。但知爲一人而作。不知爲一事而作。盡此一人所

傳奇應傳寫新奇

行之事。逐節鋪陳。有如散金碎玉。以作零齣則可。謂之全本則爲斷線之珠。無梁之屋。作者茫然無緒。觀者寂然無聲。無怪乎有識梨園。望之而却走也。此語未經提破。故犯者孔多。而今而後。吾知鮮矣。

脫窠臼　人惟求舊。物惟求新。新也者。天下事物之美稱也。而文章一道。較之他物。尤加倍焉。戛戛乎陳言務去。求新之謂也。至於塡詞一道。較之詩賦古文。又加倍焉。非特前人所作。於今爲舊。卽出我一人之手。今之視昨。亦有間焉。昨已見而今未見也。知未見之爲新。卽知已見之爲舊矣。古人呼劇本爲傳奇者。因其事甚奇特。未經人見而傳之。是以得名。可見非奇不傳。新卽奇之別名也。若此等情節。業已見之戲場。則千人共見。萬人共見。絕無奇矣。焉用傳之。是以填詞之家。務解傳奇二字。欲爲此劇。先問古今院本中曾有此等情節與否。如其未有。則急急傳之。否則枉費辛勤。徒作效顰之婦。東施之貌。未必醜於西施。止爲效顰於人。遂蒙千古之誚。使當日逆料至此。即勸之捧心。知不肯矣。

吾謂填詞之難。莫難於洗滌窠臼。而填詞之陋。亦莫陋於盜襲窠臼。吾觀近日之新劇。非新劇也。皆老僧碎補之衲衣。醫士合成之湯藥。取衆劇之所有。彼割一段。此割一段。合而成之。即是一種傳奇。但有耳所未聞之姓名。從無目不經見之事實。語云。千金之裘。非一狐之腋。以此贊時人新劇。可謂定評。但不知前人所作。又從何處集來。豈西廂以前。別有跳牆之張珙。琵琶以上。另有剪髮之趙五娘乎。若是則何以原

須有照應埋伏

琵琶關目疎處

本不傳而傳其抄本也。窠臼不脫。難語塡詞。凡我同心。急宜參酌。

密針線　編戲有如縫衣。其初則以完全者剪碎。其後又以剪碎者湊成。剪碎易。湊成難。湊成之工。全在針線緊密。一節偶疎。全篇之破綻出矣。每編一折。必須前顧數折。後顧數折。顧前者欲其照映。顧後者便於埋伏。照映埋伏。不止照映一人。埋伏一事。凡是此劇中有名之人。關涉之事。與前此後此所說之話。節節俱要想到。寧使想到而不用。勿使有用而忽之。吾觀今日之傳奇。事事皆遜元人。獨於埋伏照映處。勝彼一籌。非今人之太工。以元人之所長。全不在此也。若以針線論元曲之最疎者。莫過於琵琶。無論大關節目背謬甚多。如子中狀元三載。而家人不知。身贅相府。享盡榮華。不能自遣一僕。而附家報於路人。
趙五娘千里尋夫。隻身無伴。未審果能全節與否。其
誰證之。諸如此類。皆背理妨倫之甚者。再取小節論
之。如五娘之剪髮。乃作者自爲之。當日必無其事。以
有疎財仗義之張太公在。受人之託。必能終人之事。
未有坐視不顧。而致其剪髮者也。然不剪髮。不足以
見五娘之孝。以我作琵琶。剪髮一折。亦必不能少。但
須回護張太公。使之自留地步。吾讀剪髮之曲。並無
一字照管太公。且若有心譏刺者。據五娘云云。前日婆
婆沒了。虧太公周濟。如今公公又死。無錢資送。不好
再去求他。只得剪髮云云。若是則剪髮一事。乃自願
爲之。非時勢迫之使然也。奈何曲中云云。非奴苦要孝
名傳。只爲上山擒虎易。開口告人難。此二語雖屬恆

元劇長於曲短於白與關目

言。人人可道。獨不宜出五娘之口。彼自不肯告人。何以言其難也。觀此二語。不似懟怨太公之詞乎。然此猶屬背後私言。或可免於照顧。迨其哭倒在地。太公見之。許送錢米相資。以備衣衾棺槨。則感之頌之。當有不啻口出者矣。奈何曲中又云。只恐奴身死也。兀自沒人埋。誰還你恩債。試問公死而埋者何人。姑死而埋者何人。對埋殮公姑之人而自言暴露。將置太公於何地乎。且太公之相資。尚義也。非圖利也。誰還恩債一語。不幾抹倒太公將一片熱腸付之冷水乎。此等詞曲。幸而出自元人。若出我輩。則羣口訕之。不識置身何地矣。予非敢於讎古。既爲詞曲。立言必使人知取法。若扭於世俗之見。謂事事當法元人。吾恐未得其瑜。先有其瑕。人或非之。即舉元人藉口。烏知聖人千慮必有一失。聖人之事。猶有不可盡法者。况其他乎。琵琶之可法者原多。請舉所長。以益所短。如中秋賞月一折。同一月也。出於牛氏之口者。言言歡悅。出於伯喈之口者。字字凄涼。一景兩情。兩情一事。此其針線之最密者。瑕不掩瑜。何妨茲舉其略。然傳一事也。其中義理。分爲三項。曲也。白也。穿插聯絡之關目也。元人所長者止居其一。曲是也。白與關目。皆其所短。吾於元人。但守其詞中繩墨而已矣。

一線到底

減頭緒　頭緒繁多。傳奇之大病也。荊劉拜殺荊釵記·劉知遠·拜月亭·殺狗記·之得傳於後。止爲一線到底。並無旁見側出之情。三尺童子觀演此劇。皆能了了於心。便便於口。以其始終無二事。貫串只一人也。後來作者不講根源。單籌枝節。謂多一人可增一人之事。事多則關

平易可久
怪誕不傳

目亦多。令觀場者如入山陰道中。人人應接不暇。殊不知戲場脚色止此數人。便換千百箇姓名。也只此數人裝扮。止在上場之勤不勤。不在姓名之換不換。與其忽張忽李。令人莫識從來。何如只扮數人。使之頻上頻下。易其事而不易其人。使觀者各暢懷來。如逢故物之爲愈乎。作傳奇者能以頭緒忌繁四字。刻刻關心。則思路不分。文情專一。其爲詞也。如孤桐勁竹。直上無枝。雖難保其必傳。然已有荆劉拜殺之勢矣。

戒荒唐　昔人云。畫鬼魅易。畫狗馬難。以鬼魅無形。畫之不似。難於稽考。狗馬爲人所習見。一筆稍乖。是人得以指謫。可見事涉荒唐。卽文人藏拙之具也。而近日傳奇獨工於爲此。噫。活人見鬼。其兆不祥。矧有

日常之事自有奇情可傳

吉事之家。動出魑魅魍魎。爲壽乎。移風易俗。當自此始。吾謂據無非他。即三代以後之韶濩也。殷俗尚鬼。猶不聞以怪誕不經之事。被諸聲樂。奏於廟堂。矧辟謬崇真之盛世乎。王道本乎人情。凡作傳奇。只當求於耳目之前。不當索諸聞見之外。無論詞曲。古今文字皆然。凡說人情物理者。千古相傳。凡涉荒唐怪異者。當日即朽。五經四書。左國史漢。以及唐宋諸大家。何一不說人情。何一不關物理。及今家傳戶頌。有怪其平易而廢之者乎。齊諧。志怪之書也。當日僅存其名。後世未見其實。此非平易可久。怪誕不傳之明驗歟。

人謂家常日用之事。已被前人做盡。窮微極隱。纖芥無遺。非好奇也。求爲平而不可得也。予曰不然。世間奇事無多。常事無多。物理易盡。人情難盡。有一日之君臣父子。即有一日之忠孝節義。性之所發。愈出愈奇。儘有前人未作之事。留之以待後人。後人猛發之心。較之勝於前輩者。即就婦人女子言之。女德莫過於貞。婦愆無甚於妒。古來貞女守節之事。自翦髮斷臂。刺面毀身。以至刎頸而止矣。近日矢貞之婦。竟有刲腸剖腹。自塗肝腦於貴人之庭。以鳴不屈者。又有不持利器。談笑而終其身。若老衲高僧之坐化者。豈非五倫以內。自有變化不窮之事乎。古來妬婦制夫之條。自罰跪。戒眠。捧燈。戴水。以至扑臂而止矣。近日妒悍之流。竟有鎖門絕食。遷怒於人。使族黨避禍難前。坐視其死。而莫之救者。又有鞭扑不加。囹圄不設。寬仁大度。若有刑措之風。而其夫懾於不怒之威。自

傳奇大半寓言

遺其妾而歸化者。豈非閨閫以內。便有日異月新之事乎。此類繁多。不能枚舉。此言前人未見之事。後人見之。可備填詞製曲之用者也。即前人已見之事。儘有摹寫未盡之情。描畫不全之態。若能設身處地。代隱攻微。彼泉下之人自能效靈於我。授以生花之筆。假以蘊繡之腸。製為雜劇。使人但賞極新極豔之詞。而竟忘其為極腐極陳之事者。此為最上一乘。予有志焉。而未之逮也。

審虛實　傳奇所用之事。或古或今。有虛有實。隨人拈取。古者書籍所載。古人現成之事也。今者耳目傳聞。當時僅見之事也。實者就事敷陳。不假造作。有根有據之謂也。虛者空中樓閣。隨意構成。無影無形之謂也。人謂古事多實。近事多虛。予曰不然。傳奇無實。

虛則全虛
實則全實

大半皆寓言耳。欲勸人爲孝。則舉一孝子出名。但有一行可紀。則不必盡有其事。凡屬孝親所應有者。悉取而加之。亦猶紂之不善。不如是之甚也。一居下流。天下之惡皆歸焉。其餘表忠表節。與種種勸人爲善之劇。率同於此。若謂古事皆實。則西廂琵琶推爲曲中之祖。鶯鶯果嫁君瑞乎。蔡邕之餓莩其親。五娘之幹蠱其夫。見於何書。果有實據乎。孟子云。盡信書不如無書。蓋指武成而言也。經史且然。矧雜劇乎。

凡閱傳奇而必考其事從何來。人居何地者。皆說夢之痴人。可以不答者也。然作者秉筆。又不宜盡作是觀。若紀目前之事。無所考究。則非特事跡可以幻生。并其人之姓名亦可以憑空捏造。是謂虛則虛到底也。若用往事爲題。以一古人出名。則滿場脚色皆用古人。揑一姓名不得。其人所行之事。又必本於載籍。班班可考。創一事實不得。非用古人姓字爲難。使與滿場脚色同時共事之爲難也。非查古人事實爲難。使與本等情由貫串合一之爲難也。予既謂傳奇無實。大半寓言。何以又云姓名事實必須有本。要知古人塡古事易。今人塡古事難。古人塡古事。猶之今人塡今事。非其不慮人考。無可考也。傳至於今。則其人其事。觀者爛熟於胸中。欺之不得。罔之不能。所以必求可據。是謂實則實到底也。若用一二古人作主。因無陪客。幻設姓名以代之。則虛不似虛。實不成實。詞家之醜態也。切忌犯之。

詞采第二

曲之長應如詩餘之

曲與詩餘。同是一種文字。古今刻本中。詩餘能佳。而曲不能盡佳者。詩餘可選。而曲不可選也。詩餘最短。每篇不過數十字。作者雖多。入選者不多。棄短取長。是以但見其美。曲文最長。每折必須數曲。每部必須數十折。非八斗長才。不能始終如一。微疵偶見者有之。瑕瑜並陳者有之。尚有踴躍於前。懈弛於後。不得已而爲狗尾續貂者亦有之。演者觀者旣存此曲。只得取其所長。恕其所短。首尾並錄。無一部而刪去數折。止存數折。一齣而抹去數曲。止存數曲之理。此戲曲不能盡佳。有爲數折可取而挈帶全篇。一曲可取而挈帶全折。使瓦缶與金石齊鳴者。職是故也。予謂旣工此道。當如畫士之傳眞。閨女之刺繡。一筆稍差。便慮神情不似。一針偶缺。卽防花鳥變形。使全部傳奇之曲。得似詩餘選本。如花間草堂諸集。首首有可珍之句。句句有可寶之字。則不媿塡詞之名。無論必傳。卽傳之千萬年。亦非徼倖而得者矣。至於古曲之中。取其全本不懈。多瑜鮮瑕者。惟西廂能之。琵琶則如漢高用兵。勝敗不一。其得一勝而王者命也。非戰之力也。荊劉拜殺之傳。則全賴音律。文章一道。置之不論可矣。

貴顯淺　曲文之詞采。與詩文之詞采。非但不同。且要判然相反。何也。詩文之詞采。貴典雅而賤麤俗。宜蘊藉而忌分明。詞曲不然。話則本之街談巷議。事則取其直說明言。凡讀傳奇而有令人費解。或初閱不見其佳。深思而後得其意之所在者。便非絕妙好詞。不問而知爲今曲。非元曲也。元人非不讀書。而所製之曲。絕無一毫書本氣。以其有書而不用。非當用而無書也。後人之曲。則滿紙皆書矣。元人非不深心，而所填之詞。皆覺過於淺近。以其深而出之以淺。非借淺以文其不深也。後人之詞。則心口皆深矣。無論其他。即湯若士還魂一劇。世以配饗元人宜也。問其精華所在。則以驚夢尋夢二折對。予謂二折雖佳。猶是今曲。非元曲也。驚夢首句云。裊晴絲吹來閒庭院。搖漾春如線。以遊絲一縷。逗起情絲。發端一語。即費如許深心。可謂慘澹經營矣。然聽歌牡丹亭者。百人之中。有一二人解出此意否。若謂製曲初心。並不在此。不過因所見以起興。則瞥見遊絲。不妨直說。何須曲而又曲。由晴絲而說及春。由春與晴絲而悟其如線也。若云作此原有深心。則恐索解人不易得矣。索解人既不易得。又何必奏之歌筵。俾雅人俗子同聞而共見乎。其餘停半晌整花鈿沒揣菱花偷人半面及良辰美景奈何天賞心樂事誰家院遍青山啼紅了杜鵑等語。字字俱費經營。字字皆欠明爽。此等妙語。止可作文字觀。不得作傳奇觀。至於末幅似蟲兒般蠢動把風情搧。與恨不得肉兒般團成片也。逗的箇日下胭脂雨上鮮。尋夢曲云。明放着白日青天。猛教人抓不到夢魂前。是這答兒壓黃金釧匾。此等曲則去元人不遠矣。而予最賞心者。不專在驚夢尋夢二折。謂其心花筆蕊散見於前後各折之中。診祟曲云。看你春歸何處歸。春睡何曾睡。氣絲兒怎度的長天日。○夢去和他實實誰。病來只送得箇虛虛的你。做行雲。先渴倒在巫陽會。○又不是困人天氣。中酒心期。魆魆的常如醉。○承尊覷。何時何日。來看這女顏

回。憶女曲云。地老天昏。沒處把老娘安頓。○你你怎
撇得下萬里無兒白髮親。○賞春香還是你舊羅裙。
玩真曲云。如愁欲語。只少口氣兒呵。○叫的你噴嚏
似天花唾。動淩波盈盈欲下。不見影兒那。此等曲則
純乎元人。置之百種前後。幾不能辨。以其意深詞淺。
全無一毫書本氣也。若論填詞家宜用之書。則無論
經傳子史。以及詩賦古文。無一不當熟讀。卽道家佛
氏。九流百工之書。下至孩童所習千字文百家姓。無
一不在所用之中。至於形之筆端。落於紙上。則宜洗
濯殆盡。亦偶有用着成語之處。點出舊事之時。妙在
信手拈來。無心巧合。竟似古人尋我。並非我覓古人。
此等造詣。非可言傳。只宜多購元曲。寢食其中。自能
爲其所化。而元曲之最佳者。不單在西廂琵琶二劇。

而在元人百種之中。百種亦不能盡佳。十有一二可列高王之上。其不致家絃戸誦。出與二劇爭雄者。以其是雜劇而非全本。多北曲而少南音。又止可被諸管絃。不便奏之場上。今時所重。皆在彼而不在此。即欲不爲紈扇之捐。其可得乎。

重機趣　機趣二字。塡詞家必不可少。機者傳奇之精神。趣者傳奇之風致。少此二物。則如泥人土馬。有生形而無生氣。因作者逐句湊成。遂使觀場者逐段記憶。稍不留心。則看到第二曲。不記頭一曲是何等情形。看到第二折。不知第三折要作何勾當。是心口徒勞。耳目俱澀。何必以此自苦。而復苦百千萬億之人哉。故塡詞之中。勿使有斷續痕。勿使有道學氣。所謂無斷續痕者。非止一齣接一齣。一人頂一人。務使承上接下。血脈相連。即於情事截然絕不相關之處。亦有連環細筍伏於其心。看到後來。方知其妙、如藕於未切之時。先長暗絲以待。絲於絡成之後。纔知作藕之精。此言機之不可少也。所謂無道學氣者。非但風流跌宕之曲。花前月下之情。當以板腐爲戒。即談忠孝節義與說悲苦哀怨之情。亦當抑聖爲狂。寓哭於笑。如王陽明之講道學。則得詞中三昧矣。陽明登壇講學。反覆辯說良知二字。一愚人訊之曰。請問良知這件東西、還是白的、還是黑的。陽明曰。也不白。也不黑。只是一點帶赤的。便是良知了。照此法填詞。則離合悲歡。嘻笑怒駡。無一語一字不帶機趣而止矣。予又謂填詞種子。要在性中帶來。性中無此。做殺不佳。人問性之有無。何處辨識。予曰。不難。觀其說話行文。卽知之矣。說話不迂腐。十句之中定有一二句超脫。行文不板實。一篇之內。但有一二段空靈。此卽可以塡詞之人也。不則另尋別計。不當以有用精神費之無益之地。噫。性中帶來一語。事事皆然。不獨塡詞一節。凡作詩文書畫飲酒鬬棋。與百工技藝之事。無一不具夙根。無一不本天授。强而後能者。畢竟是半路出家。止可冒齋飯喫。不能成佛作祖也。

戒浮泛　詞貴顯淺之說。前已道之詳矣。然一味顯淺而不知分別。則將日流粗俗。求爲文人之筆而不可得矣。元曲多犯此病。乃矯艱深隱晦之弊而過焉者也。極粗極俗之語。未嘗不入塡詞。但宜從脚色起見。如在花面口中。則惟恐不粗不俗。一涉生旦之曲。便宜斟酌其詞。無論生爲衣冠仕宦。旦爲小姐夫人。

出言吐詞。當有雋雅從容之度。即使生爲僕從。旦作梅香。亦須擇言而發。不與淨丑同聲。以生旦有生旦之體。淨丑有淨丑之腔故也。元人不察。多混用之。觀幽閨記之陀滿興福乃小生脚色。初屈後伸之人也。其避兵曲云。遙觀巡捕卒。都是棒和鎗。此花面口吻。非小生曲也。均是常談俗語。有當用於此者。有當用於彼者。又有極粗極俗之語。止更一二字。或增減一二字。便成絕新絕雅之文者。神而明之。只在一熟。當存其說。以俟其人。

塡詞義理無窮。說何人。肖何人。議某事。切某事。文章頭緒之最繁者。莫塡詞若矣。予謂總其大綱。則不出情景二字。景書所睹。情發欲言。情自中生。景由外得。二者難易之分。判如霄壤。以情乃一人之情。說張三要像張三。難通融於李四。景乃衆人之景。寫春夏盡是春夏。止分别於秋冬。善填詞者。當爲所難。勿趨其易。批點傳奇者。每遇遊山玩水。賞月觀花等曲。見其止書所見。不及中情者。有十分佳處。只好算得五分。以風雲月露之詞。工者儘多。不從此劇始也。善詠物者。妙在即景生情。如前所云琵琶賞月四曲。同一月也。牛氏有牛氏之月。伯喈有伯喈之月。所言者月。所寓者心。牛氏所說之月。可移一句於伯喈。伯喈所說之月。可挪一字於牛氏乎。夫妻二人之語。猶不可挪移混用。況他人乎。人謂此等妙曲。工者有幾。强人以所不能。是塞填詞之路也。予曰不然。作文之事。貴於專一。專則生巧。散乃入愚。專則易於奏工。散者難於責效。百工居肆。欲其專也。衆楚羣咻。喻其散也。舍情言景。不過圖其省力。殊不知眼前景物繁多。當從何處說起。詠花既愁遺鳥。賦月又想兼風。若使逐件鋪張。則慮事多曲少。欲以數言包括。又防事短情長。展轉推敲。已費心思幾許。何如只就本人生發。自有欲爲之事。自有待說之情。念不旁分。妙理自出。如發科發甲之人。應下作文。每日只能一篇二篇。場中遂至七篇。應下之一篇二篇。未必盡好。而場中之七篇。反能盡發所長。而奪千人之幟者。以其念不旁分。舍本題之外。並無別題可做。只得走此一條路也。吾欲塡詞家舍景言情。非責人以難。正欲其舍難就易耳。

忌塡塞　塡塞之病有三。多引古事。疊用人名。直書成句。其所以致病之由亦有三。借典核以明博雅。假脂粉以見風姿。取現成以免思索。而總此三病與致病之由之故則在一語。一語維何。曰從未經人道破。一經道破。則俗語云。說破不值半文錢。再犯此病者鮮矣。古來塡詞之家。未嘗不引古事。未嘗不用人名。未嘗不書現成之句。而所引所用與所書者。則有別焉。其事不取幽深。其人不搜隱僻。其句則採街談巷議。卽有時偶涉詩書。亦係耳根聽熟之語。舌端調慣之文。雖出詩書。實與街談巷議無別者。總而言之。傳奇不比文章。文章做與讀書人看。故不怪其深。戲文做與讀書人與不讀書人同看。又與不讀書之婦人小兒同看。故貴淺不貴深。使文章之設。亦爲與讀書人不讀書人及婦人小兒同看。自古來聖賢所傳之經傳。亦只淺而不深。如今世之爲小說矣。人曰。文士之作傳奇。與著書無別。假此以見其才也。淺則才於何見。予曰。能於淺處見才。方是文章高手。施耐菴之水滸。王實甫之西廂。世人盡作戲文小說看。金聖歎特標其名目五才子書。六才子書者。其意何居。蓋憤天下之小視其道。不知爲古今來絕大文章。故作此等驚人語以標其目。噫知言哉。

音律第三

作文之最樂者。莫如塡詞。其最苦者。亦莫如塡詞。塡詞之樂。詳後賓白之第二幅。上天入地。作佛成仙。無一不隨意到。較之南面百城。洵有過焉者矣。至說其苦。亦有千態萬狀。擬之悲傷疾痛。桎梏幽囚。諸逆境。殆有甚焉者。請詳言之。他種文字。隨人長短。聽我張弛。總無限定之資格。今置散體弗論。而論其分股限字與調聲叶律者。分股則帖括時文是已。先破後承。

始開終結。內分八股。股股相對。繩墨不爲不嚴矣。然其股法句法。長短由人。未嘗限之以數。雖嚴而不謂之嚴也。限字則四六排偶之文是已。語有一定之字。字有一定之聲。對必同心。意難合掌。矩度不爲不肅矣。然止限以數。未定以位。止限以聲。未拘以格。上四下六可。上六下四亦未嘗不可。仄平平仄可。平仄仄平亦未嘗不可。雖肅而實未嘗肅也。調聲叶律。又兼分股限字之文。則詩中之近體是已。起句五言。則句句五言。起句七言。則句句七言。起句用某韻。則以下俱用某韻。起句第二字用平聲。則以下第二字用仄聲。第三第四又復顛倒用之。前人立法。亦云苛且密矣。然起句五言。句句五言。起句七言。句句七言。便有成法可守。想入五言一路。則七言之句不來矣。起句用某韻。以下俱用某韻。起句第二字用平聲。下句第二字定用仄聲。則拈得平聲之韻。上去入三聲之韻。皆可置之不問矣。守定平仄仄平二語再無變更。自一首至千百首。皆出一轍。保無朝更夕改之令隨人適從矣。是其苛猶未甚。密猶未至也。至於填詞一道。則句之長短。字之多寡。聲之平上去入。韻之清濁陰陽。皆有一定不移之格。長者短一線不能。少者增一字不得。又復忽長忽短。時少時多。令人把握不定。當平者平。用一仄字不得。當陰者陰。換一陽字不能。調得平仄成文。又慮陰陽反覆。分得陰陽清楚。又與聲韻乖張。令人攪斷肺腸。煩苦欲絕。此等苛法。盡勾磨人。作者處此。但能布置得宜。安頓極妥。便是千幸萬幸之事。尚能計其詞品之低昂。文情之工拙乎。予襪褓識字。總角成篇。於詩書六藝之文。雖未精窮其義。然皆淺涉一過。總諸體百家而論之。覺文字之難。未有過於塡詞者。予童而習之。於今老矣。尚未窺見一班。祇有管窺蛙見之識。謬語同心。虛赤幟於詞壇。以待將來作者。能於此種艱難文字顯出奇能。字字在聲音律法之中。言言無資格拘攣之苦。如蓮花生在火上。仙叟弈於橘中。始爲盤根錯節之才。八面玲瓏之筆。壽名千古。衾影何慚。而千古上下之題品文藝者。看到傳奇一種。當易心換眼。別置典型。要知此種文字。作之可憐。出之不易。其楮墨筆硯非同己物。有如假自他人。耳目心思。效用不能。到處爲人掣肘。非若詩賦古文。容其得意疾書。不受神牵鬼制者。七分佳處。便有許作十分。若到十分。卽可敵他種文字之二十分矣。予非左袒詞家。實欲主持公道。如其不信。但請作者同拈一題。先作文一篇。或詩一首。再作填詞一曲。試其孰難孰易。誰拙誰工。即知予言之不謬矣。然難易自知。工拙必須人辨。

詞曲中音律之壞。壞於南西廂。凡有作者。當以之爲戒。不當取之爲法。非止音律。文藝亦然。請詳言之。填詞除雜劇不論。止論全本。其文字之佳。音律之妙。未有過於北西廂者。自南本一曲。遂變極佳者爲極不佳。極妙者爲極不妙。推其初意。亦有可原。不過因北本爲詞曲之豪。人人贊羨。但有被之管絃。不便奏諸場上。但宜於弋陽四平等俗優。不便强施於崑調。以係北曲而非南曲也。茲請先言其故。北曲一折。止隸一人。雖有數人在場。其曲止出一口。從無互歌迭詠之事。弋陽四平等腔。字多音少。一洩而盡。又有一人啟口。數人接腔者。名為一人。實出眾口。故演北西廂甚易。崑調悠長。一字可抵數字。每唱一曲。又必一人始之。一人終之。無可助一臂者。以長江大河之全曲。而專責一人。即有銅喉鐵齒。不能勝此重任乎。此北本雖佳。吳音不能奏也。作南西廂者意在補此缺陷。遂割裂其詞。增添其白。易北為南。撰成此劇。亦可謂善用古人。喜傳佳事者矣。然自予論之。此人之於作者。可謂功之首而罪之魁矣。所謂功之首者。非得此人。則俗優競演。雅調無聞。作者苦心。雖傳實沒。所謂罪之魁者。千金狐腋。剪作鴻毛。一片精金。點成頑石。若是者何。以其有用古之心而無其具也。今之觀演此劇者。但知關目動人。詞曲悅耳。亦曾細嘗其味。深繹其詞乎。使讀書作古之人取西廂南本一閱。句櫛字比。未有不廢卷掩鼻。而怪穢氣薰人者也。若曰詞曲。情文不浹。以其就北本增刪。割彼湊此。自難貼合。雖有才力無所施也。然則賓白之文。皆由己作。並未依傍原本。何以有才不用。有力不施。而爲俗口鄙惡之談。以穢聽者之耳乎。且曲文之中。儘有不就原本增刪。或自填一折以補原本之缺略。自撰一曲以作諸曲之過文者。此則束縛無人。操縱由我。何以有才不用。有力不施。亦作勉强支吾之句。以混觀者之目乎。使王實甫復生看演此劇。非狂叫怒駡。索改本而付之祝融。即痛哭流涕。對原本而悲其不幸矣。嘻。續西廂者之才。去作西廂者。止爭一間。觀者羣加非議。謂驚夢以後諸曲。有如狗尾續貂。以彼之才。較之作南西廂者。豈特奴婢之於郎主。直帝王之視乞丐。乃今之觀者。彼施責備。而此獨包容。已不可解。且令家戸戸祝。居然配饗琵琶。非特實甫呼冤。且使則誠號屈矣。予生平最惡弋陽四平劇。見則趨而避之。但聞其搬演西廂。則樂觀恐後。何也。以其腔調雖惡。而曲文未改。仍是完全不破之西廂。非改頭換面。折手跛足之西廂也。南本則聾瞽喑啞。馱背折腰諸惡狀。無一不備於身矣。此但責其文詞。未究音律。從來詞曲之旨。首嚴宮調。次及聲音。次及字格。九宮十三調。南曲之門戸也。小齣可以不拘。其成套大曲。則分明別戸。各有依歸。非但彼此不可通融。次第亦難紊亂。此劇只因改北成南。逆變盡詞場格局。或因前曲與前曲字句相同。前曲與後曲體裁不合。遂向別宮別調。

隨取一曲以聯絡之。此宮調之不能盡合也。或彼曲與此曲牌名巧湊。其中但有一二句字數不符。如其可增可減。即增減就之。否則任其多寡。以解補湊不來之厄。此字格之不能盡符也。至於平仄陰陽與逐句所叶之韻。較此二者。其難十倍。誅之將不勝誅。此聲音之不能盡叶也。詞家所重在此三者。而三者之弊未嘗缺一。能使天下相傳。久而不廢。豈非咄咄怪事乎。更可異者。近日詞人因其熟于梨園之口。習于觀者之目。謂此曲第一。當行可以取法。用作曲譜。所填之詞。凡有不合成律者。他人執而訊之。則曰。我用南西廂某折作對子。如何得錯。噫。玷西廂名目者此人。壞詞場矩度者此人。誤天下後世之蒼生者亦此人也。此等情弊。予不急爲拈出。則南西廂之流毒當至何年何代而已乎。

向在都門。魏貞菴相國。取崔鄭合葬墓誌銘示予。命予作北西廂翻本以正從前之謬。予謝不敏。謂天下已傳之書。無論是非可否。悉宜聽之。不當奮其死力與較短長。較之而非。舉世起而非我。即較之而是。舉世亦起而非我。何也。貴遠賤近。慕古薄今。天下之通情也。誰肯以千古不朽之名人。抑之使出時流下。彼文足以傳世。業有明徵。我力足以降人。尚無實據。以無據敵有徵。其敗可立見也。時龔芝麓先生亦在座。與貞菴相國均以予言為然。向有一人欲改北西廂。又有一人欲續水滸傳同商於余。余曰。西廂非不可改。水滸非不可續。然無奈二書已傳。萬口交贊。其高踞詞壇之坐位。業如泰山之穩。磐石之固。欲遽叱之使起。而讓席於余。此萬不可得之數也。無論所改之西廂。所續之水滸。未必可繼後塵。即使高出前人數倍。吾知舉世之人。不約而同。皆以續貂蛇足四字。爲新作之定評矣。二人唯唯而去。此予由衷之言。向以誡人。而今不以之繩己。動數前人之過者。其意何居。曰。存其是也。放鄭聲者。非絀鄭聲。存雅樂也。闢異端者。非讐異端。存正道也。子之力斥南西廂。非讐南西廂。欲存北西廂之本來面目也。若謂前人盡不可議。前書盡不可毀。則楊朱墨翟。亦是前人。鄭聲未必無底本。有之亦是前書。何以古聖賢放之闢之。不遺餘力哉。予又謂北西廂不可改。南西廂則不可不翻。何也。世人喜觀此劇。非故嗜痂。因此劇之外。別無善本。欲覩崔張舊事。舍此無由。地之硃砂。赤土爲佳。南西廂之得以浪傳。職是故也。使得一人焉。起而痛反其失。別出新裁。創為南本。師實甫之意。而不必更襲其詞。祖漢卿之心。而不獨僅續其後。若與北西廂角勝爭雄。則可謂難之又難。若止與南西廂賭長較短。則猶恐屑而不屑。予雖乏才。請當斯任。救饑有暇。當卽拈毫。

南西廂翻本既不可無。予又因此及彼。而有志於北琵琶一劇。蔡中郎夫婦之傳。既以琵琶得名。則琵琶二字。乃一篇之主。而當年作者。何以僅標其名。不見拈弄其實。使趙五娘描容之後。果然身背琵琶往別張太公。彈出北曲哀聲一大套。使觀者聽者涕泗橫流。豈非琵琶記中一大暢事。而當年見不及此者。豈元人各有所長。工南詞者不善製北曲耶。使王實甫作琵琶。吾知與千載後之李笠翁必有同心矣。予雖乏之才。亦不敢不當斯任。向填一折付優人。補則誠原本之不逮。茲已附入四卷之末。尚思擴爲全本以備詞人採擇。如其可用。譜爲絃索新聲。若是則南西廂北琵琶二書可以並行。雖不敢望追踪前哲。並轡時賢。但能保與自手所填諸曲。如已經行世之前後八種及已填未刻之內外八種。合而較之。必有淺深疎密之分矣。然著此二書。必須杜門累月。竊恐饑來驅人。勢不由我。安得雨珠雨粟之天。爲數十口家人籌生計乎。傷哉貧也。

恪守詞韻　一齣用一韻到底。半字不容出入。此爲定格。舊曲韻雜。出入無常者。因其法制未備。原無成格可守。不足怪也。既有中原音韻一書。則有畛域畫定。寸步不容越矣。常見文人製曲。一折之中。定有一二出韻之字。非曰明知故犯。以偶得好句不在韻中。而又不肯割愛。故勉强入之。以快一時之目者也。杭有才人李孚中者。所製綰春園息宰河二劇。不施浮采。純用白描。大是元人後勁。予初閱時。不忍釋卷。及考其聲韻。則一無定軌。不惟偶犯數字。竟以寒山桓歡二韻。合爲一處用之。又有以支思齊微魚模三韻並用者。甚至以眞文庚侵尋三韻。不論開口閉口。同作一韻用者。長於用才而短於擇術。致使佳調不傳。殊可痛惜。夫作詩塡詞同一理也。未有沈休文詩韻以前。大同小異之韻。或可叶入詩中。既有此書。卽三百篇之風人復作。亦當俯就範圍。李白詩仙。杜甫詩聖。其才豈出沈約下。未聞以才思縱橫而躍出韻外。

況其他乎。設有一詩於此。言言中的。字字驚人。而以一東二冬並叶。或三江七陽互施。吾知司選政者必加擯黜。豈有以才高句美。而破格收之者乎。詞家繩墨。只在譜韻二書。合譜合韻。方可言才。不則八斗難克升合。五車不敵片紙。雖多雖富。亦奚以爲。

凜遵曲譜　曲譜者。填詞之粉本。如婦人之刺繡之花樣也。描一朵。刺一朵。畫一葉。繡一葉。拙者不可稍減。巧者亦不能略增。然花樣無定式。儘可日異月新。曲譜則愈舊愈佳。稍稍趨新。則以毫釐之差。而成千里之謬。情事新奇百出。文章變化無窮。總不出譜內刊成之定格。是束縛文人而使有才不得自展者。曲譜是也。私厚詞人而使有才得以獨展者。亦曲譜是也。使曲無定譜。亦可日異月新。則凡屬淹通文藝者。

皆可填詞。何元人我輩之足重哉。依樣畫葫蘆一語。
竟似爲填詞而發。妙在依樣之中。別出好歹。稍有一
綫之出入。則葫蘆體樣不圓。非近於方則類乎匾矣。
葫蘆豈易畫者哉。明朝三百年。善畫葫蘆者。止有湯
臨川一人。而猶有病其聲韻偶乖。字句多寡之不合
者。甚矣畫葫蘆之難。而一定之成樣不可擅改也。
曲譜無新。曲牌名有新。蓋詞人好奇嗜巧。而又不得
展其技倆。無可奈何。故以二曲三曲合爲一曲。鎔鑄
成名。如金索掛梧桐。傾盃賞芙蓉。倚馬待風雲之類
是也。此皆老於詞學。文人善歌者能之。不則上調不
接下調。徒授歌者揶揄。然音調雖協。亦須文理貫通。
始可串離使合。如金絡索梧桐樹。是兩曲串爲一曲。
而名曰金索掛梧桐。以金索掛樹。是情理所有之事

也。傾盃序玉芙蓉是兩曲串爲一曲。而名曰傾盃賞芙蓉。傾盃酒而賞芙蓉。雖係捏成。猶口頭語也。駐馬聽。一江風。駐雲飛。是三曲串爲一曲。而名曰倚馬待風雲。倚馬而待風雲之會。此語入詩文中。亦自成句。凡此皆係有倫有脊之言。雖巧而不厭其巧。竟有只顧串合。不詢文義之通塞。事理之有無。生扭數字作曲名者。殊失顧名思義之體。反不若前人不列名目。只以犯字加之。如本曲江兒水。而串入二別曲。則曰二犯江兒水。本曲集賢賓。而串入三別曲。則曰三犯集賢賓。又有以攤破二字概之者。如本曲簇御林。本曲錦地花。而串入別曲。則曰攤破簇御林錦地花之類。何等渾然。何等藏拙。更有以十數曲串爲一曲而標以總名。如六犯清音七賢過關九迴腸十二峯之類。更覺渾雅。予謂串舊作新。終是填詞未着。只求文字好。音律正。卽牌名舊殺。終覺新奇可喜。如以極新極美之名。而塡以庸腐乖張之曲。誰其好之。善惡在實。不在名也。

魚模當分　詞曲韻書。止靠中原音韻一種。此係北韻。非南韻也。十年之前。武林陳次升先生。欲補此缺陷。作南詞音韻一書。工垂成而復輟。殊爲可惜。予謂南韻深渺。卒難成書。塡詞之家。卽將中原音韻一書。就平上去三音之中。抽出入聲字。另爲一聲。私置案頭。亦可暫備南詞之用。然此猶可緩。更有急於此者。則魚模一韻。斷宜分別爲二。魚之與模。相去甚遠。不知周德清當日。何故比而同之。豈倣沈休文詩韻之例。以元繁孫三韻。合爲十三元之一韻。必欲於純中示雜。以存大音希聲之一綫耶。無論一曲數音。聽到歇脚處。覺其散漫無歸。即我輩置之案頭。自作文字讀。亦覺字句聱牙。聲韻逆耳。倘有詞學專家。欲其文字與聲音媲美者。當令魚自魚而模自模。兩不相混。斯爲極妥。即不能全齣皆分。或每曲各爲一韻。如前曲用魚。則用魚韻到底。後曲用模。則用模韻到底。猶之一詩一韻。後不用前。亦簡便可行之法也。自愚見推之。作詩用韻。亦當倣此。另鈔元字一韻。區別爲三。拈得十三元者。首句用元。則用元韻到底。凡涉繁孫二韻者勿用。拈得繁孫者亦然。出韻則犯詩家之忌。未有以用韻太嚴。而反來指謫者也。

廉監宜避

侵尋監咸廉纖三韻。同屬閉口之音。而侵尋一韻。較之監咸廉纖。獨覺稍異。每止收音處。侵尋閉口而其音猶帶淸亮。而監咸廉纖二韻。則微有不同。此二韻者。以作急板小曲則可。若塡悠揚大套之詞。則宜避之。西廂不念法華經不理梁王懺一折。用之者以出惠明口中聲口恰相合耳。此二韻宜避者不止單爲聲音。以其一韻之中可用者不過數字。餘皆險韻鞻生備而不用者也。若惠明曲中之揝字。攙字。燀字。臢字。餡字。蘸字。颭字。惟惠明可用亦惟才大如天之王實甫能用。以第二人作西廂。卽不敢用此險韻矣。初學塡詞者不知。每於一折開手處誤用此韻。致累全篇無好句。又有作不終篇。棄去此韻而另作者。失計妨時。故用韻不可不擇。

拗句難好　音律之難。不難於鏗鏘順口之文。而難於倔彊聱牙之句。鏗鏘順口者。如此字聲韻不合。隨取一字換之。縱橫順逆。皆可成文。何難一時數曲。至於掘彊聱牙之句。即不拘音律。任意揮寫。尚難見才。況有清濁陰陽。及明用韻。暗用韻。又斷斷不宜用韻之成格。死死限在其中乎。詞名之最易填者。如皂羅袍。醉扶歸。解三醒。步步嬌。園林好。江兒水等曲。韻脚實多。字句雖有長短。然讀者順口。作者自能隨筆。即有一二句宜作拗體。亦如詩內之古風。無才者處此。亦能勉力見才。至如小桃紅。下山虎等曲。則有最難下筆之句矣。幽閨記小桃紅之中段云。輕輕將袖兒掀。露春纖。盞兒拈。低嬌面也。每句只三字。末句叶韻。而每句之第二字。又斷該用平。不可用仄。此等處。似難而尚未盡難。其下山虎云。大人家體面。委實多般。有眼何曾見。懶能向前。弄盞傳杯。恁般腼腆。這裏新人忒殺虔待推怎地展。主婚人不見憐。配合夫妻事。事非偶然好惡姻緣總在天。只須懶能向前待推怎地展。事非偶然之三句。便能攬斷詞腸懶能向前。事非偶然二句。每句四字。兩平兩仄。末字叶韻。待推怎地展一句五字。末字叶韻。五字之中平居其一。仄居其四。此等拗句。如何措手。南曲中此類極多。其難有十倍於此者。若逐個牌名援引。則不勝其繁。而觀者厭矣。不引一二處。定其難易。人又未必盡曉。茲只隨拈舊詩一句。顛倒聲韻以喻之。如雲淡風清近午天。此等法句。自然容易見好。若變爲風輕雲淡近午天。則雖有好句。不奪目矣。況風輕雲淡近午天七字之中。未必言言合律。或是陰陽相左。或是平仄相乖。必須再易數字。始能合拍。或改爲風輕雲淡午近天。或又改爲風輕午近雲天淡。此等句法。揆之音律。則或諧矣。若以文理繩之。尚得名爲詞曲乎。海內觀者肯曰此句爲音律所限。自難求工。姑爲體貼人情之善念而忽之乎。曰。不能也。既曰不能。則作者將刪去此句而不作乎。抑自創一格。而暢我所欲言乎。曰。亦不能也。然則攻此道者亦甚難矣。變難成易。其道何居。曰。有一方便法門。詞人或有行之者。未必盡有知之者。行之者偶然合拍。如路逢故人。出之不意。非我知其在路而往投之也。凡作倔彊聱牙之不合句。自造新言。只當引用成語。成語在人口頭。即稍更數字。略變聲音。念來亦覺順口。新造之句。一字聱牙。非止念不順口。且令人不解其意。今亦隨拈一二句試之。如柴米油鹽醬醋茶。口頭語也。試變爲油鹽柴米醬醋茶。或再變爲醬醋油鹽柴米茶。未有不明其義不辨其聲者。東邊日出西邊雨。道是無情卻有情。口頭語也。試將上句變爲日出東邊西邊雨。下句變爲道是有情卻無情。亦未有不明其義。不辨其聲者。若使新造之言。而作此等拗句。則幾與海外方言無別。必經重譯而後知之矣。卽取前引幽閨之二句。定其工拙。懶能向前。事非偶然。二句。皆拗體也。懶能向前一句。係作者新構。此句便覺生澀。讀不順口。事非偶然一句。係家常俗語。此句便覺自然。讀之溜亮。豈非用成語易工。作新句難好之驗乎。予作傳奇文數十種。所謂三折肱爲良醫。此折肱語也。因覓知音。盡傾肝膈。孔子云。益者三友。友直。友諒。友多聞。多聞吾不敢居。請自呼爲直諒。

合韻易重　句末一字之當叶者。名爲韻脚。一曲之中。有幾韻脚。前後各別。不可犯重。此理誰不知之。誰其犯之。所不盡知而易犯者。惟有合前數句。茲請先言合前之故。同一牌名而爲數曲者。止於首隻列名。其後在南曲則曰前腔。在北曲則曰么篇。猶詩題之有其二其三其四也。末後數語。有前後各別者。有前後相同。不復另作。名爲合前者。此雖詞人躲懶法。然付之優人。實有二便。初學之前。少讀數句新詞。省費幾番記憶。一便也。登場之際。前曲各人分唱。合前之曲。必通場合唱。既省精神。又不寂寞。二便也。然合前之韻脚。最易犯重。何也。大凡作首曲。則知查韻用過之字。不肯復用。迨做到第二三曲。則止圖省力。但做前詞。不顧後語。置合前數句於度外。謂前曲已有。不必費心。而烏知此數句之韻脚。在前曲則語語各別。湊入此曲。焉知不有偶合者乎。故作前腔之曲。而有合前之句者。必將末後數句之韻脚。緊記在心。不可復用。作完之後。又必再查。始能不犯此病。此就韻脚而言也。韻脚犯重。猶是小病。更有大於此者。則在詞意與人不相合。何也。合前之曲。既使同唱。則此數句之詞意。必有同情。如生旦淨丑四人在場。生旦之意如是。淨丑之意亦如是。卽可謂之同情。卽可使之同唱。若生旦如是。淨丑未盡如是。則兩情不一。已無同唱之理。況有生旦如是。淨丑必不如是。則豈有相反之曲而同唱者乎。此等關竅。若不經人道破。則填詞之家。既顧陰陽平仄。又謂角徵宮商。心緒萬端。豈能復籌及此。予作是編。其於詞學之精微。則萬不得一。

如此等麤淺之論。則可謂知無不言。言無不盡者矣。後來作者。當錫予一字。命曰詞奴。以其爲千古詞人。嘗效紀綱奔走之力也。

塡用上聲　平上去入四聲。惟上聲一音最別。用之詞曲。較他音獨低。用之賓白。又較他音獨高。塡詞者每用此聲。最宜斟酌。此聲利於幽靜之詞。不利於發揚之曲。卽幽靜之詞。亦宜偶用間用。切忌一句之中。連用二三四字。蓋曲到上聲字。不求低而自低。不低則此字唱不出口。如十數字高而忽有一字之低。亦覺抑揚有致。若重複數字皆低。則不特無音。且無曲矣。至於發揚之曲。每到喫緊關頭。卽當用陰字。而易以陽字。尚不發調。況爲上聲之極細者乎。予嘗謂物有雌雄。字亦有雌雄。平去入三聲以及陰字。乃字與聲之雄飛者也。上聲及陽字。乃字與聲之雌伏者也。此理不明。難於製曲。初學填詞者。每犯抑揚倒置之病。其故何居。正爲上聲之字入卽低而人曰反高耳。詞人之能度曲者。世間頗少。其握管撚髭之際。大約口內吟哦。皆同說話。每逢此字卽作高聲。且上聲之字。出口最亮。入耳極清。因其高而且清。清而且亮。自然得意疾書。孰知唱曲之道。與此相反。念來高者唱出反低。此文人妙曲。利於案頭而不利於場上之通病也。非笠翁爲千古癡人。不分一毫人我。不留一點渣滓者。孰肯盡出家私底蘊。以博慷慨好義之虛名乎。

少填入韻　入聲韻脚。宜於北而不宜於南。以韻脚一字之音。較他字更須明亮。北曲止有三聲。有平上去而無入用入聲字作韻脚。與用他聲無異也。南曲四聲俱備。遇入聲之字。定宜唱作入聲。稍類三音。即同北調矣。以北音唱南曲可乎。予每以入韻作南詞。隨口念來。皆似北調。是以知之。若填北曲。則莫妙於此。一用入聲。即是天然北調。然入聲韻脚。最易見才。而又最難藏拙。工於入韻。即是詞壇祭酒。以入韻之字。雅馴自然者少。麄俗倔彊者多。塡詞老手。用慣此等字樣。始能點鐵成金。淺乎此者。運用不來。鎔鑄不出。非失之太生。則失之太鄙。但以西廂琵琶二劇較其短長。作西廂者。工於北調。用入韻是其所長。如鬧會曲中。二月春雷響殿角。早成就幽期密約。內性兒聰明。冠世才學。扭揑着身子。百般做作。角字約字學字。作字。何等馴雅。何等自然。琵琶工於南曲。用入韻是其所短。如描容曲中兩處甚悲。萬愁怎摸。愁是何物。而可摸乎。入聲韻脚。宜北不宜南之論。蓋爲初學者設。久於此道而得三昧者。則左之右之。無不宜之矣。

別解務頭　塡詞者必講務頭。然務頭二字。千古難明。嘯餘譜中載務頭一卷。前後臚列。豈止萬言。究竟務頭二字。未經說明。不知何物。止於卷尾開列諸舊曲。以爲體樣。言某曲中第幾句是務頭。其間陰陽不可混用。去上上去等字。不可混施。若跡此求之。則除却此句之外。其平仄陰陽。皆可混用混施而不論矣。又云某句是務頭。可施俊語於其上。若是則一曲之中。止該用一俊語。其餘字句。皆可潦草塗鴉。而不必計其工拙矣。予謂立言之人。與當權秉軸者無異。政令之出。關乎從違。斷斷可從。而後使民從之。稍背於此者。即在當違之列。鑿鑿能信。始可發令措詞。又須言之極明。論之極暢。使人一目了然。今單提某句爲務頭。謂陰陽平仄。斷宜加嚴。俊語可施於上。此言未嘗不是。其如舉一廢百。當從者寡。當違者衆。是我欲加嚴。而天下之法律。反從此而寬矣。況又囁嚅其詞。呑多呑少。何所取義。而稱爲務頭。絕無一字之詮釋。然則葫蘆提三字。何以服天下。吾恐狐疑者讀之愈重其狐疑。明了者觀之頓喪其明了。非立言之善策也。予謂務頭二字。既然不得其解。只當以不解解之。曲中有務頭。猶棋中有眼。有此則活。無此則死。進不可戰。退不可守者。無眼之棋。死棋也。看不動情。唱不發調者。無務頭之曲。死曲也。一曲有一曲之務頭。一句有一句之務頭。字不聱牙。音不泛調。一曲中得此一句。卽使全曲皆靈。一句中得此一二字。卽使全句皆健者。務頭也。由此推之。則不特曲有務頭。詩詞歌賦。以及舉子業。無一不有務頭矣。人亦照譜按格。發舒性靈。求爲一代之傳書而已矣。豈得爲謎語欺人者所惑。而阻塞詞源。使不得順流而下。

賓白第四

自來作傳奇者。止重塡詞。視賓白爲末着。常有白雪陽春其調。而巴人下里其言者。予竊怪之。原其所以輕此之故。殆有說焉。元以塡詞擅長。名人所作。北曲多而南曲少。北曲之介白者。每折不過數言。卽抹去賓白而止閱塡詞。亦皆一氣呵成。無有斷續。似併此數言。亦可略而不備者。由是觀之。則初時止有塡詞。

其介白之文。未必不係後來添設。在元人則以當時所重。不在於此。是以輕之。後來之人。又謂元人尚在不重。我輩工此何爲。遂不覺日輕一日。而竟置此道於不講也。予則不然。嘗謂曲之有白。就文字論之。則有經文之於傳註。就物理論之。則如棟樑之於榱桷。就人身論之。則如肢體之於血脈。非但不可相無。且覺稍有不稱。即因此賤彼。竟作無用觀者。故知賓白一道。當與曲文等視。有最得意之曲文。即當有最得意之賓白。但使筆酣墨飽。其勢自能相生。常有因得一句好白。而引起無限曲情。又有因填一首好詞。而生出無窮話柄者。是文與文自相觸發。我止樂觀厥成。無所容其思議。此係作文恆情。不得幽渺其說。而作化境觀也。

聲務鏗鏘

賓白之學。首務鏗鏘。一句聱牙。俾聽者耳中生棘。數言清亮。使觀者倦處生神。世人但以音韻二字。用之曲中。不知賓白之文。更宜調聲協律。世人但知四六之句。平間仄。仄間平。非可混施疊用。不知散體之文。亦復如是。平仄仄平平仄仄仄平平仄仄平平數語。乃千古作文之通訣。無一語一字可廢聲音者也。如上句末一字用平。則下句末一字定宜用仄。連用二平。則聲帶喑啞。不能聳聽。下句末一字用仄。則接此一句之上句。其末一字定宜用平。連用二仄。則音類咆哮。不能悅耳。此言通篇之大較。非逐句逐字皆然也。能以作四六平仄之法。用於賓白之中。則字字鏗鏘。人人樂聽。有金聲擲地之評矣。

聲務鏗鏘之法。不出平仄仄平二語是已。然有時連用數平或連用數仄明知聲欠鏗鏘而限於情事欲改平爲仄改仄爲平而決無平聲仄聲之字可代者此則千古詞人未窮其秘予以探驪覓珠之苦入萬丈深潭者既久而後得之以告同心雖示無私然未免可惜字有四聲平上去入是也平居其一仄居其三是上去入三聲皆麗於仄而不知上之爲聲雖與去入無異而實可介於平仄之間以其別有一種聲音較之於平則略高比之去入則又略低古人造字審音使居平仄之介明明是一過文由平至仄從此始也譬如四方聲音到處各別吳有吳音越有越語相去不啻天淵而一至接壤之處則吳越之音相半吳人聽之覺其同越人聽之亦不覺其異晉楚燕秦以至黔蜀在在皆然此卽聲音之過文猶上聲介於

平去入之間也。作賓白者。欲求聲韻鏗鏘。而限於情事。求一可代之字而不得者。即當用此法以濟其窮。如兩句三句皆平。或兩句三句皆仄。求以可代之字而不得。即用一上聲之字。介乎其間。以之代平可以之代去入亦可。如兩句三句皆平。間一上聲之字。則其聲是仄。不必言矣。即兩句三句皆去聲入聲。而間一上聲之字。則其字明明是仄而却似平。令人聽之。不知其爲連用數仄者。此理可解而不可解。此法可傳而實不當傳。一傳之後。則遍地金聲。求一瓦缶之鳴而不可得矣。

語求肖似　文字之最豪宕。最風雅。作之最健人脾胃者。莫過塡詞一種。若無此種。幾於悶殺才人。困死豪傑。予生憂患之中。處落魄之境。自幼至長。自長至老。總無一刻舒眉。惟於製曲塡詞之頃。非但鬱藉以舒。慍爲之解。且嘗僭作兩間最樂之人。覺富貴榮華。其受用不過如此。未有眞境之爲所欲爲。能出幻境縱橫之上者。我欲做官。則頃刻之間便臻榮貴。我欲致仕。則轉盼之際又入山林。我欲作人間才子。卽爲杜甫李白之後身。我欲娶絕代佳人。卽作王嬙西施之元配。我欲成仙作佛。則西天蓬島。卽在硯池筆架之前。我欲盡孝輸忠。則君治親年。可躋堯舜彭籛之上。非若他種文字。欲作寓言。必須遠引曲譬。蘊藉包含。十分牢騷。還須留住六七分。八斗才學。止可使出二三升。稍見和平。略施縱送。卽謂失風人之旨。犯佻達之嫌。求爲家絃戶誦者難矣。塡詞一家。則惟恐其蓄而不言。言之不盡。是則是矣。須知暢所欲言。亦非易事。言者。心之聲也。欲代此一人立言。先以代此一人立心。若非夢往神遊。何謂設身處地。無論立心端正者。我當設身處地。代生端正之想。即遇立心邪辟者。我亦當舍經從權。暫爲邪辟之思。務欲心曲隱微。隨口唾出。說一人。肖一人。勿使雷同。弗使浮泛。若水滸傳之敘事。吳道子之寫生。斯稱此道中之絕技。果能若此。即欲不傳。其可得乎。

詞別繁減　傳奇中賓白之繁。實自予始。海內知我者與罪我者半。知我者曰。從來賓白作說話觀。隨口出之即是。笠翁賓白當文章做。字字俱費推敲。從來賓白只要紙上分明。不顧口中順逆。常有觀刻本極其透徹。奏之場上便覺糊塗者。豈一人之耳目。有聰明瞢瞶之分乎。因作者只顧揮毫。並未設身處地。既以口代優人。復以耳當聽者。心口相維。詢其可說不可說。中聽不中聽。此其所以判然之故也。笠翁手則握筆。口卻登場。全以身代梨園。復以神魂四繞。考其關目。試其聲音。好則直書。否則擱筆。此其所以觀聽咸宜也。羿我者曰。塡詞既曰塡詞。卽當以詞爲主。賓白既名賓白。明言白乃其賓。奈何反主作客。而犯樹大於根之弊乎。笠翁曰。始作俑者實實爲予。責之誠是也。但其敢於若是。與其不得不若是者。則均其說焉。請先白其不得不若是者。前人賓白之少。非有一定當少之成格。蓋彼只以塡詞自任。留餘地以待優人。謂引商刻羽我爲政。飾聽美觀彼爲政。我以約略數言。示之以意。彼自能增益成文。如今世之演琵琶西廂荊劉拜殺等曲。曲則仍之。其間賓白科諢等事。

有幾處合於原本。以寥寥數言塞責者乎。且作新與演舊有別。琵琶西廂荊劉拜殺等曲。家絃戶誦已久。童叟男婦。皆能備悉情由。即使一句賓白不道。止唱曲文。觀者亦能默會。是其賓白繁減。可不問也。至於新演一劇。其間情事。觀者茫然。詞曲一道。止能傳聲不能傳情。欲觀者悉其顛末洞其幽微。單靠賓白一着。予非不圖省力。亦留餘地以待優人。但優人之中。智愚不等。能保其增益成文者。悉如作者之意。毫無贅疣蛇足於其間乎。與其留餘地以待增。不若留餘地以待減。減之不當。猶存作者深心之半。猶病不服藥之得中醫也。此予不得不若是之故也。至其敢於若是者。則謂千古文章。總無定格。有創始之人。即有守成不變之人。有守成不變之人。即有大仍其意。小變其形。自成一家。而不顧天下非笑之人。古來文字之正變爲奇。奇翻爲正者。不知凡幾。吾不具論。止以多寡增益之數論之。左傳國語。紀事之書也。每一事不過數行。每一語不過數字。初時未病其少。殆班固之作漢書。司馬遷之爲史記。亦紀事之書也。遂益數行爲數十百行。數字爲數十百字。豈有病其過多而廢史記漢書於不讀者乎。此言少之可變爲多也。詩之爲道。當日但有古風。古風之體。多則數十百句。少亦數十句。初時亦未病其多。殆近體一出。則約數十百句爲八句。絕句一出。又斂八句爲四句。豈有病其漸少。而選詩之家。止載古風。刪近體絕句於不錄者乎。此言多之可變爲少也。總之文字短長。視其人之筆性。筆性遒勁者。不能强之使長。筆性縱肆者。不能縮之使短。文患不能不能長。又患其可以不長而必欲使之長。如其能長而又使人不可刪逸。則雖爲賓白中之古風史漢。亦何患哉。予則烏能當此。但爲糠粃之導。以俟後來居上之人。

予之賓白雖有微長。然初作之時。竿頭未進。常有當儉不儉因留餘幅以俟剪裁。遂不覺流爲散漫者。自今觀之。皆吳下阿蒙手筆也。如其天假以年。得於所傳十種之外。別有新詞。則能保爲犬夜鷄晨。鳴乎其所當鳴。默乎其所不得不默者矣。

字分南北

北曲有北音之字。南曲有南音之字。如南音自呼爲我。呼人爲你。北音呼人爲您。自呼爲俺爲咱之類是也。世人但知曲內宜分。烏知白隨曲轉。不應兩截。此一折之曲爲南。則此一折之白。悉用南音之字。此一折之曲爲北。則此一折之白。悉用北音之字。時人傳奇。多有混用者。即能間施於淨丑。不知加嚴於生旦。止能分用於男子。不知區別於婦人。以北字近於麤豪。易入剛勁之口。南音悉多嬌媚。便施窈窕之人。殊不知聲音駁雜。俗語呼爲兩頭蠻。說話且然。況登場演劇乎。此論爲全套南曲全套北曲者言之。南北相間。如新水令步步嬌之類。則在所不拘。

文貴潔淨　白不厭多之說。前論極詳。而此復言潔淨。潔淨者。簡省之別名也。潔則忌多。減始能淨。二說不無相悖乎。曰。不然。多而不覺其多者。多即是潔。少而尚病其多者。少亦近蕪。予所謂多。謂不可刪逸之多。非唱沙作米。强鳧變鶴之多也。作賓白者。意則期多。字惟求少。愛雖難割。嗜亦宜專。每作一段。即自刪一段。萬不可刪者始存。稍有可削者卽去。此言逐齣初填之際。全稿未脫之先。所謂愼之於始也。然我輩作文。常有人以爲非而自認作是者。又有初信爲是。而後悔其非者。文章出自己手。無一非佳。詩賦論其初成。無語不妙。迨易日經時之後。取而覯之。則妍媸好醜之間。非特人能辨別。我亦自解雌黃矣。此論雖說填詞。實各種詩文之通病。古今才士之恆情也。凡作傳奇。當於開筆之初。以至脫稿之後。隔日一刪。逾月一改。始能淘沙得金。無瑕瑜互見之失矣。此說予能言之不能行之者。則人與我各分其咎。予終歲饑驅。杜門日少。每有所作。率多草草成篇。章名急就。非不欲刪。非不欲改。無可刪可改之時也。每成一劇。纔落毫端。卽爲坊人攫去。下半猶未脫稿。上半業已災梨。非止災梨。彼伶工之捷足者。又復災其肺腸。災其唇舌。遂使一成不改。終爲痼疾難醫。予非不務潔淨。天實使之。謂之何哉。

意取尖新　纖巧二字。行文之大忌也。處處皆然。而獨不戒於傳奇一種。傳奇之爲道也。愈纖愈密。愈巧愈精。詞人忌在老實。老實二字。即纖巧之讎家敵國也。然纖巧二字。爲文人鄙賤已久。言之似不中聽。易以尖新二字。則似變瑕成瑜。其實尖新即是纖巧。猶之暮四朝三。未嘗稍異。同一語也。以尖新出之。則令人眉揚目展。有如聞所未聞。以老實出之。則令人意懶心灰。有如聽所不必聽。自有尖新之文。文有尖新之句。句有尖新之字。則列之案頭。不觀則已。觀則欲罷不能。奏之場上。不聽則已。聽則求歸不得。尤物足以移人。尖新二字。即文中之尤物也。

少用方言　塡詞中方言之多。莫過於西廂一種。其餘今詞古曲。在在有之。非止詞曲。即四書之中。孟子一書。亦有方言。天下不知。而予獨知之。予讀孟子五十餘年不知。而今知之。請先畢其說。兒時讀自反而縮。雖褐寬博。吾不惴焉。觀朱註云。褐賤者之服。寬博。寬大之衣。心甚惑之。因生南方。南方衣褐者寡。間有服者。强半富貴之家。名雖褐而實則羢也。因訓蒙師。謂褐乃貴人之衣。胡云賤者之服。既云賤矣。則當從約。短一尺。省一尺購辦之資。少一寸。免一寸縫紉之力。胡不窄小其製。而反寬大其形。是何以故。師默然不答。再詢則顧左右而言他。具此狐疑。數十年未解。及近游秦塞。見其土著之民。人人衣褐。無論絲羅罕

珍倣宋版印

觀。卽見一二衣布者。亦類空谷足音。因地寒不毛。止以牧養自活。織牛羊之毛以爲衣。又皆麤而不密。其形似毯。誠哉其爲賤者之服。非若南方貴人之衣也。又見其寬則倍身。長復掃地。卽而訊之。則曰。此衣之外。不復有他衫裳襦袴。總以一物代之。日則披之當服。夜則擁以爲衾。非寬不能周遭其身。非長不能盡覆其足。魯論必有寢衣長一身有半。卽是類也。予始翻然大悟曰。太史公著書必遊名山大川。其斯之謂歟。蓋古來聖賢多生西北。所見皆然。故方言隨口而出。朱文公南人也。彼烏知之。故但釋字義。不求甚解。使千古疑團。至今未破。非予遠遊絕塞。親覿其人。烏知斯言之不謬哉。由是觀之。四書之文猶不可盡法。況西廂之爲詞曲乎。凡作傳奇。不宜頻用方言。令人不解。近日填詞家。見花面登場。悉作姑蘇口吻。遂以此爲成律。每作淨丑之白。卽用方言。不知此等聲音。止能通於吳越。過此以往。則聽者茫然。傳奇天下之書。豈僅爲吳越而設。至於他處方言。雖云入曲者少。亦視填詞者所生之地。如湯若士生於江右。卽當規避江右之方言。粲花主人吳石渠生於陽羨。卽當規避陽羨之方言。蓋生此一方。未免爲一方所囿。有明是方言。而我不知其爲方言。及入他境。對人言之。而人不解。始知其爲方言者。諸如此類。易地皆然。故欲傳奇。不可不存桑弧蓬矢之志。

時防漏孔　一部傳奇之賓白。自始至終。奚啻千言萬語。多言多失。保無前是後非。有呼不應。自相矛盾之病乎。如玉簪記之陳妙常。道姑也。非尼僧也。其白云。姑娘在禪堂打坐。其曲云。從今孽債染緇衣。禪堂緇衣。皆尼僧字面。而用入道家。有是理乎。諸如此類者。不能枚舉。總之文字短少者易爲檢點。長大者難於照顧。吾於古今文字中。取其最長最大而尋不出纖毫滲漏者。惟水滸傳一書。設以他人爲此。幾同爪籬貯水。珠箔遮風。出者多而進者少。豈止三十六個漏孔而已哉。

科諢第五

插科打諢。塡詞之末技也。然欲雅俗同歡。智愚共賞。則當全在此處留神。文字佳。情節佳。而科諢不佳。非特俗人怕看。卽雅人韻士。亦有瞌睡之時。作傳奇者。全要善驅睡魔。睡魔一至。則後乎此者。雖有鈞天之樂。霓裳羽衣之舞。皆付之不見不聞。如對泥人作揖。

士佛談經矣。予嘗以此告優人。謂戲文好處。全在下半本。只消三兩箇瞌睡。便隔斷一部神情。瞌睡醒時。上文下文。已不接續。卽使抖其精神再看。只好斷章取義。作零齣觀。若是則科諢非科諢。乃看戲之人參湯也。養精益神。使人不倦。全在於此。可作小道觀乎。

戒淫褻　戲文中花面插科。動及淫邪之事。有房中道不出口之話。公然道之戲場者。無論雅人塞耳。正士低頭。惟恐惡聲之汚聽。且防男女同觀。共聞褻語。未必不開窺竊之門、鄭聲宜放。正爲此也。不知科諢之設。止爲發笑。人間戲語儘多。何必專談慾事。卽談慾事。亦有善戲謔兮不爲謔兮之法。何必以口代筆。畫出一幅春意圖。始爲善談慾事者哉。人間善談慾事。當用何法。請言一二語以概之。予曰。如說口頭俗語。人盡知之者。則說半句。留半句。或說一句。留一句。令人自思。則慾事不掛齒頰。而與說出相同。此一法也。如講最褻之語。慮人屬耳者。則借他事喻之。言雖在此。意實在彼。人盡了然。則慾事未入耳中。實與聽見無異。此又一法也。得此二法。則無處不可類推矣。

忌俗惡　科諢之妙。在於近俗。而所忌者又在於太俗。不俗則類腐儒之談。太俗卽非文人之筆。吾於近劇中。取其俗而不俗者。還魂而外。則有粲花五種。皆文人最妙之筆也。粲花五種之長。不僅在此。才鋒筆藻。可繼還魂。其稍遜一籌者。則在氣與力之間耳。還魂氣長。粲花稍促。還魂力足。粲花略虧。雖然。湯若士之四夢。求其氣長力足者。惟還魂一種。其餘三劇。則與粲花比肩。使粲花主人及今猶在。奮其全力。另製一種新詞。則詞壇赤幟。豈僅爲若士一人所攖哉。所恨予生也晚。不及與二老同時。他日追及泉臺。定有一番傾倒。必不作妒而欲殺之狀。向閻羅天子掉舌。排擠後來人也。

重關係　科諢二字。不止爲花面而設。通場脚色。皆不可少。生旦有生旦之科諢。外末有外末之科諢。淨丑之科諢。則其分內事也。然爲淨丑之科諢易。爲生旦外末之科諢難。雅中帶俗。又於俗中見雅。活處寓板。卽於板處證活。此等雖難。猶是詞客優爲之事。所難者。要有關係。關係維何。曰。於嘻笑詼諧之處。包含絕大文章。使忠孝節義之心。得此愈顯。如老萊子之舞斑衣。簡雍之說淫具。東方朔之笑彭祖面長。此皆古人中之善於插科打諢者也。作傳奇者。苟能取法於此。則科諢非科諢。乃引人入道之方便法門耳。
貴自然　科諢雖不可少。然非有意爲之。如必欲於某折之中。插入某科諢一段。或預設某科諢一段插入某折之中。則是覓妓追歡。尋人賣笑。其爲笑也不眞。其爲樂也。亦甚苦矣。妙在水到渠成。天機自露。我本無心說笑話。誰知笑話逼人來。斯爲科諢之妙境耳。如前所云簡雍說淫具。東方朔笑彭祖。卽取二事論之。蜀先主時。天旱禁酒。有吏向一人家索出釀酒之具。論者欲置之法。雍與先主游。見男女各行道上。雍謂先主曰。彼欲行淫。請縛之。先主曰。何以知其行淫。雍曰。各有其具。與欲釀未釀者同。是以知之。先主大笑而釋蓄釀具者。漢武帝時。有善相者。謂人中長一寸。壽當百歲。東方朔大笑。有司奏以不敬。帝責之。

朔曰。臣非笑陛下。乃笑彭祖耳。人中一寸。則壽百歲。彭祖歲八百。其人中不幾八寸乎。人中八寸。則面幾長一丈矣。是以笑之。此二事。可謂絕妙之詼諧。戲場有此。豈非絕妙之科諢。然當時必親見男女同行。因而說及淫具。必親聽人中一寸壽當百歲之說。始及彭祖面長。是以可笑。是以能悟人主。如其未見未聞。突然引此爲喻。則怒之不暇。笑從何來。笑既不得。悟從何有。此即貴自然。不貴勉强之明證也。吾看演南西廂見法聰口中所說科諢。迂奇誕妄。不知何處生來。真令人欲逃欲嘔。而觀者聽者絕無厭倦之色。豈文章一道。俗則爭取。雅則共棄乎。

格局第六

傳奇格局。有一定而不可移者。有可仍可改。聽人自爲政者。開場用末。冲場用生。開場數語。包括通篇。冲場一齣。蘊釀全部。此一定不可移者。開手宜靜不宜喧。終場忌冷不忌熱。生旦合爲夫婦。外與老旦非冲父母。卽作翁姑。此常格也。然遇情事變更。勢難仍舊。不得不通融兌換而用之。諸如此類。皆其可仍可改。聽人爲政者也。近日傳奇。一味趨新。無論可變者變。卽斷斷當仍者。亦加改竄。以示新奇。予謂文字之新奇。在中藏不在外貌。在精髓不在渣滓。猶之詩賦古文以及時藝。其中人才輩出。一人勝似一人。一作奇於一作。然止別其詞華。未聞異其資格。有以古風之局。而爲近律者乎。有以時藝之體。而作古文者乎。繩墨不改。斧斤自若。而工師之奇巧出焉。行文之道。亦若是焉。

家門　開場數語謂之家門。雖云爲字不多。然非結構已完。胸有成竹者。不能措手。即使規模已定。猶慮做到其間。勢有阻撓。不得順流而下。未免小有更張。是以此折最難下筆。如機鋒銳利。一往而前。所謂信手拈來。頭頭是道。則從此折做起。不則姑缺首篇。以俟終場補入。猶塑佛者不即開光。畫龍者點睛有待。非故遲之。欲俟全像告成。其身向左。則目宜左視。其身向右則目宜右觀。俯仰低徊。皆從身轉。非可預爲計也。此是詞家討便宜法。開手即以告人。使後來作者未經捉筆。先省一番無益之勞。知笠翁爲此道功臣。凡其所言。皆眞切所行之事。非大言欺世者比也。未說家門。先有一上場小曲。如西江月。蝶戀花之類。總無成格。聽人拈取。此曲向來不切本題。止是勸人對酒忘憂。逢場作戲諸套語。予謂詞曲中開場一折。卽古文之冒頭。時文之破題。務使開門見山。不當借帽覆頂。卽將本傳中立言大意。包括成文。與後所說家門一詞。相爲表裏。前是暗說。後是明說。暗說似破題。明說似承題。如此立格。始爲有根有據之文。場中閱卷。看至第二三行。而始覺其好者。卽是可取可棄之文。開卷之初。能將試官眼睛。一把拏住。不放轉移。始爲必售之技。吾願才人舉筆。盡作是觀。不止填詞而已也。

元詞開場。止有冒頭數語。謂之正名。又曰楔子。多則四句。少則二句。似爲簡捷。然不登場則已。旣用副末上場。脚纔點地。遂爾抽身。亦覺張皇失次。增出家門一段。甚爲有理。然家門之前。另有一詞。今之梨園。皆略去前詞。只就家門說起。止圖省力。埋沒作者一段深心。大凡說話作文。同是一理。入手之初。不宜太遠。亦正不宜太近。文章所忌者。開口罵題。便說幾句閒文。纔歸正傳。亦未嘗不可。胡遽惜字如金。而作此鹵莽滅裂之狀也。作者萬勿因其不讀而作省文。至於末後四句。非止全該。又宜別俗。元人楔子。太近老實。不足法也。

冲場　開場第二折。謂之冲場。冲場者。人未上而我先上也。必用一悠長引子。引子唱完。繼以詩詞及四六排語。謂之定場白。言其未說之先。人不知所演何劇。耳目搖搖。得此數語。方知下落。始未定而今方定也。此折之一引一詞。較之前折家門一曲。猶難措手。務以寥寥數言。道盡本人一腔心事。又且蘊釀全部精神。猶家門之括盡無遺也。同屬包括之詞。而分難易於其間者。以家門可以明說。而冲場引子。及定場詩詞。全用暗射。無一字可以明言故也。非特一本戲文之節目。全於此處埋根。而作此一本戲文之好歹。亦卽於此時定價。何也。開手筆機飛舞。墨勢淋漓。有由由自得之妙。則把握在手。破竹之勢已成。不憂此後不成完璧。如此時此際。文情艱澀。勉强支吾。則朝氣昏昏。到晚終無晴色。不如不作之爲愈也。然則開手銳利者。寧有幾人。不幾阻抑後輩。而塞塡詞之路乎。曰。不然。有養機使動之法在。如入手艱澀。姑置勿塡。以避煩苦之勢。自尋樂境。養動生機。俟襟懷略展之後。仍復拈毫。有興卽塡。否則又置。如是者數四。未有不忽撞天機者。若因好句不來。遂以俚詞塞責。則走入荒蕪一路。求闢草昧而致文明。不可得矣。

出脚色　本傳中有名脚色。不宜出之太遲。如生爲一家。旦爲一家。生之父母隨生而出。旦之父母隨旦而出。以其爲一部之主。餘皆客也。雖不定在一齣二齣。然不得出四五折之後。太遲則先有他脚色上場。觀者反認爲主。及見後來人。勢必反認爲客矣。即淨丑脚色之關乎全部者。亦不宜出之太遲。善觀場者。止於前數齣所見。記其人之姓名。十齣以後。皆是枝外生枝。節中長節。如遇行路之人。非止不問姓字。并形體面目。皆可不必認矣。

小收煞　上半部之末齣。暫攝情形。略收鑼鼓。名爲小收煞。宜緊忌寬。宜熱忌冷。宜作鄭五歇後。令人揣摩下文。不知此事如何結果。如做把戲者。暗藏一物於盆盎衣袖之中。做定而令人射覆。此正做定之際。衆人射覆之時也。戲法無真假。戲文無工拙。只是使人想不到。猜不着。便是好戲法。好戲文。猜破而復出之。則觀者索然。作者赧然。不如藏拙之爲妙矣。

大收煞　全本收場。名爲大收煞。此折之難。在無包括之痕。而有團圓之趣。如一部之內。要素脚色共有五人。其先東西南北。各自分開。到此必須會合。此理誰不知之。但其會合之故。需要自然而然。水到渠成。非由車戽。最忌無因而至。突如其來。與勉強生情。拉成一處。令觀者識其有心如此。與恕其無可奈何者。皆非此道中絕技。因有包括之痕也。骨肉團聚。不過歡笑一場。以此收鑼罷鼓。有何趣味。水窮山盡之處。偏宜突起波瀾。或先驚而後喜。或始疑而終信。或喜極信極而反致驚疑。務使一折之中。七情具備。始爲到底不懈之筆。愈遠愈大之才。所謂有團圓之趣者也。予訓兒輩嘗云。場中作文。有倒騙主司入彀之法。開卷之初。當以奇句奪目。使之一見而驚。不敢棄去。此一法也。終篇之際。當以媚語攝魂。使之執卷留連。若難遽別。此一法也。收場一齣。卽勾魂攝魄之具。使人看過數日。而猶覺聲音在耳。情形在目者。全虧此齣。撒嬌作臨去秋波那一轉也。

填詞餘論

讀金聖歎所評西廂記。能令千古才人心死。夫人作文傳世。欲天下後代知之也。且欲天下後代稱許而贊歎之也。殆其文成矣。其書傳矣。天下後代旣羣然知之。復羣然稱許而贊歎之矣。作者之苦心。不幾大慰乎哉。予曰。未甚慰也。譽人而不得其實。其去毀也幾希。但云千古傳奇。當推西廂第一。而不明言其所以爲第一之故。是西施之美。不特有目者贊之。盲人亦能贊之矣。自有西廂以迄於今。四百餘載。推西廂爲塡詞第一者。不知幾千萬人。而能歷指其所以爲第一之故者。獨出一金聖歎。是作西廂者之心。四百餘年未死而今死矣。不特作西廂者心死。凡千古上下操觚立言者之心無不死矣。人患不爲王實甫耳。焉知數百年後。不復有金聖歎其人哉。聖歎之評西廂。可謂晰毛辨髮。窮幽極微。無復有遺議於其間矣。然以予論之。聖歎所評。乃文人把玩之西廂。非優人搬弄之西廂也。文字之三昧。聖歎已得之。優人搬弄之三昧。聖歎猶有待焉。如其至今不死。自撰新詞幾部。由淺及深。自生而熟。則又當自火其書。而別出一番詮解。甚矣。此道之難言也。

聖歎之評西廂。其長在密。其短在拘。拘卽密之已甚者也。無一句一字。不逆溯其原。而求命意之所在。是則密矣。然亦知作者於此。有出於有心。有不必盡出於有心者乎。心之所至。筆亦至焉。是人之所能爲也。若夫筆之所至。心亦至焉。則人不能盡主之矣。且有心不欲然。而筆使之然。若有鬼物主持其間者。此等文字。尚可謂之有意乎哉。文章一道。實實通神。非欺人語。千古奇文。非人爲之。神爲之。鬼爲之也。人則鬼神所附者耳。

笠翁劇論卷上終

笠翁劇論卷下

清錢塘李漁撰

演習部

選脚色。正音韻等事。載在歌舞項下。男優女樂。事理相同。

欲習聲樂者兩類互觀。庶無缺略。

選劇第一

塡詞之設。專爲登場。登場之道。蓋亦難言之矣。詞曲佳而搬演不得其人。歌童好而教之不得其法。皆是暴殄天物。此等罪過與裂繒毀璧等也。方今貴戚通侯。惡談雜技。單重聲音。可謂雅人深致。崇尚得宜者矣。所可惜者。演劇之人美。而所演之劇難稱盡美。崇雅之念真。而所崇之雅未必果真。尤可怪者。最有識見之客。亦作矮人觀場。人言此本最佳。而輒隨聲附和。見單即點。不問情理之有無。以致牛鬼蛇神。塞滿氍毹之上。極長詞賦之人。偏與文章爲難。明知此劇最好。但恐偶違時好。呼名即避。不顧才士之屈伸。遂使錦篇繡帙。沉埋瓿甕之間。湯若士之牡丹亭邯鄲夢。得以盛傳于世。吳石渠之綠牡丹畫中人得以偶登于場者。皆才人僥倖之事。非文至必傳之常理也。若據時優本念。則願秦皇復出。盡火文人已刻之書。止存優伶所撰諸抄本。以備家絃戶誦而後已。傷哉。文字聲音之厄。遂至此乎。吾謂春秋之法。責備賢者。當今瓦釜雷鳴。金石絕響。非歌者投胎之誤。優師指路之迷。皆顧曲周郎之過也。使要津之上。得一二主持風雅之人。凡見此等無情之劇。或棄而不點。或演不終篇。而斥之使罷。上有憎者。下必有甚焉者矣。觀者求精。則演者不敢浪習。黃絹色絲之曲。外孫齏臼之詞。不求而自至矣。吾論演習之工而首重選劇者。誠恐劇本不佳。則主人之心血。歌者之精神。皆施于無用之地。使觀者口雖贊嘆。心實咨嗟。何如擇術務精。使人心口皆羨之爲得也。

別古今　選劇授歌童。當自古本始。古本既熟。然後間以新詞。切勿先今而後古。何也。優師教曲。每加工于舊而草草于新。以舊本人人皆習。稍有謬誤。即形出短長。新本偶爾一見。即有破綻。觀者聽者。未必盡曉。其拙儘有可藏。且古本相傳至今。歷過幾許名師。傳有衣鉢。未當而必歸于當。已精而益求其精。猶時文中大學之道。學而時習之諸篇。名作如林非敢草草動筆者也。新劇則如巧搭新題。偶有微長。則動主司之目矣。故開手學戲。必宗古本。而古本又必從琵琶。荆釵。幽閨。尋親等曲唱起。蓋腔板之正。未有正于此者。此曲善唱。則以後所唱之曲。腔板皆不謬矣。後曲既熟。必須間以新詞。切勿聽拘士腐儒之言。謂新劇不如舊劇。一概棄而不習。蓋演古戲如唱清曲。只可悅知音數人之耳。不能娛滿座賓朋之目。聽古樂而思臥。聽新樂而忘倦。古樂不必簫韶。琵琶幽閨等曲。即今之古樂也。但選舊劇易。選新劇難。教歌習舞之家。主人必多冗事。且恐未必知音。勢必委諸門客。詢之優師。門客豈盡周郎。大半以優師之耳目爲耳目。而優師之中淹通文墨者少。每見才人所作。輒思避之。以鑿枘不相入也。故延優師者。必擇文理稍通之人。使閱新詞。方能定其美惡。又必藉文人墨客參酌其間。兩議僉同。方可授之使習。此爲主人多冗不諳音樂者而言。若係風雅主盟。詞壇領袖。則獨斷有餘。何必知而故詢。噫。欲使梨園風氣。丕變維新。必得一二縉紳長者。主持公道。俾詞之佳者必傳。劇之陋者必黜。則千古才人心死。現在名流。有不以沉香刻木而祀之者乎。

劑冷熱　今人之所尚。時優之所習。皆在熱鬧二字。冷靜之詞。文雅之曲。皆其深惡而痛絕者也。然戲文太冷。詞曲太雅。原足令人生倦。此作者自取厭棄。非人有心置之也。然儘有外貌似冷而中藏極熱。文章極雅而情事近俗者。何難稍加潤色。播入管絃。乃不問長短。一概以冷落棄之。則難服才人之心矣。予謂傳奇無冷熱。只怕不合人情。如其離合悲歡。皆爲人情所必至。能使人哭。能使人笑。能使人怒髮沖冠。能使人驚魂欲絕。即使鼓板不動。場上寂然。而觀者叫絕之聲。反能震天動地。是以人口代鼓樂。贊歎爲戰爭。較之滿場殺伐。鉦鼓雷鳴。而人心不動。反欲掩耳避喧者。爲何如。其非冷中之熱。勝于熱中之冷。俗中之雅。遜于雅中之俗乎哉。

變調第二

變調者。變古調爲新調也。此事甚難。非其人不行。存此說以俟作者。才人所選詩賦古文。與佳人所製錦繡花樣。無不隨時更變。變則新。不變則腐。變則活。不變則板。至于傳奇一道。尤是新人耳目之事。與玩花賞月。同一致也。使今日看此花。明日復看此花。昨夜對此月。今夜復對此月。則不特我厭其舊。而花與月亦自媿其不新矣。故桃陳則李代。月滿即哉生。花月無知。亦能自變其詞。矧詞曲出生人之口。獨不能稍變其音。而百歲登場。乃爲三萬六千日雷同合掌之事乎。吾每觀舊劇。一則以喜。一則以懼。喜則喜其音節不乖。耳中免生芒刺。懼則懼其情事太熟。眼角如懸贅疣。學書學畫者貴在彷彿大都。而細微曲折之間。正不妨增減出入。若止爲依樣葫蘆。則是以紙印紙。雖云一綫不差。少天然生動之趣矣。因創二法。以告世之執郢斤者。

縮長爲短　觀場之事。宜晦不宜明。其說有二。優孟衣冠。原本實事。妙在隱隱躍躍之間。若于日間搬弄則太覺分明。演者難施幻巧。十分音容。止作得五分觀聽。以耳目聲音散而不聚故也。且人無論富貴貧賤。日間盡有當行之事。閱之未免妨工。抵暮登場。則主客心安。無妨時失事之慮。古人秉燭夜遊。正爲此也。然戲之好者必長。又不宜草草完事。勢必闡揚志趣。摹擬神情。非達旦不能告闋。然求其可以達旦之人。十中不得一二。非迫于來朝之有事。即限于此際之欲眠。往往半部即行。使佳話截然而止。予嘗謂好戲若逢貴客。必受腰斬之刑。雖屬謔言。然實事也。與其長而不終。無寧短而有尾。故作傳奇付優人。必先示以可長可短之法。取其情節可省之數折。另作暗號記之。遇清閒無事之人。則增入全演。否則拔而去之。此法是人皆知。在梨園亦樂于爲此。但不知減省之中。又有增益之法。使所省數折。雖去若存。而無斷文截角之患者。則在秉筆之人。略加之意而已。法于所刪之下折。另增數語。點出中間一段情節。如云昨日某人來說某話。我如何答應之類是也。或于所刪之前一折。預爲吸起。如云我明日當差某人去幹某事之類是也。如此則數語可當一折。觀者雖未及看。實與看過無異。此一法也。予又謂多冗之客。併此最約者。亦難終場。是刪與不刪等耳。嘗見貴介命題。止索雜單。不用全本。皆爲可行即行。不受戲文牽制計也。予謂全本太長。零齣太短。酌乎二者之間。當倣元人百種之意。而稍稍擴充之。另編十折一本。或十二折一本之新劇。以備應付忙人之用。或即將古本舊戲。用長房妙手。縮而成之。但能沙汰得宜。一可當百。

則寸金丈鐵。貴賤攸分。識者重其簡貴。未必不棄長取短。另開一種風氣。亦未可知也。此等傳奇。可以一席兩本。如佳客並坐。勢不低昂。皆當在命題之列者。則一後一先。皆可爲政。是一舉兩得之法也。有暇即當屬草。請以下里巴人。爲白雪陽春之倡。

變舊成新　演新劇如看時文。妙在聞所未聞。見所未見。演舊劇如看古董。妙在身生後世。眼對前朝。然而古董之可愛者。以其體質愈陳愈古。色相愈變愈奇。如銅器玉器之在當年。不過一刮磨光瑩之物耳。迨其歷年既久。刮磨者渾全無跡。光瑩者斑駁成文。是以人人相寶。非寶其本質如常。寶其能新而善變也。使其不異當年。猶然是一刮磨光瑩之物。則與今時旋造者無別。何事什伯其價而購之哉。舊劇之可珍。亦若是也。今日梨園。購得一新本。則因其新而愈新之。飾怪粧奇。不遺餘力。演到舊劇。則千人一轍。萬人一轍。不求稍異。觀者如聽蒙童背書。但賞其熟。求一換耳換目之字而不得。則是古董便爲古董。却未嘗易色生斑。依然是一刮磨光瑩之物。我何不取旋造者觀之。猶覺耳目一新。何必定爲村學究聽蒙童背書之爲樂哉。然則生斑易色。其理甚難。當用何法以處此。曰。有道焉。仍其體質。變其丰姿。如同一美人而稍更衣飾。便足令人改觀。不俟變形易貌。而始知別一神情也。體質維何。曲文與大段關目是已。丰姿維何。科諢與細微說白是已。曲文與大段關目不可改者。古人既費一片心血。自合常留天地之間。我與何讐。而必欲使之埋沒。且時人是古非今。改之徒來訕笑。仍其大體。既慰作者之心。且杜時人之口。科諢與細微說白不可不變者。凡人作事。貴于見景生情。世道遷移。人心非舊。當日有當日之情態。今日有今日之情態。傳奇妙在人情。即使作者至今未死。亦當與世遷移。自囀其舌。必不爲膠柱鼓瑟之談。以拂聽者之耳。況古人脫稿之初。便覺其新。一經傳播演過數番。即覺聽熟之言。難于複聽。即在當年。亦未必不自厭其繁。而思陳言之務去也。我能易以新詞。透入世情三昧。雖觀舊劇。如閱新篇。豈非作者功臣。使得爲雞皮三少之女。前魚不泣之男。地下有靈。方頌德歌功之不暇。而忍以矯制責之哉。但須點鐵成金。勿令畫虎類狗。又須擇其可增者增。當改者改。萬勿故作知音。强爲解事。令觀者當場噴飯。而羣罪作俑之人。則湖上笠翁不任咎也。此言潤澤枯槀。變易陳腐之事。予嘗痛改南西廂。如遊殿。問齋。踰墻。驚夢等科諢。及玉簪偷詞。幽閨旅婚諸賓白。付伶工搬演。以試舊新。業經詞人謬賞。不以點竄爲非矣。尚有拾遺補缺之法。未語同人。茲請並終其說。舊本傳奇。每多缺略不全之事。刺謬難解之情。非前人故爲破綻。留話柄以貽後人。若唐詩所謂欲得周郎顧。時時誤拂絃。乃一時照管不到。致生漏孔。所謂至人千慮。必有一失。此等空隙。全靠後人泥補。不得聽其缺陷。而使千古無全文也。女媧氏煉石補天。天尚可補。況其他乎。但恐不得五色石耳。姑舉二事以槪之。趙五娘于歸兩月。即別蔡邕。是一桃夭新婦。算至公姑已死。別墓尋夫之日。不及數年。是猶然一冶容誨淫之少婦也。

身背琵琶。獨行千里。即能自保無他。能免當時物議乎。張太公重諾輕財。資其困乏之仁人也。義士也。試問衣食名節。二者孰重。衣食不繼則周之。名節所關則聽之。義士仁人。曾若是乎。此等缺陷。就詞人論之。幾與天傾西北。地陷東南無異矣。可少補天塞地之人乎。若欲于本傳之外。劈空添出一人。送趙五娘入京。與之隨身作伴。妥則妥矣。猶覺傷筋動骨。太涉更張。不想本傳中現有一人。儘可用之而不用。竟似張太公止圖卸肩。不顧趙五娘之去後者。其人爲誰。着送錢米助喪之小二是也。剪髮白云。你先回去。我少頃就着小二送來。則是太公非無僕從之人。何以吝而不使。予爲略增數語。補此缺略。附刻于後。以政同心。此一事也。明珠記之煎茶。所用爲傳消遞息之人者。

塞鴻是也。塞鴻一男子。何以得事嬪妃。使宮禁之內。可用男子煎茶。又得密談私語。則此事可爲。何事不可爲乎。此等破綻。婦人小兒皆能指出。而作者絕不經心。觀者亦聽其疎漏。然明眼人遇之。未嘗不啞然一笑。而作無是公看者也。若欲于本傳之外。鑿空搆一婦人。與無雙小姐。從不謀面。而送進驛內煎茶。使之先通姓名。後說情事。便則便矣。猶覺生枝長節。難免贅語。不知眼前現有一婦。理合使之而不使。非特王仙客至愚。亦覺彼婦太忍。彼婦爲誰。無雙自幼跟隨之婢。仙客現在作妾之人。名爲采蘋是也。無論仙客覓人將意。計當出此。即就采蘋論之。豈有主人一別數年。無由把臂。今在咫尺。不圖一見。普天之下。有若是之忍人乎。予亦爲正此迷謬。止換賓白。不易塡詞。與琵琶改本。並刊于後。以政同心。又一事也。其餘改本尚多。以篇帙浩繁。不能盡附。總之凡予所改者。皆出萬不得已。眼看不過。耳聽不過。故爲劇削不平以歸至當。非勉强出頭。與前人爲難者比也。凡屬高明。自能諒其心曲。

插科打諢之語。若欲變舊爲新。其難易較此奚止百倍。無論劇劇可增。齣齣可改。即欲隔日一新。逾月一換。亦誠易事。可惜當世貴人。家蓄名優數輩。不得一詼諧弄筆之人。爲種詞林萱草。使之刻刻忘憂。若天假笠翁以年。授以黃金一斗。使得自買歌童。自編詞曲。口授而身導之。則戲場關目。日日更新。壇上詼講。時時變相。此種技藝。非特自能誇之。天下人亦共信之。然謀生不給。遑問其他。只好作貧女縫衣。爲他人助嬌。看他人出閣而已矣。

琵琶記尋夫改本

(胡搗練)旦辭別去到荒坵。只愁出路煞生受。畫取真容聊藉手。逢人將此勉哀求。

鬼神之道。雖則難明。感應之理。未嘗不信。奴家昨日在山上築墳。偶然力乏。假寐片時。忽然夢見當山土地。帶領着無數陰兵。前來助力。又親口囑咐着奴家。改換衣裝。往京尋取夫壻。及至醒來。那墳臺果然築就。可見眞有神明。不是空空一夢。只得依了夢中之言。改換作道姑打扮。又編下一套淒涼北調。到途路之間。逢人彈唱。抄化些資糧糊口。也是一條生計。只是一件。我自做媳婦以來。終日與公姑厮守。如今雖死。還有個墳塋可拜。一日撇此而去。真個是舉目淒然。喜得奴家略曉丹青。只得借紙筆傳神。權當個丁蘭刻木。背在肩上行走。只當還與二親相傍一般。遇著小祥忌日。也好展開祭奠。不枉做媳婦的一點孝心。有理。有理。顏料紙俱已備下。只是憑空摹擬。恐怕不肖神情。且待我想像起來。

(三仙橋)一從他每死後要相逢。不能勾。除非囊裏暫時略聚首。如今該下筆了。欲畫又止介。若要描。描不就。暗想像。教我未描淚先流。(畫介)描不出他苦心頭。描不出他饑症候。(又想介)描不出他望孩兒的睜睜兩眸。(又畫介)只畫得他髮颼颼和那衣衫敝垢。畫完了。待我細看一看。(看介)呀像倒極像。只是畫得太苦了些些。全沒些些歡容笑口。呀。公婆。公婆。非是媳婦故意如此。休休。若畫做好容顏。須不是趙五娘的姑舅。

待我懸掛起來。燒些紙錢。奠些酒飯。然後待出門去便了。（掛介）嗳。我那公公婆婆呵。媳婦只為往京尋取丈夫。撇你不下。故此圖畫儀容。以便隨身供養。你須是有靈有感。時刻在暗裏扶持。待媳婦早見你的孩兒。痛哭一場。說完了心事。然後趕到陰司與你二人做伴便了。阿呀。我那公公婆婆呵。（哭介）

前腔。非是奴尋夫遠遊。只怕我公婆絕後。奴見夫便回。此行安敢久。路途中奴怎走。望公婆相保佑。拜完了。如今收拾起身。論起理來。該先別墳塋。然後去別張太公。纔是。只為要托他照管墳塋。須是先別了他。

然後同至墳前。把公婆的骸骨。交付與他便了。（鎖門）（行介）只怕奴去後。冷清清。有誰來祭掃。縱使遇春秋。一陌紙錢怎有。休休。你生是受凍餒的公婆。死做個絕祭祀的姑舅。

來此已是太公在家麼。（丑上）收拾草鞋行遠路。安排包裹送嬌娘。呀五娘子來了。老員外有請。（末上）衰柳寒蟬不可聞。金風敗葉正紛紛。長安古道休回首。西出陽關無故人。呀。五娘子我正要過來送你。你却來了。（旦）因有遠行。特來拜別。太公請端坐。受奴家幾拜。（末）來到就是了。不勞拜罷。（旦）拜（末）（同拜介）（旦）高厚恩難報。臨岐淚滿巾。（末）從今無別事。拭目待歸人。（末）起旦不起介（末）五娘子。請起。呀。五娘子。你爲何跪在地下。不肯起來。(旦)奴家有兩件大事奉求。要太公親口許下。方敢起來。(末)孝婦所求。一定是綱常倫理之事。老夫一力擔當。快些請起。(旦起介)(末)叫小二一着椅子過來。與五娘坐了講話。(旦)告坐了。(末)五娘子。你方纔說的是那兩件事。(旦)第一件是怕奴家去後。公婆的墳塋沒人照管。求太公不時看顧。每逢令節。代燒一陌紙錢。(末)這是我分內之事。自然照管。何須你囑咐。第二件呢。(旦)第二件因奴家是個少年女子。遠出尋夫。沒人作伴。路上怕有嫌疑。求公公大發婆心。把小二借與奴家作伴。到京之日。即便遣人送還。這一件事關係奴家的名節。斷求慨允。(末)五娘子這件事情。比照管墳塋還大。莫說待你拜求。方纔肯許。

不是個仗義之人。就是聽你講到此處。方纔想念起來把小二送你。也就不成個張廣才了。我昨日思想。不但你隻身行走。路上嫌疑。就是到了京中。與你丈夫相見。他問你在路途之中。如何宿歇。你把甚麼言語答應他。萬一男子漢的心腸。多疑少信。將你埋葬公婆的大事。且不提起。反把形迹二字。與你講論起來。如何了得。這也還是小事。他三載不歸。未必不在京中別有所娶。我想那房家小看見前妻走到。還要無中生有。別尋說話。離間你的夫妻。何況是遠遠尋夫。沒人作伴。若把幾句惡言加你。豈不是有口難分。還有一說。你丈夫臨行之日。把家中事情拜託于我。我若容你獨自尋夫。有礙他終身名節。日後把甚麼顏面見他。就是死到九泉也難與你公婆相會。這個主意。我先定下多時了。已曾分付小二一着他伴你同行。不勞分付。放心前去便了。（旦起拜介）這等多謝公公。奴家告別了。（末）且慢些再請坐下。我且問你。你既要尋夫那路上的盤費已曾備下了麼。（旦）並不曾有。（末）既然沒有。如何去得。（旦指背上琵琶介）這就是奴家的盤費。不瞞公公說。已曾編下一套淒涼北調。譜入絲絃。一路彈唱而行。討些錢米度日。（丑）這等說來。竟是叫化了。這樣生意。我做不慣。不要總承。快尋別個去罷。（末）我自有主意。不消多嘴。五娘子。你前日剪髮葬親。往街坊賣貨。倒不曾問得你賣了幾貫錢財。可勾用麼。（旦）並無人買。全虧太公周濟。（末）却又來。頭髮可以作髢。

尚是賣不出錢財。何況是空空彈唱。萬一沒人與錢。你還是去的好。轉來的好。流落在他鄉。不來不去的好。那些長途資斧。我也曾與你備下。不勞費心。也罷。你既費精神編成一套詞曲。不可不使老朽聞之。你就唱來。待我與你發個利市。(旦)這等待奴家獻醜。若有不到之處。求太公改政一二。(末)你且唱來(旦理弦彈唱)(末)(不住掩淚)

(丑)(不住哭介)

(北越調鬥鵪鶉)靜理冰絃。凝神息喘。待訴衷腸。將眉略展。怕的是聽者愁聽。聞聲去遠。雖不比杞梁妻善哭夫。也去那哭倒長城的孟姜不遠。

(紫花兒序)俺不是好雲遊。閑離閨閫。也不是背人倫。強抱琵琶。都則爲遠尋夫。苦歷山川。説甚麼金蓮

窄小。道路迍邅。鞋穿便做。到骨葬溝渠首向天。保得
過面無慚腆。好追隨地下姑嫜得全名。死也無冤。
(天淨沙)當初始配良緣。備饔餐。尚有餘錢。只為兒
夫去遠。遭荒罹。變為妻庸禍及椿萱。
(金蕉葉)他望賑濟。心穿眼穿。俺遭搶奪。糧懸命懸。
若不是遇高鄰分糧助饘。怎能勾遇親心將灰復燃。
(小桃紅)可憐他遊絲一縷命守牽。要續愁無線。俺
也曾自饜糟糠。備親膳。要救餘年。又誰料攀轅臥轍
翻成勸因來竈邊窺奴私爇。一聲兒哭倒便歸泉。
(調笑令)可憐葬無錢。虧的是一位恩人。竟做了兩
次天。他助葬非强由情愿。實指望吉回凶轉。因災致
祥無他變。又誰知後運同前。
(禿廝兒)俺雖是厚面皮。無羞不腆。怎忍得累高鄰

鬻產輸田。只得把香雲剪下自賣錢。到街坊。哭聲喧。
誰憐。
(聖藥王)俺待要圖卸肩。赴九泉。怎忍得親骸朽露
飽飛鳶。欲待把命苟延。較後先。算來無幸可徼天。哭
倒在街前。
(麻郎兒)感義士施恩不倦。二天外又復加天。則爲
這好仗義的高鄰忒煞賢。越顯得受恩的淺深無辨。
(么篇)徒說把羅裙自撚。裹黃泥去築墳圈。感山靈。
神通晝顯。又指去路。勸人赴遠。
(絡絲娘)因此上顧不的鞋弓襪淺。講不起拋頭露
面。手撥琵琶。原非自遣。要訴出衷腸一片。
(東原樂)暫把喪衣覆喬將道服穿。爲缺資財。致使
得身容變。休怪俺孝婦啼痕學杜鵑。只爲多愁怨。漬

染得纔麻如茜。

(拙魯速)可憐俺日不停。夜不眠。饑不飡。冷不燃。當日呵。辨不出桃花人面。分不開藕瓣金蓮。到如今藕絲花片落在誰邊。自對菱花錯認椿萱。止爲憂煎纔信道家寬出少年。

(尾)千愁萬緒提難遍。只好綰繼中一線。聽不出眼淚的休解囊。但有酸鼻的仁人。請將鈔袋兒展。

(末)做也做得好。彈也彈得好。唱也唱得好。可稱三絶。(出銀介)這一封銀子。就當潤喉潤筆之資。你請收下。(旦謝介)(末)小二過來。他方纔彈唱的時節。我便爲他聲音淒楚。情節可憐。故此掉淚。你知道些甚麼。也號號咷咷哭個不了。(丑)不知甚麼原故。聽到其間。就不知不覺哭將起來。連我也不明白。(末)這等我且問你。方纔送他的銀子。萬一途中不勾。依舊要叫化起來。你還是情愿不情愿。(丑)情愿情愿。(末)爲甚麼以前不情愿。如今忽然情愿起來。(丑)(想介)正是爲甚麼原故。忽然改變起來。連我也不明白。(末)好。這叫做孝心所感。鐵人流淚。高僧說法。頑石點頭。五娘子。你一片孝心。就從今日効驗起了。此去定然遂意。我且問你。你公婆的墳塋。曾去拜別了麼。(旦)還不曾去。要屈太公同行。好對着公婆當面拜託。(末)一發見得到。就請同行。叫小二與五娘子背了琵琶。(丑)自然。莫說琵琶。就是要帶馬桶。我也情愿挑着走了。(末)五娘子。我還有幾句藥石之言。要分付你。和你一面行走。一面講罷。(旦)既有法言。

便求賜教。(行介)

(円黑蝲)(末)伊夫婿。多應是貴官顯爵。伊家去。須當審個好惡。只怕你這般喬打扮。他怎知覺。一貴一貧。怕他將錯就錯。(合)孤墳寂寞。路途滋味惡。兩處堪悲。萬愁怎摸。

(末)已到墳前了。蔡大哥。蔡大嫂。你這個孝順媳婦待你二人。可謂生事以禮。死葬以禮。祭之以禮。無一事不全的了。如今遠出尋夫。特來拜別。將墳墓交託於我。從今以後。我就當你媳婦。逢時化紙。遇節燒錢。你不消慮得。只是保佑他一路平安。早與丈夫相會。他一生行孝的事情。只有你夫妻兩口。與我張廣才三人知道。你夫妻死了。只剩得我一個在此。萬一不能勾見他。這孝婦一片苦心。誰人替他表白。趁我張廣才未死。速速遣保佑他回來。待我見他一面。把你媳婦的好處細細對他講一遍。我張廣才是個老頭兒就死也瞑目了。噯。我那老友呵。（旦）我那老婆呵。（同放聲大哭丑亦哭介）（末）五娘子。

（憶多嬌）我承委託當領略。這孤墳我自看守。決不爽約。但願你途中身安樂。（合）舉目蕭索。滿眼盈盈淚落。

（旦）公婆。你媳婦如今去了。太公奴家去了。（末）五娘子你途間保重。早去早回。小二。你好生伏侍五娘子。不要叫他費心。（丑）曉得。

（旦）爲尋夫壻別孤墳。（末）只怕兒夫不認眞。

（合）流淚眼觀流淚眼。斷腸人送斷腸人。

(旦)(掩淚同丑先下)(末)(目送作哽咽不能出聲介)嗳。我。我。我明日死了。那有這等一個孝順媳婦。可憐。可憐。(掩淚下)

明珠記煎茶改本第一折

(卜算子)(生冠帶上)未遇費長房。已縮相思地。咫尺有佳音。可惜人難寄。

下官王仙客。叨授富平縣尹。又爲長樂驛缺了驛官。上司命我帶管三月。近日朝廷差幾員內官。帶領三十名宮女去。備皇陵打掃之用。今日申牌時分已到驛中。我想宮女三十名。焉知無雙小姐不在其內。要託人探個消息。百計不能。喜得裏面要取人伏侍。我把塞鴻扮作煎茶童子。送進去承直。萬一遇見小姐。也好傳個信兒。塞鴻。那裏。(丑上)

藍橋今夜好風光。天上羣仙降下方。只恐雲英難見面。裴航空自搗玄霜。塞鴻伺候。(生)今日送你進去煎茶。專爲打探無雙小姐的消息。你須要用心體訪。(丑)小人理會得。(生)隨着我來。(行介)

你若見了小姐呵。

(玉交枝)道我因他憔悴。雖則是斷機緣。心兒未灰。癡情還想成婚配。便今世不共鴛幃。私心願將來世期。倒不如將生換死求連理。(合)料伊行。冰心未移。料伊行。柔腸更癡。

說話之間。已到館驛前了。(丑)管門的公公在麽。

(淨上)走馬進來辭帝闕。奉差前去掃皇陵。甚麽人。到此何幹。(生)帶管驛事富平縣尹送煎茶人役伺候。(淨)着他進來。(丑進見介)(淨看怒介)

這是個男子。你爲甚麼送他進來呢。(生)是個幼
年童子。(淨)看他這個模樣。也不是年幼童子了。
好個不通道理的縣官。就是上司官員帶着家眷
從此經過。也沒有取男子服事之理。何況是皇宮
內院的嬪妃。肯容男子見面。叫孩子們快打出去。
着他換婦人進來。這樣不通道理。還叫他做官。
(駕下)(生)這怎麼處。
(前腔)精神徒費不收留。翻加峻威。道是男兒怎入
裙釵隊。歎賓鴻。有翼難飛。(丑)老爺。你偌大一位縣
官。怕差遣婦人不動。撥幾個民間婦女進去就是了。
愁他怎的。(生)塞鴻你那裏知道。民間婦女儘有。只
是我做官的人怎好把心事託他。幽情怎教民婦知。
說來徒使旁人議。(合前)

且自回衙。少時再作道理。正是

不如意事常八九。 可與人言無二三。

第二折

（破陣子）（小旦上）故主恩情難背。思之夜夜魂飛。奴家采蘋自從拋離故主。寄養侯門。王將軍待若親生。王解元納爲側室。唱隨知禮。不缺伉儷之情頗諧。只是思憶舊恩。放心不下。聞得朝廷撥出宮女三十名。去備皇陵打掃。如今現在驛中。萬一小姐也在數內。我和他咫尺之間。不能見面。令人何以爲情。仔細想來。好悽慘人也。（淚介）

（黃鶯兒）從小便相依。棄中途。履禍經年沒個音書寄。到如今呵。又不是他東我西。山遙路迷。官門一入深無底。止不過隔層幃。身兒不近。怎免淚珠垂。

（生上）枉作千般計。空回九轉腸。姻緣生割斷。最恨是穹蒼。（見介）（小旦）相公回來了。你着塞鴻去探消息。端的何如。爲甚麼面帶愁容。不言不語。（生）不要說起。那守門的太監不收男子。只要婦人。婦人儘有。都是民間之女。怎好託他久傳心事。豈不悶殺我也。

（前腔）無計可施爲。眼巴巴。看落暉。只今宵一過。便無機會。娘子我便爲此煩惱。你爲何也帶愁容。看你無端皺眉。無因淚垂。莫不是愁他奪取中宮位。那裏知道這婚姻呵。絕端倪。便圖來世。那好事也難期。

（小旦）奴家不爲別事。只因小姐在咫尺之間。不能見面。故主之情難於割捨。所以在此傷心。（生）原來如此。這也是人之常情。（小旦）相公你要傳消遣息。既苦無人。我要見面談心。又愁無計。我如今有個兩全之法和你商量。(生)甚麼兩全之法。快些講來。(小旦)他要取婦人承值。何不把奴家送去。只說民間之婦。若還見了小姐。婦人與婦人講話。沒有甚麼嫌疑。豈不比塞鴻更强十倍。(生)如此甚妙。只是把個官人娘子扮作民間之婦。未免屈了你些。(小旦)我原以侍妾起家。何屈之有。(生)這等分付門上喚一乘小轎進來。傍晚出去。黎明進來便了。

羨卿多智更多情。一計能收兩淚零。

(小旦)雞犬尚能懷故主。爲人豈可負生成。

第三折(此折改白不改曲。曲曲照原本不更一字。)

(長相思)(旦上)念奴嬌。歸國遙。爲憶王孫。心轉焦。色饒。月兒高。燭影搖。爲憶秦娥。夢轉迢。苦呵。漢宮春楚江秋信消。

衙鼓鼕鼕動戍樓。倚床無寐數更籌。可憐今夜中庭月。一樣清光兩地愁。奴家自到驛內。首看天色晚來。(內打二鼓介)呀。譙樓上面已打二鼓了。獨眠孤館。展轉淒其。待與姊妹們閒話消遣。怎奈他們心上無事。一個個都去睡了。教奴家獨守殘燈。怎生睡得去。

(二郎神)良宵杳。爲愁多。睡來還覺。手攬寒衾風料峭。也罷。待我剔起銀燈。到堦除下閒步一迴。以消長夜。徘徊燈側。下堦閒步無聊。只見慘淡中庭新月小。畫屏閒。餘香猶裊。漏聲高。正三更。驛庭人靜寥寥。

那簾兒外面。就是煎茶之所。不免去就着茶爐。飲一杯苦茗則個。正是有水難澆心火熱。無風可解淚冰寒。（暫下）（小旦持扇上）已入重圍裏。還愁見面遙。故人相對處。打點淚痕拋。奴家自進驛來辦眼偷瞧。不見我家小姐。（內作長歎介）（小旦）呀。如今夜深人靜。爲何有沉吟歎息之聲。不免揭起簾兒。覷他一眼。

（前腔）偷瞧。珠簾輕揭。金鈴聲小。呀。那階除之下。緩步行來的。好似我家小姐。欲待喚他。又恐不是。我且只當不知。坐在這裏煎茶。看他出來。有何話說。（旦上）看一縷茶烟香繚繞。呀。那個煎茶女子。好生面善。青衣執爨。分明舊認風標。悄語低聲問分曉。那煎茶女子。快取茶來。（小旦）娘娘請坐。待我取來。（送茶名看皆驚介)(旦)呀。分明是采蘋的模樣。他為何來在這裏。(小旦)竟是我家小姐。待他喚我。我纔好認他。(旦)那女子走近前來。你莫非就是采蘋麼。(小旦)小姐在上。妾身就是。(跪介)(旦抱哭介)(合)天那。何幸得萍水相遭。(旦)你為何來在這裏。(小旦)說起話長。今夜之來。是采蘋一點孝心。費盡機謀。特地來尋故主。請問小姐。老夫人好麼。(旦)還喜得康健。采蘋你曉得王官人的消息麼。卽年少自分離。孤身何處飄颻。

(小旦)他自分散之後。賊平到京。正要來圖婚配。不想我家遭此橫禍。他就落魄天涯。近得金吾將軍題請得官。現做富平縣尹。權知此驛。

(囀林鶯)他宦中薄祿權倚靠。知他未遂雲霄。(旦)

這等說來。他也就在此處了。既然如此。此。你的近況如何。隨着誰人。作何勾當。(小旦)采蘋自別夫人小姐。蒙金吾將軍收爲義女。就嫁與王官人。目今現在一處。(旦)哦。你和他現在一處麼。(小旦)是。(旦作醋容介)這等講來。我倒不如你了。鶺鴒已占枝頭早。孤鸞拘鎖。何日得歸巢。(小旦)小姐不要多心。奴家雖嫁王郎。議定權爲側室。虛却正夫人的坐位。還待着小姐哩。(旦)這等纔是。我且問你。檀郎安否。怕相思瘦損潘安貌。(小旦)他雖受磨折。却還志氣不衰。容顏如舊。志氣好。千般折挫。風月未全消。

他一片苦情。恐怕小姐不知。現付明珠一顆。是小姐贈與他的。他時時藏在身旁。不敢遺失。(付珠介)

（前腔）（旦）雙珠依舊成對好。我兩人還是蓬飄。采蘋。我今夜要約他一會。你可喚得進來麼。（小旦）這個使不得。老公公在外監守。又有軍士巡更。那裏喚得進來。（旦）莫非是你。（小旦）是我怎麼樣。哦。采蘋知道了。莫非疑我吃醋麼。若有此心天不覆。地不載。小姐利害所關。他委實進來不得。（旦淚介）嗳。眼前欲見無由到。驛庭咫尺翻做楚天遙。（小旦）楚天猶小。着不得一腔煩惱。小姐有何心事。只消對采蘋說知。待采蘋轉對他說。也與見面一般。（旦）枉心焦。我芳情自解。怎說與伊曹。

待我修書一封。與你帶去便了。（小旦）說得有理。快寫起來。一霎時天就明了。（旦寫介）

（啄木公子）舒殘繭。展兔毫。蚊脚蠅頭隨意掃。只怕我有萬恨千愁。假饒會面難消。我有滿腔愁怨寫向鸞箋怎得了。總有丹青別樣巧。畢竟衷腸事怎描。只落得淚痕交。

(前腔)書纔寫。燈再挑。錦袋重封花押巧。書寫完了。采蘋。你與我傳示他。好自支持、休爲我長皺眉梢。(小旦)小姐。你與他的姻緣畢竟如何。可有出宮相會的日子。(旦)爲說漢宮人未老。怨粉愁香憔悴倒。寂寞園陵歲月遙。雲雨隔藍橋。

明珠封在書中。叫他依舊收好。(小旦)天色已明。采蘋出去了。小姐。你千萬保重。若有便信。替我致意老夫人。(各哭介)(小旦)小姐保重。采蘋去了。(掩淚介)(旦)呀。采蘋。你竟去了。(頓足哭介)

(哭相思尾)從此兩下分離音信杳。無由再見親人了。
(哭倒介)(末上)自不整衣毛。何須夜夜號。咱家一路辛苦。正要睡覺。不知那個宮人啾啾唧唧。一夜哭到天明。不免到裏面去看來。呀爲何哭倒在地下。(看介)原來是劉宮人。劉宮人起來。(摸介)呀。不好了。渾身氷冷。只有心口還熱。列位宮人快來。
(四宮女)(上)並無奇禍至。何事疾聲呼。呀。這是劉家姐姐。爲何倒在地下。(末)列位宮人看好。待我去取薑湯上來。(下)(宮女)劉家姐姐快些甦醒。
(末取薑湯上)薑湯在此。快灌下去。(灌醒介)(宮女)劉家姐姐。你爲甚麼事情哭得這般狠狽。
(黃鶯兒)(旦)只爲連日受劬勞。怯風霜。心膽搖。昨宵不睡挨到曉。(末)爲甚麼不睡呢。(旦)思家路遙。思親壽高。因此驀然愁絶昏沉倒。謝多嬌。相將救取免死向荒郊。

（末）好不小心。萬一有些差池。都是喒家的干絲哩。

（前腔）（衆）人世水中泡。受皇恩。福怎消。何須苦憶家鄉好。慈幃暫抛。相逢不遙。寬心莫把閒愁惱。（内）面湯熱了、請列位宮人梳粧上轎。（合）曙光高。馬嘶人起。梳洗上星軺。

（宮女）姊妹人人笑語闐。　娘行何事獨憂煎。

（旦）祇因命帶悽惶煞。　心上無愁也淚漣。

授曲第三

聲音之道。幽渺難知。予作一生柳七。交無數周郎。雖未能如曲子相公身都通顯。然論其生平製作。塞滿人間。亦類此君之不可收拾。然究竟於聲音之道未嘗盡解。所能解者。不過詞學之章句。音理之皮毛。比之觀場矮人。略高寸許。人贊美而我先之。我憎醜而人和之。舉世不察。遂羣然許爲知音。噫。音豈易知者哉。人問既不知音。何以製曲。予曰。釀酒之家。不必盡知酒味。然秫多水少則醇醲。麴好蘗精則香冽。此理則易諳也。此理既諳。則杜康不難爲矣。造弓造矢之人。未必盡嫻決拾。然曲而勁者利於矢。直而銳者宜於鵠。此道則易明也。既明此道。卽世爲弓人矢人可矣。雖然。山民善跋。水民善涉。術疎則巧者亦拙。業久則麁者亦精。填過數十種新詞。悉付優人。聽其歌演。近硃者赤。近墨者黑。况爲硃墨所從出者乎。麁者自然拂耳。精者自能娛神。是其中菽麥。亦稍辨矣。語云耕當問奴。織當訪婢。予雖不敏。亦曲中之老奴歌中之點婢也。請述所知。以備裁擇。

解明曲意　唱曲宜有曲情。曲情者。曲之情節也。解明情節。知其意之所在。則唱出口時。儼然此種神情。問者是問。答者是答。悲者黯然魂消。而不致反有喜色。歡者怡然自得。而不見稍有瘁容。且其聲音齒頰之間。各種俱有分別。此所謂曲情是也。吾觀今世學曲者。始則誦讀。繼則歌詠。歌詠既成而事畢矣。至於講解二字。非特廢而不行。亦且從無此例。有終日唱此曲。終年唱此曲。甚至一生唱此曲。而不知此曲所言何事。所指何人。口唱而心不唱。口中有曲而面上身上無曲。此所謂無情之曲。與蒙童背書同一勉强而非自然者也。雖腔板極正。喉舌齒牙極清。終是第二第三等曲詞。非登峯造極之技也。欲唱好曲者。必先求明師講明曲義。師或不解。不妨轉詢文人。得其意而後唱。唱時以精神貫串其中。務求酷肖。若是則同一唱也。同一曲也。其轉腔換字之間。別有一種聲口。舉目回頭之際。另是一幅神情。較之時優自然迥別。變死音爲活曲。化歌者爲文人。只在能解二字。解之意義大矣哉。

調熟字音　調平仄。別陰陽。學歌之首務也。然世上歌童。解此二事者。百不得一。不過口傳心授。依樣葫蘆。求其師不甚謬。則習而不察。亦可以混過一生。獨有必不可少之一事。較陰陽平仄爲稍難。又不得因其難而忽視者。則爲出口收音二訣竅。世間有一字。卽有一字之頭。所謂出口者是也。有一字卽有一字之尾。所謂收音者是也。尾後又有餘音收煞此字方能了局。譬如吹「簫」姓「蕭」諸「簫」字本音爲簫其出口之字頭與收音之字尾並不是「簫」。若出口作「簫」。收音作「簫」。其中間一段正音並不是「簫」。而反爲別一字之音矣且出口作「簫」。其音一洩而盡。曲之緩者。如何接得下板。故必有一字爲之頭以備出口之用。有一字爲之尾。以備收音之用。又有一字爲餘音。以備煞板之用。字頭爲何。「西」字是也。字尾爲何。「夭」字是也。尾後餘音爲何。「烏」字是也。字字皆然。不能枚紀。絃索辨訛等書。載此頗詳。閱之自得。要知此等字頭字尾及餘音。乃天造地設。自然而然。非後人扭捏而成者也。但觀切字之法。卽知之矣。篇海字彙等書。逐字載有註脚。以兩字切成一字。其兩字者。上一字即爲字頭。出口者也。下一字即爲字尾。
收音者也。但不及餘音之一字耳。無此上下二字。切
不出中間一字。其爲天造地設可知。此理不明。如何
唱曲。出口一錯。即差謬到底。唱此字而訛爲彼字。可
使知音者聽乎。故教曲必先審音。即使不能盡解。亦
須講明此義。使知字有頭尾以及餘音。則不敢輕易
開口。每字必詢。久之自能慣熟。「曲有誤周郎顧」。苟
明此道。即遇最刻之周郎。亦不能拂情而左顧矣。
字頭字尾及餘音。皆爲慢曲而設。一字一板。或一字
數板者。皆不可無。其快板曲止有正音。不及頭尾。
緩音長曲之字。若無頭尾。非止不合韻。唱者亦大費
精神。但看青衿贊禮之法。即知之矣。拜與二字。皆屬
長音。拜字出口以至收音。必俟其人揖畢而跪。跪畢

而拜。爲時甚久。若止唱一拜字到底。則其音一洩而盡。不當歇而不得不歇。失賓相之禮矣。得其竅者。以（不愛）二字代之。（不）乃（拜）之頭。（愛）乃（拜）之尾。中間恰好是一（拜）字以一字而延數晷。則氣力不足。分爲三字。卽有餘矣。（與）字亦然。以（希）（因）二字代之。贊禮且然。況於唱曲。婉譬曲喻以至於此。總出一片苦心。審樂諸公。定須憐我。

字頭字尾及餘音。皆須隱而不現。使聽者聞之。但有其音。并無其字。始稱善用頭尾者。一有字迹。則拖泥帶水。有不如無矣。

字忌模糊　學唱之人。勿論巧拙。只看有口無口。聽曲之人。慢講精麤。先問有字無字。字從口出。有字卽有口。如出口不分明。有字若無字。是說話有口。唱曲無口。與啞人何異哉。啞人亦能唱曲。聽其呼號之聲。即可見矣。常有唱完一曲。聽者止聞其聲。辨不出一字者。令人悶殺。此非唱曲之料。選材者任其咎。非本優之罪也。舌本生成。似難强造。然於開口學曲之初。先能淨其齒頰。使出口之際。字字分明。然後使工腔板。此回天大力。無異點鐵成金。然百中遇一。不能多也。

曲嚴分合　同場之曲。定宜同場。獨唱之曲。還須獨唱。詞意分明。不可犯也。常有數人登場。每人一隻之曲。而衆口同聲以出之者。在授曲之人。原有淺深二意。淺則慮其冷靜。故以發越見長。深者示不參差。欲以翕如見好。嘗見琵琶賞月一折。自「長空萬里」以至「幾處寒衣織未成」俱作合唱之曲。諦聽其聲。如出一口。無高低斷續之痕者。雖曰良工苦心。然作者深心於茲埋沒。此折之妙。全在其對月光各談心事。曲既分唱。身段即可分做。是清淡之內原有波瀾。若混作同場。則無所見其情。亦無可施其態矣。惟峭寒生二曲可以同唱。首四曲定該分唱。況有合前數句。振起神情。原不慮其太冷。他劇類此者甚多。舉一可以概百。戲場之曲。雖屬一人而可以同唱者。惟行路出師等劇。不問情理異同。皆可使衆聲合一。場面似調曲聲亦宜鬧。靜之則相反矣。

鑼鼓忌雜　戲場鑼鼓。筋節所關。當敲不敲。不當敲而敲。與宜重而輕。宜輕反重者。均足令戲文減價。此中亦具至理。非老於優孟者不知。最忌在要緊關頭。忽然打斷。如說白未了之際。曲調初起之時。橫敲亂打。蓋卻聲音。使聽白者少聽數句。以致前後情事不連。審音者未聞起調。不知以後所唱何曲。打斷曲文。罪猶可恕。抹殺賓白情理難容。予觀場每見此等。故爲揭出。又有一齣戲文將了。止餘數句賓白未完。而此未完之數句。又係關鍵所在。乃戲房鑼鼓早已催促收場。使說與不說同者。殊可痛恨。故疾徐輕重之間。不可不急講也。場上之人將要說白見鑼鼓未歇。宜少停以待之。不則過難專委曲白鑼鼓。均分其咎矣。

吹合宜低　絲竹肉三音。向皆孤行獨立。未有合用之者。合之自近年始。三籟齊鳴。天人合一。亦金聲玉振之遺意也。未嘗不佳。但須以肉爲主。而絲竹副之。使不出自然者。亦漸近自然。始有主行客隨之妙。爾來戲房吹合之聲。皆高於場上之曲。反以絲竹為主。而曲聲和之。是客座非為聽歌而來。乃聽鼓樂而至矣。從來名優教曲。總是聲與樂齊。簫笛高一字曲亦高一字。簫笛低一字。曲亦低一字。然相同之中。即有高低輕重之別。以其教曲之初。即以簫笛代口。引之使唱。原係聲隨簫笛。非以簫笛隨聲。習久成性。一到場上。不知不覺而以曲隨簫笛矣。正之當用何法。曰。家常理曲。不用吹合。止於場上用之。則有吹合亦唱。無吹合亦唱。不靠吹合為主。譬之小兒學行。終日倚牆靠壁。舍此不能舉步。一旦去其牆壁。偏使獨行。行過一次兩次。則雖見牆壁而不靠矣。以予見論之。和簫和笛之時。當此曲低一字。曲聲高於吹合。則絲竹之聲。亦變為肉。尋其附和之痕而不得矣。正音之法。

有過此者乎。然此法不宜概行。當視唱曲之人之本領。如一班之中。有一二喉音最亮者。以此法行之。其餘中人以下之材。俱照常格。倘不分高下。一例舉行。則良法不終。而怪予立言之誤矣。

吹合之聲。場上可少。教曲學唱之時。必不可少。以其能代師口而司鎔鑄變化之權也。何則。不用簫笛。止憑口授。則師唱一遍。徒亦唱一遍。師住口而徒亦住口。聰慧者數遍即熟。資質稍鈍者非數十百遍不能。以師徒之間。無一轉相授受之人也。自有此物。只須師教數遍。齒牙稍利。即用簫笛引之。隨簫隨笛之際。若曰無師。則輕重疾徐之間。原有法脈準繩。引人歸於勝地。若曰有師。則師口並無一字。已將此曲交付其徒。先則人隨簫笛。後則簫笛隨人。是金蟬脫殼之法也。庾公之斯。學射於尹公之他。尹公之他學射於我。簫笛二物。即曲中之尹公他也。但庾公之斯與子濯孺子。昔未見面。而今同在一堂耳。若是則吹合之力。詎可少哉。予恐此書一出。好事者過聽予言。謬視簫笛爲可棄。故復補論及此。

教白第四

教習歌舞之家。演習聲容之輩。咸謂唱曲難。說白易。賓白念熟。即是曲文念熟而後唱。唱必數十遍而始熟。是唱曲與說白之工。難易判如霄壤。時論皆然。予獨怪其非是。唱曲難而易。說白易而難。知其難者始易。視爲易者必難。蓋曲詞中之高、低、抑、揚、緩、急、頓、挫、皆有一定不移之格。譜載分明。師傳嚴切。習之既慣。自然不出範圍。至賓白中之高、低、抑、揚、緩、急、頓、挫、則無腔板可按。譜籍可查。止靠曲師口授。而曲師入門之初。亦係暗中摸索。彼既無傳於人。何從轉授於我。訛以傳訛。此說白之理。日晦一日而人不知。人既不知。無怪乎念熟卽以爲是。而且以爲易也。吾觀梨園之中。善唱曲者十中必有二三。工說白者。百中僅可一二。此一二人之工說白。若非本人自通文理。則其所傳之師。乃一讀書明理之人也。故曲師不可不擇。教者通文識字。則學者之受益。東君之省力。非止一端。苟得其人。必破優伶之格以待之。不則鶴困雞羣。與儕衆無異。孰肯抑而就之乎。然於此中索全人頗不易得。不如仍苦立言者。再費幾升心血。創爲成格以示人。自製曲選詞。以至登場演習。無一不作功臣。庶於爲人爲徹之義無少缺陷。雖然。成格卽設。亦止可爲通文達理者道。不識字者聞之。未有不噴飯胡盧。而怪迂人之多事者也。

高低抑揚　賓白雖係常談。其中悉具至理。請以尋常講話喻之。明理人講話。一句可當十句。不明理人講話。十句抵不過一句。以其不中肯綮也。賓白雖係編就之言。說之不得法。其不中肯綮等也。猶之倩人傳語。教之使說。亦與念白相同。善傳者以之成事。不善傳者以之僨事。卽此理也。此理甚難。亦甚易。得其孔竅則易。不得孔竅則難。此等孔竅。天下人不知。予獨知之。天下人卽能知之。不能言之。而予復能言之。請揭出以示歌者。白有高低抑揚。何者當高而揚。何者當低而抑。曰若唱曲然。曲文之中。有正字。有襯字。每遇正字。必聲高而氣長。若遇襯字。則聲低氣短。而疾忙帶過。此分別主客之法也。說白之中。亦有正字。亦有襯字。其理同。則其法亦同。一段有一段之主客。一句有一句之主客。主高而揚。客低而抑。此至當不易之理。卽最簡極便之法也。凡人說話。其理亦然。譬如呼人取茶取酒。其聲云「取茶來」「取酒來」。此二句既爲「茶」「酒」而發。則茶酒二字爲正字。其聲必高而長。取字。來字。爲襯字。其音必低而短。再取舊曲中賓白一段論之。琵琶分別白云。雲情雨意。雖可拋兩月之夫妻。雪鬢霜鬟。竟不念八旬之父母。功名之念一起。甘旨之心頓忘。是何道理。首四句之中。前二句是客。宜略輕而稍快。後二句是主。宜略重而稍遲。功名甘旨二句亦然。此句中之主客也。雖可拋竟不念六個字。較之兩月夫妻。八旬父母。雖非襯字。却與襯字相同。其爲輕快。又當稍別。至於夫妻父母之上二之字。又爲襯中之襯。其爲輕快更宜倍之。是白皆然。此字中之主客也。常見不解事梨園。每於四六句中之之字。與上下重文同其輕重疾徐。是謂菽麥不辨。尚可謂之能說白乎。此等皆言賓白。蓋場上所說之話也。至於上場詩。定場白。以及長篇大幅敘事之文。定宜高低相錯。緩急得宜。切勿作一片高聲。或一派細語。俗言水平調是也。上場詩四句之中。三句皆高而緩。一句宜低而快。低而快者大率宜在第三句。至第四句之高而緩。較首二句更宜倍之。如浣紗記定場詩云。少小豪雄俠氣聞。飄零仗劍學從軍。何年事了拂衣去。歸臥荊南夢澤雲。少小二句宜高而緩。不待言矣。何年一句必須輕輕帶過。若與前二句相同。則煞尾一句。不求低而自低矣。末句一低。則懈而無勢。況其下接着通名道姓之語。如下官姓范名蠡字少伯。下官二字。例應稍低。若末句低而節者又低。則神氣索然不振矣。故第三句之稍低而快。勢有不得不然者。此理此法誰能窮究至此。然而如此。則是尋常應付之戲。非孤標特出之戲也。高低抑揚之法。盡乎此矣。

優師既明此理。則授徒之際。又有一簡便可行之法。索性取而予之。但于點脚本時。將宜高宜長之字用硃筆圈之。凡類襯字者不圈。至于襯中之襯與當急急趕下。斷斷不宜沾滯者。亦用硃筆抹以細紋。如流水狀。使一一皆能識認。則于念劇之初。便有高低抑揚。不俟登場摹擬。如此教曲。有不妙絕天下。而使百千萬億之人贊美者。吾不信也。

緩急頓挫

緩、急、頓、挫之法。較之高低抑揚。其理愈精。非數言可了。然了之必須數言。辯者愈繁。則聽者愈惑。終身不能解矣。優師點脚本授歌童。不過一句一點。求其點不刺謬。一句還一句。不致斷者聯而聯者斷。亦云幸矣。尚能詢及其他。卽以脚本授文人倩其畫文斷句。亦不過每句一點。無他法也。而不知場上說白。儘有當斷處不斷。反至不當斷處而忽斷。當聯處不聯。忽至不當聯處而反聯者。此之謂緩、急、頓、挫。此中微渺。但可意會。不可言傳。但能口授。不能以筆舌喻者。不能言而强之使言。只有一法。大約兩句三句而止言一事者。當一氣趕下。中間斷句處勿太遲緩。或一句止言一事。而下句又言別事。或同一事而另分一意者。則當稍斷。不可竟連下句。是亦簡便可行之法也。此言其麁。非論其精。此言其略。未及其詳。精詳之理。則終不可言也。

當斷當聯之處。亦照前法。分別于脚本之中。當斷處用硃筆一畫。使至此稍頓。餘俱連讀。則無緩急相左之患矣。

婦人之態。不可明言。賓白中之緩急頓挫。亦不可明言。是二事一致。輕盈嫋娜。婦人身上之態也。緩急頓挫。優人口中之態也。予欲使優人之口。變爲美人之身。故爲講究至此。欲爲戲場尤物者。請從事予言。不則仍其故步。

脫套第五

戲場惡套。情事多端。不能枚紀。以極鄙極俗之關目。

一人作之。千萬人效之。以致一定不移。守爲成格。殊可怪也。西子捧心。尚不可效。況效東施之顰乎。且戲場關目。全在出奇變相。令人不能懸擬。若人人如是。事事皆然。則彼未演出而我先知之。憂者不覺其可憂。苦者不覺其爲苦。卽能令人發笑。亦笑其雷同他劇。不出範圍。非有新奇莫測之可喜也。掃除惡習。拔去眼釘。亦高人造福之一事耳。

衣冠惡習　記予幼時觀場。凡遇秀才赴考及謁見當塗貴人。所衣之服。皆青素圓領。未有着藍衫者。三十年來。始見此服。近則藍衫與青衣並用。卽以之別君子小人。凡以正生小生及外末腳色而爲君子者。照舊衣青圓領。惟以淨丑腳色而爲小人者。則着藍衫。此例始于何人。殊不可解。夫青衿。朝廷之名器也。

以賢愚而論。則爲聖人之徒者始得衣之。以貴賤而論。則備縉紳之選者。始得衣之。名官大賢。盡于此出。何所見而爲小人之服。必使淨丑衣之。此戲場惡習。所當首革者也。或仍照舊例。止用青衫而不設藍衫。若照新例。則君子小人互用。萬勿獨歸花面。而令士子蒙羞也。

近來歌舞之衣。可謂窮奢極侈。富貴娛情之物。不得不然。似難責以儉朴。但有不可解者。婦人之服。貴在輕柔。而近日舞衣。其堅硬有如盔甲。雲肩大而且厚。面夾兩層之外。又以銷金錦緞圍之。其下體前後二幅。名曰遮羞者。必以硬布裱骨而爲之。此戰場所用之物。名爲紙甲者是也。歌臺舞榭之上。胡爲乎來哉。易以輕軟之衣。使得隨身環繞。似不容已。至于衣上所繡之物。止宜兩種。勿及其他。上體鳳鳥。下體雲霞。此爲定製。蓋霓裳羽衣四字。業有成憲。非若點綴他衣。可以渾施色相者也。予非能創新。但能復古。

方巾與有帶飄巾。同爲儒者之服。飄巾儒雅風流。方巾老成持重。以之分别老少。可稱得宜。近日梨園。每遇窮愁患難之士。即帶方巾。不知何所取義。至紗帽巾之有飄帶者。制原不佳。戴于粗豪公子之首。果覺相稱。至于軟翅紗帽。極美觀瞻。曩時張生踰牆等劇。往往用之。近皆除去。亦不得其解。

聲音惡習　花面口中。聲音宜雜。如作各處鄉語。及一切可憎可厭之聲。無非爲發笑計耳。然亦必須有故而然。如所演之劇。人係吳人則作吳音。人係越人則作越音。此從人起見者也。如演劇之地。在吳則作吳音。在越則作越音。此從地起見者也。可怪近日之梨園。無論在南在北。在西在東。亦無論劇中之人生于何地。長于何方。凡係花面脚色。即作吳音。豈吳人盡屬花面乎。此與淨丑着藍衫同一覆盆之事也。使范文正韓襄毅諸公有靈。聞此聲。覩此劇。未有不抱恨九原。而思痛革其弊者也。今三吳縉紳之居要路者。欲易此俗。不過啟吻之勞。從未有討及此者。度量優容。真不可及。且梨園盡屬吳人。凡事皆能自顧。獨此一着。不惟不自爭氣。偏欲故形其醜。豈非天下古今一絕大怪事乎。且三吳之音。止能通于三吳。出境言之。人多不解。求其發笑。而反使聽者茫然。亦失討甚矣。吾故爲詞場易之。花面聲音。亦如士旦外末。悉作官音。止以話頭惹笑。不必故作方言。即作方言。亦隨地轉。如在杭州卽學杭人之語。在徽州卽學徽人之語。使婦人小兒皆能識辨。識者多則笑者衆矣。

語言惡習　白中有呀字。驚駭之聲也。如意中並無此事。而猝然遇之。一向未見其人而偶爾逢之。則用此字開口以示異也。近日梨園不明此義。凡見一人。凡遇一事。不論意中意外。久逢乍逢。卽用此字開口。甚有差人請客而客至。亦以呀字爲接見之聲音。此等迷謬。尚可言乎。故爲揭出。使知斟酌用之。

戲場慣用者。又有且住二字。此二字有兩種用法。一則相反之事用作過文。如正說此事。忽然想及彼事。彼事與此事。勢難並行。纔想及而未曾出口。先以此二字截斷前言。且住者住此說以聽彼說也。一則心上猶豫。假此以待沉吟。如此說自以爲善。恐未盡善。

務期必妥。當于是處尋非。故以此代心口相商。且住者稍遲以待不可竟行之意也。而今之梨園。不問是非好歹。開口說話。即用此二字作助語詞。常有一段賓白之中。連說數十個且住者。此皆不詳字義之故。一經點破。犯此病者鮮矣。

上場引子下場詩。此一齣戲文之首尾。尾後不可增尾。猶頭上不可加頭也。可怪近時新例。下場詩念畢。仍不落臺。定增幾句談話。以極緊湊之文。翻成極寬緩之局。此義何居。令人不解。曲有尾聲及下場詩者。以曲音散漫。不得幾句緊腔。如何截得板住。白文冗雜。不得幾句約語。如何結得話成。若使結過之後又復說起。何如不收竟下之爲愈乎。且首尾一理。詩後既可添話。則何不于引子之先亦加幾句說白。說完而後唱乎。此積習之最無理。最可厭者。急宜改革。然又不可盡革。如兩人三人在場。二人先下。一人說話未了。必宜稍停以盡其說。此謂弔場。原係古格。然須萬不得已。少此數句。必添以後一齣戲文。或少此數句。即埋沒從前說話之意者。方可如此。是龍足非蛇足也。然只可偶一爲之。若齣齣皆然。則是是貂皆可續矣。何世間狗尾之多乎。

科諢惡習　插科打諢處陋習更多。革之將不勝革。且見過即忘。不能悉記。略舉數則而已。如兩人相毆。一勝一敗。有人來勸。必使被毆者走脫。而誤打勸解之人。連環擲戟之董卓是也。主人偷香竊玉。館童吃醋拈酸。謂尋新不如守舊。說畢。必以臀相向。如玉簪之進安。西廂之琴童是也。戲中串戲。殊覺可厭。而優人慣增此種。其腔必效弋陽。幽閨曠野奇逢之酒保是已。

笠翁劇論卷下終